KB261886

근대작가의 삶과 문학의 향취

근대작가의 삶과

문학의 향취

구인환

푸른사상

2000 7/11
이란 여행中
N, 대완흥

작가와 삶의 절묘 속의 문학

　가을이 깊어 간다. 하늘은 드높고 마을 앞 들판은 황금으로 물들어 가는데 단풍도 서서히 그 신비한 빛깔을 채색하기 시작한다. 앞들 뒷들 바람에 나부끼는 벼이삭에 볏섬이 뒹굴고, 밭에서는 따가운 햇빛에 팥이 파시락 파시락 튀며, 고구마는 살이 쪄서 밭두둑이 갈라져 그 힘찬 결실의 열매를 과시한다. 가을은 이렇게 결실의 계절이요, 수확의 계절이다.

　단풍이 산곡을 뒤덮는 가을의 넘어가는 계절, 이러한 계절 속에서 산다는 것은 즐거운 일이다. 새벽에 동이 터 오는 여명의 하늘을 바라보노라면 살아 있는 기쁨이 용솟음쳐 가슴이 벅차진다.

　이런 가절(佳節)에 하루 일을 마치고 풀벌레 소리를 들으면서 스탠드를 벗하여 책을 읽는다는 것은 얼마나 즐거운 일인가. 우리는 짙은 삶의 여울 속에 웃고 울면서 절규하는 삶이 아로새겨진 문학 작품에 가슴이 뻐근하게 벅차 오르는 감상의 삼매경에 빠지게 되며, 눈을 감고 귀를 어루만지며 음악을 들으면서 그 삶의 현장에 자신을 투영하여 슬픔과 즐거움을 같이 하게 된다.

그러면서 우리는 무엇인가 작품 뒤에 숨어 있는 작가의 얼굴을 보고 싶어한다. 그 작가는 그 작품과 같은 생명을 던지는 사랑을 해 보았을까. 아니면 그렇게 치열한 역사의 현장에 몸을 던져 싸워 본적이 있을까. 그 작가에게는 어떤 여인들이 따르고, 또 그 여인들과의 관계는 어떠했을까. 그러한 배경은 실제 있으며 거기에 한 번 가볼 수는 없을까 등 작가에 얽힌 여러 가지를 알고 싶어한다. 그것은 작품은 작가를 떠나서 있을 수 없고, 작품은 작가의 삶의 발로이기 때문에 문학과 작가는 분리해서 생각할 수 없기 때문이다.

한국문학을 이해하고 감상하기 위해서는 작가와 체험의 상관성에 대해 알아 둘 필요가 있다. 한국근대문학은 작가마다 그 경향을 달리 하면서 그 문학이 작가의 체험의 발로라는 점에서는 비슷한 성격을 지니고 있다. 이에 몇 사람의 근대 작가를 골라 그들의 삶의 체험과 문학의 상관성을 서로 조명해봄으로써 문학과 체험의 양상과 그 문학적 의미를 추구해 본다.

사실 작가의 문학과 삶의 관계는 긴밀하고도 복잡하게 얽혀 있고, 서로 대응관계를 이루면서도 일정한 거리를 두고 있을 때가 많다. 그것은 작가의 체험이 바로 시나 소설이 되는 것도 아니오, 작품이 바로 작가의 체험의 기록이 아니기 때문이다. 작가는 끊임없이 투시하고 대응하면서도 그에 몰입하고 싶기도 하고 현실을 직시하고 또 그것을 변혁시킬 수 있는 삶의 지표를 제시하고 행동하기도 한다. 바로 작가의 삶과 문학적 향취를 밝혀보고 조명해보려고 노력한 까닭도 체험이 상관적으로 반영된 문학의 이해에 도움을 주기 위해서이다.

이 책이 다시 나오기까지 수고해준 푸른사상사 한봉숙 사장과 편집부 여러분에게 감사하고, 이 책이 문학을 이해하고 사랑하는 많은 애독자의 벗이 되기를 바란다.

2002. 9. 가을의 문턱에서

구 인 환

머리말 — 작가와 삶의 절묘 속의 문학

제1부　　근대작가의 삶의 투영과 문학

제1부

근대작가의 삶의 투영과 문학

근대작가의 삶의 투영과 문학

민족과 사랑의 이광수李光洙

조실부모하고 천애고아가 되어 동생과 유랑하던 춘원 이광수. 그는 파란 많은 생을 살면서 한국근대문학의 개척자, 한국의 작가다운 유일한 작가로 성장한다. 조혼하여 현실과 이상의 괴리에서 방황하고, 2·8선언으로 독립운동에 투신했으면서도 민족반역자라는 비난을 면치 못했던 이광수는 10권의 『이광수 전집』 속에 300여 편의 논설, 50여 편의 문학비평, 28편의 단편소설, 37편의 장편소설, 그리고 많은 수필과 시를 남기고 6·25전쟁 때 납치되고 말았다. 민족 자존의 일념으로 살아온 그가 같은 민족에 의해서 원숙한 사상을 작품화하지도 못하고 저승으로 간 것은 어찌 이광수 자신만의 비극이겠는가! 이광수의 삶이 바로 한민족의 식민치하에서의 수난사와 같이하며, 따라서 그 명암이 얽힌 험난한 길을 가야 했던 삶의 여울이 우리의 거울에 비치는 것은 이 때문이다.

조실부모한 고아

춘원(春園) 이광수(李光洙, 1892~1950)의 어린 시절은 불운과 고난의 연속이었다. 어려울 때 나타나 도와주는 우연한 기회에 맺어진 인연이 아니었더라면, 이광수는 고향인 정주에서 일개 농부로서 평범한 일생을 마쳤을지도 모른다. 그랬더라면 한국현대문학의 개척자가 되지 못했을 뿐 아니라 백철의 말대로 '현대문학의 작가 중에서도 거대한 작가다운 면모를 가진 유일한 작가'도 되지 못하고, 이 나라의 삼재(三才)에도 끼지 못할 뿐 아니라, 장편소설 「무정(無情)」, 「군상(群像)」, 「재생(再生)」, 「흙」, 「사랑」, 「원효대사(元曉大師)」와 단편소설 「무명(無明)」과 같은 작품도 이 세상에 내놓지 못했을지도 모를 일이다.

이광수는 1892년 2월 1일 평안북도 정주군 갈산면 익성동의 진주이씨의 문중에서 태어났다. 아버지 이종원(李種元)은 마흔 두 살이요, 재취로 시집온 어머니는 스물 두 살이었다. 초여름의 어느 날 부친이 평상에 누워 잠이 들었을 때, 어느 노승이 거울을 주고 가는 꿈을 꾼 뒤에 태기가 있어서 이광수를 낳았다고 하여, 어릴 적 이름은 보경(寶鏡, 수경이라고도 불렀다)이라고 했다.

조부 이건규(李建圭)는 풍신 좋고 기운 센 풍류 남아로, 기생 첩을 얻어 술집을 내어 술을 마셨고, 부친도 과거에 실패하여 술로 세월을 보내는 바람에 가세가 점점 기울기 시작해 이광수는 몹시 어려운 유년시절을 보냈다고 한다. 집을 대여섯 번 옮기는 등 가세는 점점 기울어갔고, 마지막 집은 방 두 칸에 부엌 한 칸으로, 아래채를 짓겠다고 벼르던 아버지의 소망은 이루어지지 않았다. 그 새 누이 애경과 애란이가 태어나 다섯 식구가 근근히 살아갔다. 그러던 중 이광수가 열한 살 때 아버지가 콜레라로 세상을 떠나고 아흐레 만에 어머니도 세상을 떠나 이광수는 누이 둘을 거느린 천애고아가 되었다.

그의 자서전에 의하면, 아버지가 죽었을 때 집에 돌아와 보니 이상한 광경이 벌어지고 있었다. 어머니가 애란을 업고 아버지의 시체를 넘어 다니는 것이 아닌가. 이광수는 자신의 눈을 의심하며 어머니에게 뛰어갔다. 매달리는 이광수에게 죽은 사람의 시체를 넘으면 그 사람을 잡아간다고 하니, 나와 애란은 먼저 죽을 테니 너와 애경은 잘살라고 하면서 눈물짓는 어머니의 말에 이광수는 어머니를 쓸어안고 울었다. 그런데 정말로 어머니는 아흐레 만에 죽고 애란은 1년 뒤에 죽어, 이광수는 누이 애경과 단 둘이 남게 되었다. 「인생의 향기」에서 그때의 일을,

그것은 내 열한 살 적 일이다. 불과 열흘 내에 아버지와 어머니가 다 이걸로 돌아가시고 어린 누이동생과 나와 단 둘만 남았을 때다. 부모는 다 돌아가셨지만 그래도 먹고살겠다고 내가 물을 길어오고 반찬을 만들고 밥을 지었다.

라고 생생하게 회고하고 있다.

하루는 이광수가 나무하러 가서 낫질을 잘못하여 왼손 무명지 셋째 마디를 꽤 깊이 베었다. 거기에서 피가 났다. 이 피를 본 어린 소년은 겁도 나고 자기 처지를 생각하여 소리를 내어 울었다. 해가 넘어갈 무렵 웬 여인이 이 광경을 보고 치마고름을 찢어 소년의 손을 싸매 주면서 따뜻이 위로해 주었다. 그때의 심정을 「인생의 향기」에서,

> 그 여인은 허리를 펴서 사방을 둘러보더니, 베어 놓은 풀과 끝을 땅에 받고 직 굽어선 낫을 보고, 내 손가락이 베어진 까닭을 안 듯이 고개를 끄덕끄덕하고는 불이 나게 풀 속으로 돌아다니면서 쑥솜(쑥머리에 붙은 솜 같은 것)을 뜯어다가 내 손가락에 대고 싸맬 것이 없어서 한참 어쩔 줄 모르더니 입으로 자기의 치마고름을 찍 찢어서 꼭꼭 싸매었다. 다 싸매기도 전에 하얀 치마고름 헝겊에는 주홍빛으로 피가 내어 비친다. 그리고는 그 여인은 또 한 번 내 목을 껴안고 뺨을 제 뺨에 비비며 여러 가지로 위로하는 말을 하고는 눈물에 젖은 내 얼굴을 물끄러니 들여다보면서
>
> "자 집으로 가요. 어두웠으니……울지 말아요. 초년 고생을 해야 크게 된다. 울지 말어……" 하고는 마치 어머니가 귀여움에 못 견디어 무릎 위에 앉은 자식에게 하는 모양으로 나를 한 번 더 꼭 껴안고, 바르르 떨며 입을 맞추었다.
>
> 집에 돌아오니 어린 누이가 대문 밖에 나와서 울고 섰다. 나는 부엌으로 들어가 지금 해온 나무로 밥을 지어 누이와 같이 부뚜막에 앉아 먹으면서 그 여인의 얼굴을 생각하였다. 그리고는 부모가 다 돌아가신 뒤에 처음으로 기운을 얻어서 언제까지

라고 쓰고 있다. 이 여인이 이광수의 여인상의 모태라고 할 수 있다.

그 뒤 소년은 친척집에서 눈칫밥을 먹게 되었다. 그러다가 마을 사람들이 마련해 준 3원(圓)을 가지고 어린 소년 이광수는 평양으로 가서 담배를 사다가 팔기도 했다. 그러다가 산고개를 넘어 가서 야윈 누이를 만났다. 이광수는 거적을 말아서 묻은 부모의 무덤을 비통한 마음으로 바라보면서 그 고개를 넘어갔다. 그리고 이제는 그 흔적도 없는 옛집을 눈물로 바라보면서 부모를 잃고 오누이마저 서로 떨어져 살아야 하는 불운을 슬퍼했다.

이광수는 그 뒤 외가와 재당숙댁을 전전했다. 그러던 어느 날 따뜻한 양지에서 이를 잡고 있다가 이광수의 조부와는 물론이요, 부친과도 친분이 있는 동학의 대접주(大接主)인 서병달에게 발견됐다. 서접주(徐接主)는 이광수를 집에 데리고 가서 옷을 갈아 입히고 한 달 가량 훈련시킨 다음 박대령 집으로 데리고 갔다. 이 집에서 이광수는 한 식구처럼 지내면서 박대령이 시키는 일, 주로 서울서 오는 지령을 베껴서 각포에 보내는 일을 했다.

이래서 이광수는 사회로의 첫발을 동학(東學)에 내딛었고, 이 종교활동이 이광수의 생애와 문학에 큰 영향을 주었다. 또한 박대령의 무남독녀인 예옥(禮玉)은 이광수에게 잊을 수 없는 인상을 준 첫사랑의 여인이다. 그때 예옥은 다섯 살 위인 열일곱 살로 이광수를 지극히 아껴주었다. 이 첫사랑의 여인은 어머니의 사랑에 주린 이광수에게 여성의 원형(原型)으로 아로새겨져, 후에 「무정」의 영채와 「흙」의 유순으로 작품 속에서 살아난 이광수의 여인상의 연원이 된다.

일제의 폭압이 날로 심해가자, 도처에서 민중봉기가 일어났으며, 그 주동이 동학이었다. 그때 누군가가 이광수를 잡으면 각포의 책임자를 알 수 있다고 밀고하여 이광수가 지목되었다. 헌병들이 동학 가담자를 잡아가자 이광수는 박대령 집에서 예옥과 말없이 이별하고, 선영과 양친, 그리고 누이, 추억, 고아 생활의 쓰라린 기억을 뒤로 하고 정주 땅을 떠나지 않을 수 없었다.

고읍(古邑)에서 남으로 삼십 리를 걸어 정주를 벗어나고, 박천(博川) 땅을 지나 청천강을 건너서 산길을 따라 내려오다가 큰길로 나와서 평양으로 갔다. 진남포에 가서 화륜선(火輪船)을 타고 인천에 도착해서 머리를 깎고 서울로 왔다.

서울, 그곳은 꿈의 도시오, 경이의 세계였다. 이광수는 독립문과 남대문을 왕래하면서 신지식을 배워야겠다고 결심하였다. 그때 마침 천도교에서 일본 유학생을 모집하고 있었다. 이광수에게는 꿈을 실현할 수 있는 절호의 기회였다. 불과 열흘 만에 「일어 독학」이란 책을 전부 외우다시피 하여 소공동학교(小公洞學校) 일어교사를 하다가 우수한 성적으로 유학생모집에 합격하였다. 다음해인 1906년 동경으로 건너가 대성중학(大城中學) 일학년에 입학함으로써 이광수는 비로소 웅지의 날개를 펴기 시작했다.

오산의 교원시절과 백혜순白惠順

일 년 후 이광수는 메이지 학원(明治學院) 중학부 3학년에 보결시험을 치르고 입학했다. 그때 을사보호조약이 체결되어 조국은 외교권을 빼앗긴 뒤라, 주일공사관은 폐쇄되고 한국 유학생 감독부에서는 유학생들을 감시하면서 친일사상을 고취시키고 있었다. 그러나 애국정신과 개화사상에 눈뜬 학생들이 그런 데 휩쓸릴 리 없었다. 이광수도 누구 못지 않게 민족의식이 강한 소년이었다. 메이지 학원을 다니면서 바이런·체호프 등을 애독하던 홍명희(洪命熹)를 1905년에 만나고, 편면기하를 보고 덴뿌라·소바를 좋아하던 문일평(文一平)을 1907년에 만났으며, 문장보국을 결의하고 있던 최남선(崔南善)을 1908년에 홍명희의 소개로 사귀었고, 그 외에도 수많은 유학생과 접촉하였다. 최남선은 1908년 11월에 잡지 〈소년(少年)〉을 휘문에서 발간하고, 문일평은 이광수가 오산(五山)학교로 갈 때 휘문고보에 부임하였다. 이광수는 「문단생활 30년을 돌아보며」에서 이들과의 교우를 자세히 설명하고 있다.

  어려서 동경에 있을 때에 사귄 글벗으로 호암(湖岩) 문일평 군이 있었다. 그는 우연히 내가 유숙하던 하숙인 왕진관(王津館)으로 왔는데 나보다 4년장이나 어른이었다. 그때에 벌써 『평면기하학』이라는 책을 보고 있었는데, 나는 그러한 책을 처음 보았으므로, 무척 나보다 선배로 지식이 높은 이로 알았고, 또 순한문으로 모필(毛筆) 잘 쓰는 글씨로 기우개탄하는 일기를 쓰고 시를 지었다. 호암은 메이지 학원에서 나와 동급동창으로 3년을 같이 지내었다. 나는 군의 하숙에 불려가서 가끔 덴뿌라·소바 대접을 받았다. 호암은 덴뿌라·소바를 대단히 즐겨하였다. 우리 는 덴뿌라·소바를 먹으면서 밤이 깊도록 인생을 논하고 X사 (事)를 논하였다. 호암은 지사(志士)였던 까닭이다.

무신년(戊申年)이라고 기억된다. 하루는 홍명희 군이 오라고 하기에 가보니 낯빛 검은 청년 하나를 내게 소개하였는데, 그가 최남선이었다. 그는 와세다(早稻田) 예과를 버리고 문장보국을 목적으로 경성에 돌아가 〈소년〉이라 하는 잡지를 발간하기로 하 였으니 나더러도 집필하라고 하였다. 아마 홍군이 나를 최군에 게 소개하였던 모양이다. 최남선 군은 나보다도 두 살 위로 홍 명희 군보다 두 살 아래였으니, 나와 만나던 때가 19세였던가 보다. 홍·최 두 분은 나를 아우로 사랑하고, 나도 두 분을 형으 로 경모하였다.

그러나 메이지 학원에서 이들보다 더 가까운 친구로, 빼놓을 수 없는 사람은 야마사키(山崎俊夫)라는 일인(日人) 학생이었다. 흔히 이광수를 가리켜 '한국의 톨스토이'라고 했는데, 그것은 야마사키와의 접촉 때문인 것으로 보인다.

이광수는 그의 「자서전」에서,

나는 야마사키하고 가장 친한 동무였다. 우리는 하학 후면 다 른 애들 축에 섞이지 아니하고 운동장 한 편 모퉁이에 앉아서 성경 이야기를 하였다. 그의 형이 톨스토이 책을 많이 가지고 있어서 그는 톨스토이의 성경에 관한 이야기를 많이 하였다. 그 리고 H라는 우리 성경 선생의 강의가 예수의 참뜻이 아니라는 말을 야마사키가 힘있게 했는데, 나는 그때 굳세게 동감되었다. H선생의 태도는 반그리스도적이라고까지 극언하였다.

라고 하였다.

또한 그는 "톨스토이의 저서를 읽게 된 것은 중학 3년 때라고 생각하는데, 나이로는 17세, 내게 톨스토이의 책을 빌려준 이는 야마사키라는 동창생이었습니다. 야마사키는 그후 게이오 대학 문과를 졸업하고 〈제국문학(帝國文學)〉 등에 단편 작품을 발표하더니, 이내 소식이 없으나 퍽 서려(瑞麗)한 청교도적인 인물이었습니다."라고, 자신에게 톨스토이의 영향을 끼친 야마사키에 대해서 말하고 있다.

이광수는 메이지 학원에 다니면서 「금일(今日) 아한청년(我韓青年)과 정육(情育)」과 「문학의 가치」(1910)를 〈대한흥학보(大韓興學報)〉에 발표하고, 〈소년〉지에 「곰」(1910), 「우리 영웅」과 같은 시와 단편 「어린 희생」(1910), 「헌신자(獻身者)」(1910)를 발표하는 등으로 문필을 잡기 시작했다. 또한 메이지 학원의 동창회보인 〈백금학보(白金學報)〉에 실린 일문(日文) 「사랑인가?」가 〈부(富)의 일본〉이라는 잡지에 다시 전재되면서 이광수의 문명이 떨쳐지기 시작했다.

이광수는 성경의 실천가가 되려고 마음먹었으나, 술을 마시는 등 점차 세속화되어 갔다. 그러한 사실을 그의 「자서전」에서 솔직히 말하고 있다.

> 나는 술 먹기를 시작했다. 나는 길에서나 전차에서나 젊은 여자를 보면 싫건 좋건 음란한 마음을 품는 것을 당연하게 생각하였다. 내가 예수의 가르침에 배반하고 악마주의의 제자가 될 때에 십팔구 세의 사춘기 발동기인 나는 성욕의 노예가 되었다.

나는 노다케 바아상의 딸이 내 집에 와 자는 밤에 억제할 수 없
는 육욕을 가지고 거진 밤을 새운 것을 기억한다. 나는 그것을
이루지 못한 것을 내가 용기가 부족한 때문이라고 한탄하였다.
나는 요시히라(吉原 : 동경의 유명한 매춘가)라는 창기촌에도 몇
번 갔다. ……나는 톨스토이의 깨끗한 문학에 맛을 잃고 인생의
암흑면을 폭로하는 문학을 탐독하게 되었다. 돈환과 함께 인생
향락의 단술에 취하면서 카인과 함께 하나님을 저주하고 싶었
다. 이러한 생각을 가지게 된 것을 나는 크게 진보한 것이라고
생각하였다. 나는 악마주의를 찬양하게 된 것이다.

이와 같은 악마주의적 생활은 한일합방 되던 해 오산학교 교
사로 간 초기까지 계속되었다. 1908년 8월, 이광수는 여름방학
을 이용하여 3년 만에 고향으로 돌아왔다. 이 귀향이 이광수에
게 실혼(失婚)의 상처를 안겨주어 그의 생애의 큰 앙금을 지게
할 줄을 누가 알았겠는가!

이광수의 조부 이건규(李建圭)는 팔아먹을 것은 다 팔아먹고
남의 집 사랑방에서 아이들에게 천자문을 가르치고 있었고, 열
한 살 된 누이 애경은 남의 식구들 틈에서 눈칫밥을 먹고 있었
다. 이 광경을 본 어린 이광수의 가슴은 찢어지는 듯했고, 야심
과 희망이 일시에 무너지는 듯했다. 검은 양복을 입은 동경유학
생은 조부가 기식하는 집에는 단 하루도 묵지 못하고 친척집을
전전하며 지구가 둥글다는 이야기, 화륜선·전기 이야기 등의
새로운 문물을 전해주며 지냈다. 그러나 마음 한구석에는 언제
나 조부와 누이의 비참한 생활을 잊지 않았다. 박대령의 집에도
갔으나, 그곳도 상황은 마찬가지였다. 박대령은 잡혀서 유배되

어 죽고, 첫사랑의 예옥은 출가를 했으나 방탕한 남편 곁을 떠나 산골짜기의 초라한 집에서 살고 있었다.

현실은 어디를 가도 이광수의 희망을 가로막았다. 이광수는 재당숙을 찾아가서 2년 후에 졸업하면 취직을 해서 갚아주겠으니 조부와 누이동생을 맡아달라고 간청했으나 여비에 보태 쓰라고 돈 5원을 줄뿐이었다. 최후의 방도도 끊어진 이광수는 실망과 원한을 품고 돌아오다가 친척 노인을 만났다. 그 노인은 부친의 친구였던 백모(白某) 노인이 이광수를 사위로 삼아 어린 자식들을 맡기고 눈을 감고 싶다고 하면서 이광수를 찾더라는 말을 전해주었다.

이광수는 그날 밤 백노인의 집으로 갔다. 그 노인은 이광수의 손을 잡고 변변치 못하지만 자신의 딸을 맡아달라고 해서 그만 "네." 하고 대답하고 말았다. 이래서 이광수는 음력 8월 어느 날 백혜순(白惠順)과 남정복 옥색 도포에 탕건 쓰고 갓 쓰고 사인교에 덩그렇게 앉아 처가로 가서는 혼인의 예를 올리고 말았다. 이광수는 혼례식 다음날 동경으로 간다고 하였다가 붙잡혀 사흘을 묵고는 처가에서 해준 옷을 벗어놓고 동경으로 가버렸다. 동갑인 신부가 왜 그렇게 싫은지 몰랐다.

나중에 이광수는 인생에 파란을 일으킨 백혜순과의 혼인은 돈을 탐내서 한 짓도 아니요, 색을 탐내서 한 것도 아니고, 문벌을 탐내서 한 것도 아니라고 하며, 이상한 인연이었다고 술회하고 있다.

나는 내가 혼인을 하게 된 동기를 길게 설명하려 하지 않는다. 나는 다만 이상한 인연이 나로 하여금 급작스럽게 혼인을 하게 하였다는 것과 이 혼인이 내 일생에 큰 파란의 원인이 되었다는 것을 말하면 그만일 것이다.

　나는 돈을 탐내서 이 혼인을 한 것도 아니었다. 왜 그런고 하면, 그 집안은 부자가 아니었다. 또 나는 색을 탐내서 그 집과 혼인을 한 것도 아니었다. 왜 그런고 하면, 나는 그 여자를 한 번 본 일도 없었을 뿐더러 그 집이 미인 딸을 둘 만한 가문이 아닌 것도 잘 알고 있었기 때문에. 또 문벌을 탐해서 한 것도 아니었다. 왜 그런고 하면, 그 집은 내 집보다 문벌이 좋지 못한 집안이기 때문에. 그러면 나는 무슨 까닭으로 이 혼인을 하였나? 내게는 여러 가지 설명도 없지 아니하지만 결국 인연이라고 믿을 수밖에 없다.

　결국 세상의 비난의 소용돌이 속에서 1921년에 「무정」과 「개척자」의 판권을 팔아서 합의 이혼하고 말았지만, 이광수의 조혼은 조실부모한 것 못지 않게 마음에 큰 파란을 일으켰다. 명치학원 중학부를 우수한 성적으로 졸업한 이광수는 1910년 3월 합방된 지 5개월 전 교주(校主)인 남강(南崗) 이승훈(李承薰)의 초청으로 고향에 있는 오산학교 교원으로 부임했다. 그 당시는 이토 히로부미(伊藤博文) 암살사건, 해아(海牙) 밀사사건, 양위(讓位) 사건, 군대해산 사건 등으로 시국이 어수선할 때였지만 이광수는 백년대계를 위해 교육에 몸을 담기로 한 것이다.

　19세의 교원(敎員)으로서 이광수는 남강 선생과 학생이 도열할 정도로 대환영을 받고 부임했으나 근무에는 충실하지 않고 술 타령만 하며 선량한 부인을 구박했다. 그 당시 조부도 세상을 떠났다. 이광수는 '서울 갑네, 동경 갑네 하기에 큰사람이나 되는 줄 알았더니 저 꼴이야?’ 하는 빈축에도 아랑곳없이 오히려 더 거만하고 방탕한 생활을 계속했다. 이때 큰아들 진근(震根)이가 태어났다. 그러나 남강 선생의 인격의 감화로 제정신이 든 이광수는 미국으로의 유학을 꿈꾸며, 섭섭해하는 사람들의 전송을 받으며 만주로 떠났다. 그러나 만주에서 미국으로 유학가려던 꿈은 좌절되고, 시베리아 설백의 신비한 경지에 취해 반년 남짓 그곳에서 살며 깊은 감명을 받았다. 설중(雪中)의 장백산맥의 처녀림, “나는 이 속을 기차로 통과할 때 평생에 처음 느껴보는 자연의 웅대한 신비함을 느꼈다.”는 글에서도 나타나듯이 인공을 가하지 않은 설백의 세계는 청년 유랑객에게 깊은 감명을 주었으리라. 그곳은 톨스토이의 「부활」의 네프류도프가 유형가는 카추샤를 쫓아가던 시베리아의 벌판과 비슷한 곳이 아닌가.

　이광수는 2년 후 「어린 벗에게」(1917)라는 단편에서 그때의 느낌을 썼고, 다시 10여 년 후에 쓴 「유정」에서 딸 같은 남정임과의 사랑에서 지고(至高)의 미(美)를 발견한 최석(崔晳)을 시베리아의 바이칼 호반에 서게 하고 있다. 미와 선을 추구하는 최석은 이광수의 시베리아 여행과 시인 영운(嶺雲) 모윤숙과 사랑체험이 「유정」(1933)에서 결집되어 탄생된 것이다. 1914년 최남선이 〈청춘〉지에 내자 그와 빈번한 교류가 있던 이광수는 육당이 소개한 인촌(仁村) 김성수(金性洙)의 유학 권고를 받아 1915년 다시 도일하여 와세다 대학 철학과에 입학한다.

「무정」의 열린 지평

와세다 대학 철학과에 입학한 이광수는 학업에만 정진하여 처음 1년 동안은 〈청춘〉에 글도 쓰지 못했다. 중학을 마친 지 5년. 그 대부분의 시간을 교단에서 보냈으나 이광수는 문학서적 탐독에 더 기울었기에 학업에 소원했었지만, 성적은 뒤떨어지고 싶지 않았다. 더구나 오산에서 가르친 김억(金億)이 게이오 대학에 다니고, 김흥제(金興齊)가 같은 와세다 영문과의 상급반에 다니고 있었으므로 이광수는 더욱 학업에 열중하였다. 이광수는 1916년 9월, 학교에서 특대생이 되고 나서야 문필을 들었다. 이 무렵 「소년의 비애」(1917), 「어린 벗에게」, 「윤광호(尹光浩)」(1918)와 같은 소년의 각성을 촉구하고 자유연애 옹호와 같은 기성윤리를 부정하는 내용의 소설들과 장시(長詩) 「극웅행(極熊行)」 등을 〈청춘〉에 발표했다. 그리고 1917년 1월 1일부터 〈매일신보〉에 「무정」을 연재하기 시작했다.

「무정」은 이광수의 출세작일 뿐만 아니라, 우리 근대문학의 최초의 장편소설이요, 근대문학의 거보를 내딛게 한 작품이다. 이 「무정」은 신문학을 한 이형식과 과도기의 신여성으로서 선각자인 양하는 김장로의 딸인 김선형과 어릴 때 정혼한 구여성인 박영채, 신문기자로서 이형식의 친구인 신우선, 또한 영채를 구해주고 정신적인 감화를 주어 일본으로 음악공부를 하러 가게 하는 김병욱 등이 등장해서 전개되는 과도기 조선의 모습을 그린 작품이다. 이형식의 우유부단한 성격과 김선형의 신여성인 듯하면서 탈피 못한 구도덕성, 영채의 구도덕의 전형성에 대한 미화 때문에 필연적인 인과관계의 제시가 결여돼 사건의 통일성을 그르치기는 했어도, 개화사상이 퍼져나가고 신문학이 들어오던 당시의 독자들은 단물을 만난 듯이 「무정」에 열중했다. 〈매일신보〉를 보기 위해서 십리 길을 가는 것은 보통이요, 젊은이들은 「무정」의 희비가 전개됨에 따라 이광수에 열광했고, 기성층에서는 있을 수 없는 불륜의 세계라고 혹평하며 〈매일신보〉에 항의하고, 또한 관립고등보통학교 교장인 여운형은 「무정」을 읽지 못하도록 훈화했으며, 유림회(儒林會)에서는 중추원(中樞院)에 진정을 내는 등, 1917년은 「무정」으로 인해 온통 벌집을 쑤셔놓은 듯 아우성이었다.

「무정」을 비평하면서도 "영원히 잊지 못할 작품이다."라고 말한 김동인은 『조선근대소설고(朝鮮近代小說考)』에서 이광수는 당시의 유교, 예수교, 엄격한 부모들, 기존의 도덕, 제도, 규칙에 선전포고함으로써 "실로 용감한 돈키호테였다."라면서, 이광수가 당시 젊은이들에게 열광적인 지지를 받았음을 밝히고 있다.

> 조선의 소설가 가운데서 그 지식의 풍부함과 그 경험의 광범함과 교양의 많음과 정력의 절륜함과 필재(筆才)의 원만함이 춘원을 따를 자 없다.
>
> 그가 처음에 사회에 던진 문학은 반영적 선언이었다. 실로 용감한 돈키호테였다. 그는 부노(父老)들에게 선전을 포고하였다. 그리고 이 모든 반역적 사조는 당시 조선 청년의 일치되는 감정으로서, 다만 중인(衆人)은 차마 이리 발설치 못하여 침묵을 지키던 것이었다. 중인 청년계급은 아직 남아 있는 도덕성의 백리 때문에, 혹은 예의 때문에 발설치 못하고 있을 때에 춘원의 반

역적 기치는 높이 들렸다. 청년들은 모두 그 기치 아래 모여들
지 않을 수가 없었다. 이런 일도 가능하다고 깨달을 때에 조선
의 온 청년은 장위(將位)를 다투려는 한 마디 불평도 없이 춘원
의 막하에 모여들었다.

이광수는 「혼인론」(1917), 「자녀중심론」(1918), 「신생활론」
(1918) 등의 논설로, 애경(愛敬)을 중심으로 하는 혼인과 자녀 중
심의 가정생활을 주장하여 구도덕에 반기를 들었다. 「무정」뿐만
아니라 이광수가 〈청춘〉에 발표한 단편소설들도 젊은이들의 열
광 속에 읽혀졌다. 이광수의 작품이 실리지 않은 호의 〈청춘〉지
는 팔리는 부수가 적었다고 하니, 당시 젊은이들의 이광수 소설
에 대한 열광을 가히 짐작할 수 있다.
　「혈의 누」를 쓴 이인직(李人稙)의 작품이 구도덕을 찬미하는
일부 계층에게밖에 읽히지 않아 몰락된 데 비하여, 이광수는 청
년과 학생층의 일대 세력에 침투하며 후에 그의 소설에 큰 영
향을 끼치면서 공전의 인기를 모았다. 말하자면 이광수가 후에
발표한 「여(余)의 작가적 태도」에서 말한 것과 같은 그의 의도가
적중되어간 셈이다.

　　나는 일찍 문사로 자처하기를 즐겨한 일이 없었다. 내가 「무
　　정」, 「개척자」, 「재생」, 「혁명가의 아내」를 쓴 것은 문학적 작품
　　을 쓴다는 의식으로 썼다는 것보다는 대개가 이론의 이상과 현
　　실의 괴리, 그의 모든 약점을 여실하게 그려내어서 독자의 감계
　　(鑑戒)나 감분(感奮)의 재료를 삼을 겸 조선언문의 발달에 밑자
　　극을 주고 될 수 있으면 청년의 문학욕에 도움이 되는 독물(讀
　　物)을 제공하자, 이를테면 이 정치 아래서 자유로 동포에게 통정

(通情)할 수 없는 심회(心懷)의 일부분을 말하는 방편으로 소설
에 붓을 든 것이다. 그러므로 소설을 쓰는 것은 나의 일여기(一
餘技)다. 나는 지금도 문사는 아니다.

　이광수는 다음해인 1918년 〈매일신보〉에 「개척자」를 발표했
다. 「개척자」는 기혼자인 미술교사와 김성순과의 애정을 다룬
것으로 자유연애 사상을 고취시킨 작품이다. 미술교사인 민은식
과 발명을 통한 과학입국(科學立國)을 꿈꾸는 김성재(金性哉)의 누
이인 김성순과의 사랑을 그리고 있다. 세상은 또 발칵 뒤집혔
다. "소설을 왜 쓰느냐, 그것도 조선에 도움이 되느냐, 왜 연애
이야기를 써서 청년들을 부패하게 하느냐." 등의 항의가 날아오
고, 찬반양론으로 이론이 분분했다.
　「무정」이 이토록 독자를 매혹시킨 중요한 이유는 조연현(趙演
鉉)이 『한국현대문학사』에서도 말한 바와 같이 봉건적인 인생관
과는 정반대되는 오히려 그것을 송두리째 뒤집는 새로운 인생
관의 일표지(一標識)가 되었던 것이다. 왜냐 하면 당시 신소설은
표면상으로는 개화된 현실을 보여주고 있었으나 실제로 그 속
에 내재돼 있던 것은 봉건적인 사상이었음에 반하여, 「무정」은
당시의 현실을 그대로 드러냄으로써 그토록 물의를 일으킨 것
이다. 「무정」은 이와 같이 민족주의·계몽주의에 입각한 개혁사
상의 효시가 되었다. 「무정」의 끝 장면에서 보듯이 수해로 절망
에 빠진 농민들을 위해서 자선음악회를 열고 나서, 교육의 필요
성을 강조하고 있는 것도 바로 교육과 과학입국에의 그날을 추
구하려는 강력한 작가의식의 발로라고 볼 수 있다.

이광수는 「「무정」을 쓰던 때와 그 후」라는 글에서,

> 중구원참의(中區院參議) 연명으로 총독부, 경무 총감부, 〈매일
> 신보〉 사장 등에게 이광수의 글을 싣지 말라는 진정서가 가고,
> 경학원(經學院)에서도 이광수를 공격하는 연설회가 열리고, 고려
> 운형(故呂運亨) 선생 같은 이는 관립 고등학생 일동에게 이광수
> 의 글을 읽지 말라는 훈시까지 하였던 말을 그 학교 선생 수십
> 명이 연명한 편지로 알았다. 그 학생들은 나를 지지하고 격려하
> 기 위하여 편지를 쓴 것이다.

라고 말하고 있다.

「무정」은 아마 백혜순과의 실혼(失婚)의 경험을 토대로 해서
썼는지도 모른다. 실은 「무정」을 거의 끝낼 무렵 동경에서 스물
한 살의 의전 졸업반 학생과 만나면서 가슴을 태우고 있었으니
말이다.

무더운 여름, 하숙집 우계관(牛溪館) 이층에서 한참 화제중인
「무정」을 집필하다가 이광수는 몸에 이상을 느꼈다. 기침이 심
하고 미열이 났다. 너무 과로한 탓이려니 하고 병원에 찾아갔
다. 그 병원이 바로 우시고매(牛込) 여자의학전문학교 부속병원
이었다. 진찰비가 1원 5십 전이었는데, 이광수는 5십 전밖에 없
었다. 모처럼 온 것을 그대로 돌아설 수도 없고 해서 쩔쩔매고
있었다. 그때 이광수 앞에 한 여인이 살며시 다가왔다. 그 여인
은 조선을 구할 태양 같은 고국의 학생이 진찰비가 없어서 쩔
쩔매는 모습을 보다못해 그 앞에 다가선 것이다. "좋으시다면
제가 빌려 드리겠어요." 그 여인의 말이 떨어지는 순간 두 사람

의 시선이 마주치면서 새파란 불길이 하늘을 찔렀다. 두 사람은 지그시 바라보며 떨어질 줄을 몰랐다. 그 순간 두 사람의 운명은 결정되어진 것이다. 그 여인이 바로 스물 한 살의 의전 졸업반 허영숙(許英肅) 이었다.

여인들의 향기

서로 마주보고 떨어질 줄 모르던 이광수와 허영숙은 이윽고 진찰실로 갔다. 진찰실에 가서까지도 허영숙은 정기 있는 황금빛을 발하는 이광수의 노란 눈길을 생각했다. 이성(異性)을 향한 마음이라기보다는 '이는 꼭 조선을 구할, 조선에 없어서는 안 될 사람' 같은 인상을 받았던 것이다. 그러나 진찰 결과는 그녀를 놀라게 했다. 폐결핵이 이미 3기에 접어들고 있다는 것이다. 허영숙은 어쩔 줄 모르고 당황하는 데 비해, 이광수는 별로 놀라는 기색이 없이 태연했다. 그들은 아쉬움을 어찌하지 못한 채 헤어졌다.

며칠 뒤에 이광수는 첫 각혈을 했다. 피를 방바닥에 흥건하게 뱉은 이광수는 사흘이나 혼미상태에 있었다. 그러면서 이름도 성도 모르는 조국 여학생의 모습만을 그리고 있었다. 주인 아주머니가 입원을 권했으나 입원할 돈이 없었다. 먼 이국(異國)의 쓸쓸한 하숙방에서 병든 몸이 된 이광수는 그 여인을 생각다 못해 하숙집 아주머니에게 전화로 불러달라고 했다. 허영숙은 그녀대로 금빛을 발하는 것 같은 부리부리한 이광수를 그리면서 그의 병을 걱정하고 있었다. 그렇다고 찾아갈 수도 없어 마음만 졸이고 있는 터였다. 전화를 받자마자 주사기와 약을 가지고 단숨에 우계관으로 달려갔다. 그때 이광수는 또 각혈을 하고 있었다. 영숙은 얼른 주사를 놓고 피묻은 다다미와 베개를 씻었다. 그 뒤에 영숙은 학업이나 실습시간 외에는 이광수의 곁을 거의 떠나지 않고 정성껏 간호했다. 그러는 사이에 특대생의 유학생이라는 것밖에 몰랐던 이광수의 신분을 알게 되었다. 당시 유학생이던 최두선(崔斗善), 현상윤(玄相允) 등으로부터 그가 쓰는 소설이 온 민족의 심금을 울리고 있다는 말을 듣고 자기가 본 첫인상이 틀리지 않았다는 것을 깨달았다. 물론 처자가 있는 기혼자라는 것도 알았다.

이광수는 "영이, 내 곁에 있어 주시오."라고 사랑을 간접적으로 고백했으나 영숙은 그것도 몰랐다. 이광수는 영숙의 지극한 간호로 병이 좀 낫자 다시 소설을 집필하기 시작했다. 기다리는 수많은 독자, 아니 민족을 그대로 둘 수는 없다면서 14일간 쉬지 않고 집필하여 「무정」을 탈고하고는 그 자리에 쓰러졌다. 그날 밤늦게 돌아온 영숙은 예감이 이상해서 다음날 새벽에 가보니 이광수는 굴뚝에서 나오는 연기에 중독되어 거의 죽게 되어 있었다. 영숙이 아니었으면 이광수는 이때 저승사람이 되었을 것이다.

"나는 이대로 죽어요. 김성수(金性洙) 씨에게 연락하시오."

사흘 뒤에 인촌(仁村)으로부터 녹용대보탕(鹿茸大補湯) 백 첩과 입원비 5십 원이 보내져왔다. 이광수가 영숙에서 사랑을 고백한 것이 이때였다.

"영이, 평생토록 내 곁에 있어주겠다고 맹세해요."

"영은 영원히 선생님 곁에 있겠어요."

"영은 내 피요, 생명이요, 우주요, 그 증거를 보여주어요."

그리하여 영숙은 결혼할 의사가 없으면서도 손가락을 깨물며, '영은 일생을 선생님께 바치나이다.'고 혈서를 썼다. 그러나 혈서 뒤에는 수많은 애정산맥이, 이들을 괴롭히는 내일이 기다리고 있었다.

이광수에게는 많은 여성이 따랐다고 한다. 「무정」으로 일약 문명을 떨치고 있는 특대생의 호남아에게 신여성들이 어찌 흠모의 눈초리를 보내지 않았겠는가. 일설에 의하면 이광수 때문에 현해탄에 투신한 여인이 있고, 스님이 되어 입산수도한 여인도 있다고 한다. 또 스승으로 받들며 사랑한 여인들도 있었다.

허영숙은 박대령의 딸 박예옥, 부인 박혜순의 다음인 세 번째 여인인 셈이다. 이광수는 세 번째 여인인 허영숙에 의해서 생명을 구하고 불같은 사랑을 느꼈던 것이다. 서울에 돌아와 대학병원 내과의사로 봉직하게 된 영숙은 이광수와 같이 있을 수가 없었다. 동경에 있는 이광수에게 약혼하게 되었다는 말과 일생 오빠로 모시겠다는 장문의 편지를 보내왔다. 이광수는 학업을 중단하고 귀국하여 역전의 와다나베(渡邊) 여관에 여장을 풀었다. 그리고 영숙의 약혼 사실에 대해 괴로워하고 있었다. 영숙도 이광수의 불같은 사랑에 끌려가고 있었다. 영숙은 북경(北京)에 있는 의전 동창인 일인(日人) 하나코(永井花子)에게 연락해서 그곳의 병원에서 일할 수 있도록 도와달라고 부탁하여 이광수와 같이 북경으로 갈 것을 계획했다. 마침내 영숙은 추수하여 들어와 있는 거금 중 2천 원을 가지고 이광수와 함께 북경에 갔으나, 뒤따라온 친척오빠 조종필(趙鍾弼)에게 발각되어 서울로 되돌아왔다. 영숙의 집안 식구는 이광수를 색정가로 몰아 영숙은 감금되고 이광수는 여관으로 돌아갈 수밖에 없었다. 그러나 영숙은 사흘도 채 안 되어 다시 북경으로 달려가서 이광수가 묵고 있는 서울여관에 '영숙 북경에 와 있음'이라고 전보를 쳤다. 이광수도 곧 북경으로 가 석 달 남짓한 애정도피 생활을 했다. 이 석 달의 생활은 꿈과 같이 지나갔다. 이광수는 그의 「자서전」에서 북경의 첫인상을,

> 우리는 마차와 인력거와 쿨리가 많은 데 놀랐다. 옛날 우리 조상들이 그렇게 사모하던 북경이다. 천자가 있는 데로 문화의 가장 높은 중심으로 한 번 보기를 끔찍이 원하던 북경이다. 그러나 지금도 세계에서 가장 천한 나라의 하나로 준 야만의 대우를 받는 중국의 서울에 불과한 북경이다.
>
> 중국을 조국으로 알던 우리 한국인들이 언제나 원망스러운 것은 말할 것도 없거니와 이렇게 더러운 나라, 이렇게 더럽고 못난 백성에게 소국인으로 조공을 바치던 역사의 여러 가지 기억이 머리 속에 일어나서 심히 불쾌했다.

고 술회하고 있다.

서너 달이 지난 뒤에 이광수는 다시 국내를 거쳐 일본으로 돌아갔다. 이광수는 백관수(白寬洙), 김도연(金度演) 등과 같이 3·1운동의 선봉인 2·8선언(1919.2.8)에 관여하여 「무정」과 「개척자」 등을 쓰던 우계관에서 사흘 동안에 "조선청년독립단은 우리 이천만 민족을 대표하며 정의와 자유의 승리를 득(得)한 세

계 만국의 전(前)에 독립을 기성(期成)하기를 선언하노라."로 시작되는 '조선청년독립단선언서'를 기초했다. 이 사건 뒤에 이광수는 상해로 가서 임시정부에 들어가 거기서 나오는 〈독립신문〉의 주필을 맡으면서 독립운동에 참가했다. 북경에서 돌아와 대학병원 내과에서 일하던 영숙은 "상해임시정부기관지 〈독립신문〉 사장 겸 주필 이광수 폐병으로 위독하다."는 신문보도를 보고 의전(醫專)의 은사 요시게(吉木)에게 간청하여 화북(華北)에 파견하는 의료시찰단의 일원으로 북경에 들어갔다.

허영숙을 연모하던, 동경고상을 나온 진학문(秦學文)은 동경을 거쳐 배를 타고 상해로 갔다. 진학문은 이광수가 상해로 망명하자, 냉청동의 허영숙의 집을 자주 찾았으나 허영숙의 마음을 돌릴 수가 없었다. 상해의 어느 집에서 이 세 사람이 만나 담판을 짓는 장면은 가슴을 뛰게 한다. 희미한 등불 아래서 진학문은 상을 치면서 사랑을 호소하고, 이광수는 별로 말도 없는 가운데, 허영숙은 창백해진 채로 서 있었던 것이다.

영숙은 이렇게 상해에 가서 3년만에 그리운 이광수를 만났으나 일경이 보낸 밀정이란 혐의를 받게 되어 먼저 고국에 돌아왔다. 이광수는 말없이 사라진 영숙을 찾아 나섰다가 일경에 체포되어 서울에 압송되었다. 이광수가 국내에 돌아오자 변절자라는 비난이 분분했다. 이광수는 그리운 사람의 품에 안겨 조용히 그 비난을 듣고 있었다. 본부인 백혜순과 합의 이혼을 하고 영숙과 혼인을 하였다. 색정가, 위선자라는 비난을 받아온 지 실로 6년 만에 영숙과 정식부부가 된 것이다. 그러나 공교롭게도 1922년 5월 〈개벽〉에 「민족개조론」을 발표하여, 이광수에 대한 비난과 오해가 미움으로 변하여 온 신문·잡지에 반박문이 실리고, 동경에서는 이광수 매장회가 열리고 급기야는 어느 날 자정에 청년 5, 6명이 이광수의 집에 찾아와 영숙을 보고 이광수의 첩이니, 이광수는 반역자라는 등 갖은 말을 다하고는 〈개벽〉사로 쳐들어가 부수고, 이광수가 철학·윤리학 등 주 12시간 강의를 나가던 종학원장(宗學院長)인 최린(崔麟)의 집까지 습격하는 소동을 벌였다. 이광수는 이에 굴하지 않고, 「가실(嘉實)」(1923), 「선도자(先導者)」(1923)와 같은 작품을 쓰고, 「금강산유기(金剛山遊記)」(1923)를 발표했다. 1922년 송진우의 권유로 동아일보사에 입사하여 다음해에 「재생」(1924)을 발표했다.

「재생」은 신봉구의 김순영에 대한 현실을 넘어선 사랑과 백윤희의 조선식 오입과 경주의 봉구에 대한 숭고한 사랑이 얽힌 이야기로, 외금강 구룡폭포에서 소경 딸을 안은 순영이가 자살하는 장면으로 이야기가 끝난다. 경주의 사랑을 받지 못하고 순영을 그리는 봉구의 얘기는, 작품 「사랑」에서 순옥(筍玉)의 안빈에 대한 사랑과 비슷하다. 이러한 봉구의 외침은 바로 이광수의 외침이 아닐 수 없다.

이광수는 부인 허영숙과의 파란 많은 연애 외에도 시인 모윤숙, 화가 박노경, 돈 많은 명기 김두옥 등의 여인이 있었다. 두옥은 영숙이 소개하여 아들 봉근을 수양아들로 삼았던 사이요, 윤숙과 노경은 나이 어린 딸과 같은 사이였다.

마침 그때 〈조선일보〉에 「유정」이 발표되어 정임의 모델에 대해서 세론(世論)이 분분했다. 세상에는 박노경이 이화여전을 나와 이광수와 가까웠을 뿐 아니라 「렌의 애가(哀歌)」의 시몽이 이광수라는 소문이 파다했으며, 윤숙의 「신연애론」의 내용이 그것을 뒷받침해준다. 더구나 「유정」이 발표되기 전까지 노경은 서로 잘 모르는 사이였다고 한다. 하지만 「유정」을 쓰면서 노경을 알게 되었으므로 노경도 「유정」의 한 모델이었을지 모른다.

언젠가 모윤숙과 이광수가 부전고원의 넓은 호반에서 기우는 달을 바라보며,

"윤숙이는 저 산 위에 떠나가는 구름과 같애!"

"왜 잡히지 않겠어요. 반드시 손으로 잡아야 제것이 되나요."

라고, 서로의 심정을 암시하였고, 거기서 이광수가 모윤숙에게 영운(嶺雲)이라는 호를 지어준 것이다.

이광수의 분신이라고도 볼 수 있는 「유정」에서의 최석은 딸 같은 정임에 대한 초이성적인 애정을 절규하면서 평소에 이상하게도 그리워하던 시베리아의 바이칼 호수를 찾아가는 것이다.

「사랑」의 윤리와 인도주의

이광수는 1937년 "동우회는 흥사단(興士團)과 동일한 것으로서 조선의 독립을 목적으로 하는 단체였다."라고 답변을 강요받아 주요인사들을 투옥시킨 수양동우회(修養同友會) 사건에 연루되어 7년 언도를 받았다. 이광수는 안창호(安昌浩)의 건강을 염려하면서 감옥에서 박정호에게 간곡한 편지를 보내기도 했다.

그 전에 이광수는 「마의태자」, 「단종애사」, 「이순신」 같은 역사소설을 쓰고, 「혁명가의 아내」, 「사랑의 다각형」, 「삼봉이네 집」의 『군상(群像)』 3부작을 발표하면서 〈동아일보〉의 '사설',

‘횡설수설’, ‘논설’소설의 4설(說)을 도맡아 바쁜 나날을 보냈다. 그러면서 이충무공 유적순례를 떠나 온양 묘소, 목포, 우수영, 벽파진, 여수, 통영, 한산도를 두루 돌아보고, 「충무공 유적 순례」를 〈동아일보〉에 연재하여 스러진 조국의 옛 혼을 되살렸다.

또한 이광수는 1932년부터 1933년까지 〈동아일보〉에 그의 귀농의식을 나타내는 「흙」을 발표했다. 「흙」은 학생 때 농촌에 와서 야학을 가르치고 변호사가 되면서도 농촌에 모든 것을 바치겠다는 이상주의자 허숭(許崇), 그를 따르는 농촌여성 유순, 허숭과 대조적인 김갑진(金甲鎭), 숭과 결혼하는 윤참판의 딸 윤정선(尹貞善), 숭의 정신적 지도자인 한민교(韓民敎) 선생, 기생이었다가 허숭에게 감화되어 농촌으로 돌아가 유아원 교사가 되는 선희(산월), 전형적인 시골관리인 황모 등의 인물로 도회와 농촌을 대조시키면서 애정의 갈등 속에서 흙에 묻혀 살아야 함을 픽션화한 소설이다. 거기에는 하늘의 해와 같이 바라보는 허숭을 향한 유순의 사랑과 이상적인 농촌을 세우기 위한 허숭의 꿈이 서려 있다. 그리하여 ‘내 일생을 바쳐 살여울 동포를 도와보자.’고 전전하는 허숭과 유순, 윤정선, 김갑진의 사건이 얽혀 얘기가 진전해간다. 그 뒤 이광수는 1939년 6월 말 자하문 밖 집을 팔아버리고 부인의 병원 소재지인 효자동 175번지로 옮겨 「산거기(山居記)」, 「원효대사」, 「사랑」, 「무명(無明)」과 같은 작품을 썼다. 김팔봉이 꼽은 이광수의 4대 장편 「무정」, 「흙」, 「사랑」, 「원효대사」 중 두 편이 이때 씌어지고, 박종화(朴鍾和)가 꼽은 이광수의 대표적 소설인 「무명」이 이때 발표되었으니, 이 시기가 이광수 문학의 결정기라고 할 수 있다.

　이광수가 1938년부터 근 2년에 걸쳐서 쓴 「사랑」은 사랑의 윤리를 제시한 전작소설이요, 1939년 〈문장〉 창간호에 발표된 「무명」은 이광수의 인도주의 사상이 여실히 나타난 작품이며, 불교에 귀의한 이광수의 불교사상이 경주된 것이 「원효대사」이다. 그 중에서도 「사랑」은 이광수의 플라토닉 러브의 애정관을 제시한 것으로서, 가장 유명한 이광수의 작품이다. 안빈(安賓)을 흠모하며 일생을 두고 그리는 순옥과 안빈의 '육체적인 것을 떼어버린' 정신적·현실초극적 사랑의 여정을 그림으로써 사랑의 윤리를 보여준 작품이다. 그 작품에 나타난 사랑은 「사랑」의 서문에 있는 '영원한 존재'를 인식케 하는 사랑이다.

　　육체를 결합할 목적으로 하는 사랑이 가장 많겠지마는, 그것은 생물계에 사람보다도 벌레가 많다는 것과 다름없는 것이다. 육체의 결합과 아울러 정신에 대한 사모가 짝하는 사람이야말로 비로소 인간적이라는 이름으로 불려질 자격을 가지겠지마는, 한층 더 올라가서 육체에 대한 욕망을 전연 떼어버린 사랑이 있는 것이 인류의 자랑이 아닐 수 없다. 그것은 일시적인 우리 육체 속에 있는 '영원한 존재'를 인식하는 데서만 생길 수 있기 때문이다.

　그리하여 순옥은 '가장 아름다운 몸과 가장 아름다운 음성과 가장 높은 지혜와 한량없는 사랑과 힘과 공덕을 가진' 지고지선(至高至善)의 대상이라고 믿어지는 안빈을 따라, 또 그를 통하여 구원의 세계를 찾아 현실을 초극하는 것이다. 그것은 바로 자기 희생의 사상이면서 이데아를 찾아가는 험로이기도 한 것이다.

　작품 「사랑」은 북한요양원으로 표상되는 유토피아를 이루게
된다. 「사랑」의 끝에서 북한요양원에 모여,

> "저는 이 세상에서 가장 행복된 사람 중의 하나라고 믿어요.
> 제 소원은 완전히 성취되었으니까요.―선생님 곁에서 거진 반생
> 이나 보낼 수 있었으니까요. 제 만족은 완전해요. 제게는 이 이
> 상의 소원은 하나도 없었습니다.―앞으로 소원이 있다고 하면
> 그것은 제가 죽기까지 선생님을 곁에서 모시는 거야요."
> 　"고맙소 나도 여러 사람의 사랑 속에 육십 평생을 기쁘게 살
> 아왔소.……순옥의 그 깨끗하고도 열렬한 사랑이 내 병약한 체
> 질과 정신에 자극과 격려를 아니 주었던들 내가 벌써 노쇠하여
> 버렸을지도 몰라. 나는 이 기회에 순옥에게 무한한 감사를 드리
> 오. 순옥을 생각하면 내 가슴속에서는 새로운 저력과 용기가 감
> 격이 끓어올랐어."

라고 순옥과 안빈이 주고받은 말에서 보듯이, 사랑은 북한요양
원의 이 장면으로 성취되고 있다. 「무정」에서 교육과 과학입국
으로 지향되는 열린 가능성이 「개척자」, 「재생」, 「군상」, 「원효
대사」 등 여러 작품을 거쳐 「사랑」에서 그 유토피아가 성취된
것이다.

　김동석(金東錫) 등이 「사랑」을 위선의 문학이라고 공박하는 이
유도 이 지고지선을 향하여 현실을 초극하는 데 있다. 또한 이
광수의 다른 작품을 혹평하면서도 김동인이 찬사를 아끼지 않
은 「무명」은 옥중에서 겪은 일인칭 소설로 이광수가 병보석으
로 나와 병상에 누워서 부르는 것을 박정호(朴定鎬)가 받아쓴 것
이다. 당시 〈문장〉의 기자였던 작가 곽하신(郭夏信)의 말에 의하

면, 처음에는 「박복한 무리들」이었던 것을 곽하신이 보는 앞에서 「무명」으로 고쳐주면서, "나로서는 오늘까지 쓴 작품 중에서 가장 자신있는 작품이오."라고 하였다는 것이다. 과연 그 말은 「무명」이 이광수의 인도주의를 나타내는 명작이라는 세평과 일치했다.

1941년 12월 8일 태평양 전쟁으로 일제의 탄압이 절정에 달했을 때, 이광수는 가야마 미쓰로(香山光郎)이라고 창씨를 하고 일문(日文)으로 글을 쓰며, 학병 권유의 연설을 하고 다니는 등 친일행위를 했다. 배신자, 민족반려자라는 말에, 민족을 위해서 친일한다는 이광수의 말을 우리는 그대로 받아들이든가 안 하기에 앞서, 최남선과 이광수 같은 신문화의 개척자의 거목들이 친일을 했다는 서글픈 현실을 주시해야 할 것이다. 1945년 광복은 되었으나 민족을 임으로 여겨 살아오고 작품을 쓴 이광수 앞에는, 밝은 민족의 체온보다는 배반자, 민족반역자라는 비난이 앞을 가리고 있었다.

「돌베개」와 민족

이광수는 사능(思陵) 집에서 영근·정란·정화 세 자녀와 같이 8·15 해방을 맞이했다. 이광수는 36년간의 갖가지 쓰라린 일을 회상하면서 세 자녀와 애국가를 불러 감격의 마음을 달래었다. 그러나 세상에선 이광수를 친일파로 규정하고 비방하는 등 야단이었다. 사흘 뒤에 병원에 남아 있던 허영숙은 이광수와 3남매를 모아놓고 서울의 이와 같은 좋지 못한 소식을 전하면서 이광수에게 피신 가기를 권했다. 정화의 「아버님 춘원」에 의하면, 이광수는 그때 "아이들 다리고 올라가시오." 하고 말이 없었다고 한다. 다시 허영숙이 피신하기를 권하자,

> 소가 몇 필이 와서 끌어도 이광수는 이 자리를 안 떠날 것이오. 이 광수의 목을 베어 종로 네거리에 매달아 정말 친일파가 없어진다면 나의 할 일은 다한 것이오.

라고 소리를 높여 말했다.

이광수는 태연자약했다. 문제는 민족에 대한 양심과 행동에 있다고 생각했을까? 어떻든 이광수는 두문불출하고 사능에 있었다. 세상에서는 그것을 이광수의 참회의 모습이요, 학자답고 예술가다운 양심으로 여겼다. 실은 이광수는 애국하는 그들을 관망하면서 사색에 잠겨 있었다. 1946년 9월 1일 이광수는 수도 생활을 목적으로 봉선사(奉先寺)에 갔으나 여의치 않아, 다시 사능에 와서 「돌베개」를 집필하기 시작했다.

이광수가 사능에 내려가 칩거한 것을 세상에서는 참회의 형태로 보았다. 이광수는 「돌베개」 서문에서,

> 나는 오랫동안 세상을 떠나서 수도생활을 할 작정으로 꽤 크고 비장한 결심을 가지고 봉선사로 간 것이었다. 내가 봉선사를 숨을 곳으로 정한 까닭은 광동학교의 교장으로 있는 내 삼종 문허당 이학수를 의지함이었다. 아이들 작문이나 꼬아주고 영어마디나 가르쳐주면 밥을 먹여준다는 것이었다.

라고 봉선사에서 은거한 이유를 말하고 있다. 사능에서 「돌베
개」를 비롯하여, 「내나라」, 「사랑의 길」, 「인생의 기쁨」 등의 수
필로 민족애를 표현했다. 이광수는,

> 나는 내가 이 세상에 나올 때에 가지고 온 심부름을 잊어버
> 린 것만 같다. 내가 무엇 하러 왔던고? 좋은 청춘의 세월을 다
> 허망하게 보내고 백발이 성성한 오늘에 와서 호주머니나 뒤져본
> 다는 일도 기막힌 일이다. 내가 무엇인고? 어디서 무엇하러 왔
> 노? 무엇을 하고 어디로 가는 것인고? 생각하면 길에서 여러 사
> 람을 만나기도 하였다. 큰 어른으로는 공자님, 부처님, 예수님
> 같으신 이도 뵈옵고, 다음가는 이들로는 노자, 장자며, 플라톤,
> 칸트 같은 이들도 만났다. 만나서는 설법을 들었다. 그리하는 동
> 안에 어리석고 어두운 내 마음에도 얼굴의 철학이 이루어졌으니
> 그것을 이어본 것이 「내나라」, 「인생의 기쁨」, 「사랑의 길」 등
> 이 책 마지막에 넣은 세 편이다.

라고 말하고 있다. 이 「돌베개」(1948)와 「내나라」, 「인생의 기
쁨」, 「사랑의 길」은 이광수의 철학이요, 사상의 결정이었다.
「나」, 「도산 안창호」도 이때 씌어졌다.

　1947년 가을, 이광수는 사능에서 병을 이유로 효자동 집으로
돌아왔다. 그러나 사람들은 여전히 친일파로 몰아세웠고, 이광
수의 친일을 변명해 주는 사람이 없었다. 이광수의 가정은 그런
세평과는 관계없이 단란한 시기였다. 「꿈」에서 나온 인세로 피
아노를 사서 '꿈호'라고 명명도 하고, 무엇 하나 부족함이 없었
다. 그러나 반민법(反民法)이 국회를 통과하여 1949년 1월 1일 이
광수는 구금되었고, 남대문로 1가에 있는 반민특위(反民特委) 사

무실로 연행되었다가 그날로 서대문 형무소에 수감되었다. 그때 영근이가 식구를 다 보내고 혈서를 썼다. 이 집안에선 어머니 영숙이 사랑의 맹세로 한 혈서 쓰기에 이은 두 번째의 일이다.

> 제 아비 이광수를 보석해 주옵소서. 제가 대신 갇히겠습니다. 제 아비 이광수는 폐병 3기, 신장결핵, 척추결핵, 늑골결핵 등으로 사선에서 방황했던 것은 세상이 다 주지하는 사실입니다. 이제 병중에 잡혀갔나이다. 이 아비를 보석해 주시옵소서. 건강한 이 자식이 갇히게 해 주시옵소서. 위원장 선생님께 엎드려 애원합니다.
>
> 1949년 2월
> 중앙중학 6년생
> 이영근(李榮根) 올림

이 혈서 때문에 이광수는 병보석이 되었고, 반민특위의 마감일인 31일을 얼마 앞둔 8월 24일 불기소처분을 받은 것이다. 1950년 2월 1일, 효자동 집에선 이광수의 58회 생일잔치를 차려 집안에 웃음의 꽃이 피었다. 영근은 서울대 문리대 2년이 되는 해요, 정란은 역시 문리대 불문과에 입학한 해이고, 정화는 이화여고 5학년에 진급한 때였다. 그러나, 그해 6·25전쟁이 발발하면서 이광수는 7월 12일 공산군에게 납치되어 불귀의 객이 되고 말았다. 이철주(李喆周)의 「북(北)의 예술」에서 1955년 북경에서 사망했다는 말을 들었다고 하였으니, 정말 이광수는 가고 만 것인가. 미국 뉴욕의 존 홉킨스 대학의 교수인 이영근이 북한에 가 확인한 바로는 다른 분들의 묘와 같이 있으며, ‘1950년 10월 26일 사망’

이라고 비명(碑銘)에 써 있었다고 하니, 이제는 그의 모습을 찾을 길이 없다.

이광수는 갔지만 그의 작품은 10권의 『이광수 전집』에 수록되어 영원히 살아 있고, 그의 혈육인 영근은 미국에서 대학의 교수로 있고, 정란은 한국 사람으로는 최초로 영문학 박사학위를 받아 대학교수인 남편과 미국에서 살고 있으며, 정화는 인도 출신의 대학교수의 부인이 되어 모두 미국에서 그 뛰어난 재능을 발휘하면서 살고 있다. 허영숙 여사마저 타계했으니 이광수의 체취는 그의 험준한 생애를 점철하던 이 땅에서 스러지고 말았다.

불우한 소년시절에 중년여인을 만나지 않았으면, 서접주를 만나지 않았으면, 박대령집을 떠나지 않았으면, 천도교 일본 장학생시험에 선발되지 않았으면, 백혜순과 혼인하지 않았으면, 김성수의 도움이 없었더라면, 허영숙을 만나지 않았으면, 상해로 망명하지 못했으면, 납북되지 않았으면, 달라졌을지도 모를 생애를 타의에 의해 마치고 만 것이다.

이광수의 몸은 갔어도 그의 정신은 남양주 봉선사의 문학비와 『전집』 10권과 더불어 우리 민족의 가슴속에서 영원히 살아 있을 것이다.

미의 탐구와 향수의 김동인金東仁

오기와 고고, 기고만장한 성격으로 술과 여인을 섭렵하던 금동(琴童) 김동인(金東仁). 자비로 〈창조〉를 발간하여 근대문학의 기틀을 마련하고, 「감자」, 「배따라기」 등의 자연주의적 소설과  「광화사(狂畵師)」, 「광염(狂炎)쏘나타」 등의 유미주의적 소설로 이 땅에 단편문학의 거목이 된 동인은 52세의 나이로 단명하고 말았다. 「감자」, 「붉은 산」 등의 단편과 「젊은 그들」, 「운현궁의 봄」 등의 장편과 「춘원(春園) 연구」, 「문단 30년사」 등의 비평이 수록된 7권의 『김동인 전집』은 그의 종언과는 상관없이 우리 문학사를 빛내고 있다.

"예술은 인생을 위해서도 아니고, 예술 자신을 위해서도 아니오, 다만 예술가 자신의 막지 못할 예술욕 때문의 예술이외다."라고 말하던 그의 열정도 이제는 찾을 길 없이 다만 그의 문학적 향훈만이 우리에게 어필하고 있다.

양반 부호富豪의 후예

문인 중에서도 금동 김동인(1900~1950)처럼 명문이요, 부유한 집안에서 태어나 소년시절을 유복하게 보낸 이도 드물다. 그 덕분으로 동인은 오기와 고고한 성격의 소유자가 되었고, 그래서 귀족적 취미와 방탕한 생활로 가산을 탕진하고 불우한 말년을 보내게 되었는지도 모른다. 〈창조〉지를 발간하고 「약한 자의 슬픔」, 「감자」 등으로 자연주의 문학의 씨를 뿌리고, 단편문학의 기틀을 마련하여 한국근대문학의 개척에 이바지한 동인의 생애는 술과 여인으로 점철된 인생드라마였다.

김동인은 1900년 6월 2일 평양 하수구리(下水口里) 6번지에서 아버지 대윤(大潤), 어머니 옥(玉)여사의 3남 1녀 중 둘째 아들로 태어났다. 전주김씨의 이 집안은 조부대 때 벼슬을 했던 양반이며, 부호의 가문으로서 이곳에서 8대를 살았으며, 대대로 물려오는 전답으로 농업에 종사해 왔다. 아버지 김대윤은 평양교회의 초대장로로서 오랫동안 활동하였으며, 그의 모친인 옥여사는 전실부인이 동원(東元, 제헌국회 부의장을 지냄)을 낳고 사망한 뒤에 들어온 후취부인으로, 동인(東仁)·동평(東平)·동선(東善)의 3남매를 낳았다. 동인은 1932년 그가 서울 서대문구 행촌동 210

의 96번지로 그의 가족과 함께 이사올 때까지 그의 거주지는 평양의 하수구리였으며, 이곳에서 성장하였다.

그는 어린 시절을 매우 유복하면서도 엄한 가훈 밑에서 유아 독존적으로 자라서 숭덕소학교에서 주요한(朱耀翰)과 같이 공부했을 뿐 친구가 별로 없었다. 그는 나중에 "나는 열다섯 살까지의 소년 시기를 평양에서 지냈지만, 친구가 없는 사람이다."라고 어린 시절을 회상하고 있다. 1913년 동인은 평양 숭실중학교에 입학했다. 숭실중학교는 당시 서양사람이 교장인 미션학교였다. 성경과목에 취미가 없는 동인은 그 시험시간에 성경을 펴놓고 시험을 보다가 발각되자 학교에 나가지 않고 중퇴하고 말았다. 그 다음해인 1914년 봄 동경으로 건너갔다. 당시 이광수, 문일평, 주요한 등 한국 유학생 대부분이 메이지 학원에서 공부했다. 그러나 동인은 주요한이 한 학년 위인 것을 알고, 그를 피해 동경학원 중학부 1년에 입학했다. 그러나, 동경학원이 문을 닫고 메이지 학원에 병합되는 바람에 할 수 없이 주요한이 상급생으로 있는 메이지 학원에 가지 않을 수 없었다. 동경으로 유학을 떠날 때 아버지도 그렇게 원했고, 동인도 장차 변호사나 의사가 되기를 희망했다. 그의 아버지가 선교목사로 동경에 주재하게 된 관계로 먼저 동경에 와 있는 요한이 장차 문학을 전공하겠다는 말을 듣고 "요한이 나보다 앞섰구나."고 생각하면서, 법률학은 분명히 변호사나 판검사가 되는 학문이요, 의학은 분명 의사가 되는 학문인데, 문학은 무엇이 되는가를 곰곰이 생각했다.

그러나 동인이 문학에 뜻을 두게 된 동기는 동경학원 1학년

영작문 시간에 숙제로 영작문 한 편씩을 써오라고 했는데, 동인의 작문을 본 선생이 "너는 장차 훌륭한 문학자가 되겠다."고 칭찬을 해준 데에 있는 것 같다. 그 뒤에 그는 아사쿠사에 가서 영화도 보고, 아오야마(靑山) 연병장을 구경하기도 하면서 탐정소설을 읽었다. 그때 『소년문학문고』 7권을 사다가 독파한 것이 문학으로 기울어진 두 번째 동기다. 메이지 학원은 우리 유학생이 많았을 뿐더러 일본의 많은 문인을 배출한 명문학원이었다. 그때 당시 동인은 기고만장하여 웬만한 문인은 거들떠보지도 않았다. 「문단 30년사」에서 동인은 당시를,

> 나는 그때 소년다운 야심이 만만하던 시절이라, 더욱이 나의 아버지가 나를 기르실 적에 유아독존(唯我獨尊)의 사상을 나의 어린 머리에 깊이 처박았으니 만치 일본문학 따위도 미리부터 깔보고 들었으며, 빅토르위고까지도 통속작가라 경멸하리 만치 유아독존의 시절이었다.

라고 술회하고 있다.

그러나 톨스토이에 대해선 경모(敬慕)해 마지않았다. 「전쟁과 평화」, 「안나 카레리나」 등에 나타난 그 귀신 울릴 만한 기묘한 사실묘사 등으로 인해 톨스토이를 경모하여,

> 노서아의 큰 작가를 비교해 볼 때에 '사랑의 천사'이며 성자라는 존경을 만인에게 받는 도스토예프스키보다 인도주의의 강매자요, 폭군이란 평을 받던 톨스토이가 '내 세계'를 마음껏 조종했다.

라고 말하고 있으나, 그의 문학에서 큰 영향을 받은 것 같지는 않다. 동인은 그것은 민족성이나 환경이나 교양의 차이에서 온 것인 때문이고, 톨스토이라는 사람의 인격은 그에게 큰 영향을 주었다고 했다.

1917년 부친이 별세하자 평양에 내려온 동인은 1918년 4월 당시 평양의 구육로리에서 수산물 도매상을 하던 부상(富商)의 딸인 18세의 김혜인과 혼인을 했다. 신부는 동인과 동갑이었으나 학교에는 다닌 일이 없는 규수였다. 이들은 신혼여행으로 금강산을 다녀왔다. 그리고 하수구리 본가에서 모친 시하에서 결혼생활을 시작했다. 동인은 다시 동경으로 건너갔다. 동경으로 건너간 동인은 동경유학생이 주동이 된 '2·8 독립선언'의 초고 작성을 주요한과 같이 위촉받았으나 이광수에게 넘기고는 요한과 같이 문학을 위한 잡지를 내기로 했다. 이리하여 동인의 부담으로 나온 것이 우리 근대문학의 기틀을 마련한 동인지 〈창조〉이다.

〈창조〉와 반(反)춘원

문예동인지 〈창조〉가 출간됨에 따라 우리의 문학은 비로소 육당과 춘원의 독무대에서 벗어나 근대문학의 터전을 닦게 되었다. 〈창조〉에 발표된 주요한의 「불놀이」와 김동인의 「약한 자의 슬픔」은 지금까지의 시나 소설과는 다른 새로운 표현형식에 의해 근대적 문학의 성격을 띠고 있기 때문이다. 〈창조〉는 1919

년 2월에 김동인이 발간비 2백 원(어머니가 보내줌)을 부담하고, 시에 주요한, 소설에 김동인과 전영택, 희곡에 최승만(이광수는 나중에 가담하고 김억, 김찬영(金瓚永), 김명순(金明淳)의 세 사람이 〈폐허〉에서 탈퇴하고 가담함)에 의해서 발간된 최초의 동인지이다.

1918년 2월 25일 밤, 크리스마스 축하회를 핑계삼아 청년회관에 모였던 유학생 모임에서 돌아온 동인과 요한은 동인의 하숙집에서 화로를 끼고 애기를 하고 있었다. 처음에는 조국과 민족을 이야기하다가 문학의 애기로 귀결되어 문학운동을 일으키기 위하여 동인제(同人制)의 잡지를 내기로 했다.

새로운 문학운동을 일으키려는 희망에 부푼 이들은 밤 깊은 줄 모르고 계획을 세우기에 가슴이 벅찼다. 창간호 발간비용 2백 원과 다음 호부터의 1백 원은 동인(東仁)이 부담하기로 했다. 동인(同人) 구성을 하고 잡지 이름을 〈창조〉(요한이 종교냄새가 난다고 약간 반대했지만)라 하기로 했다. 이날 계획을 세우고, 요한과 동인이 자리에 든 것은 새벽 5시였다. 이렇게 하여 「불놀이」와 「약한 자의 슬픔」이 게재된 〈창조〉가 발간된 것이다. 그후 9호가 나오기까지 동인이 비용을 댔으며, '주식회사 창조사'를 만들기로 하고, 제1회 불입금은 동인이 냈으나 김환(金煥)이 안모(安某)라는 기생에게 매혹되어 써버리고 말았다는 것이다.

〈창조〉 창간호의 주요작품이라고 하는 「불놀이」는, 동인이 결혼하고 신혼여행으로 금강산을 돌아 집으로 돌아와 관등놀이가 있어서 관등선(觀燈船)에 섞여 유쾌한 저녁을 보냈는데 이 말

을 듣고 요한이 지은 것이다. 「약한 자의 슬픔」은 가정교사 강
(姜)엘리자베드와 그녀를 탐하는 아내가 있는 남작, 강(姜)이 마
음속으로 그리는 이환(利煥)의 삼각관계에서 빚어지는 심리적 갈
등과 인간적인 고뇌를 그린 작품이다.

〈창조〉가 나온 뒤, 1920년 6월에 황석우, 오상순, 염상섭, 민
태원, 남궁벽, 김명순, 변영로, 김찬영 등이 동인이 된 〈폐허(廢
墟)〉가 나오고, 1922년 1월에 박종화, 나도향, 현진건, 이상화, 홍
사용이 주가 된 〈백조(白潮)〉가 나와 한국의 근대문학은 동인지
시대로 접어들어 그 기틀을 잡게 되었다.

〈창조〉의 문학적 공적에 대해서 동인은 「문단 30년사」에서
세 가지를 들어 말하고 있다. 첫째로 〈창조〉에서는 소설을 완전
한 순구어체로 썼다는 것, 둘째로 구어체와 동시에 '과거사(過去
詞)'로 썼다는 것, 셋째로는 우리말에 없는 히(he)와 쉬(she)의 성
별의 구별 없이 '그'로 썼다는 것이 그것이다. 동인은 「약한 자
의 슬픔」의 이러한 세 가지 점을 이광수의 소설과 다른 점이라
고 했다.

〈창조〉가 나온 후에 동인은 「마음이 옅은 자여」 등 몇 작품
을 쓰면서 술과 여인에 묻혀 방탕한 생활을 하며 가산을 탕진
해 간다.

여인과 취미

동인은 오기가 대단하고 기고만장한 성품을 가진 호탕아였다.
남에게 절대로 굽히는 일이 없고, 동경을 다닐 때는 할인을 해

주는 3등차를 타지 않고 2등차를 타고 다녔으며, 남의 앞에서는
절대 고개 숙이고 신발 끈을 매지 않았다는 것은 그의 고고한
성품의 일면을 보여주는 것이다. 그가 여인과 술을 섭렵하면서
방탕한 생활을 한 이십대는 3·1운동 실패 후 망국인의 슬픔과
울분을 토하기 위한 오기라고도 볼 수 있으며, 절대로 퇴고하는
법이 없지만 오자나 탈자가 없었다는 것도 그의 성격의 일단을
말해주는 것이다.

선생은 천품적(天稟的)으로 예술가의 기질을 타고나신 분이었
다. 그러기에 글씨는 국민학교 4, 5학년 정도로밖에 안 보이는
악필이면서도 일단 붓을 들면 글이 장강유수처럼 흘러나오는데,
한 자 오자도 없을 뿐 아니라 퇴고를 하는 법이 없는 데도 불구
하고 어느 문장이나 명문(名文)이 아닌 것이 없었다. 이태백(李太
白)은 술 한 잔에 시 한 수를 지었다고 하지만 동인 선생은 붓
만 들면 단편 하나를 즉석에서 써갈기는 초인적인 작가였다. 퇴
고의 필요가 없기 때문에 원고용지를 미리 책으로 매어놓고 넘
버까지 넣어가지고 집필하는 습성이 있는데, 언젠가 한 번은 원
고용지로 5백여 매나 되는 「왕부(王府)의 낙조(落照)」라는 중편
역사소설을 석양 무렵에 쓰기 시작하여, 이튿날 아침 조반 때에
는 거뜬히 탈고하셨다는 것이었다.
그것은 당신의 생애에서도 기록적인 속필(速筆)이라고 하시지
만 하룻밤에 중편 하나쯤 탈고했다는 것은 동인 선생이 아니고
서는 아무도 불가능한 일이 아닐까 한다.

5백여 매를 하루저녁에 썼다는 것은 좀 과장된 표현이라고는
해도, 정비석(鄭飛石)이 「동인(東仁)선생 회고기」에서 한 말은 동

인의 일면을 잘 말해준 글이다.

　동인과 여인의 관계는 그의 장편 「여인」에 잘 그려져 있다. 그가 여인에 대해서 최초로 눈을 뜬 것은 동경에 유학하고 있던 16세 때였다. 대상은 금발과 투명한 피부를 갖고 있는, 일본인 부친과 영국인 모친 사이의 혼혈아인 메리(Marry)라는 소녀였다. 그의 하숙집 옆에 살고 있는 그 소녀에 대한 흠모는 아름다운 꿈을 꾸게 하였으나, 말 한 마디 붙여보지 못하는 사이 그 소녀는 이사를 가버리고 말았다. 연모하던 소녀를 잃어버린 동인은 수필 같은 소설 「여인」에서,

　　소년의 꿈은 무참히도 깨어져버렸다. 그리고, 그 받은 상처는 컸다. 이래 십수 년, 많은 여인을 보고 많은 연애할 기회를 가졌지만(다만 이 한 번의 예외를 제외하고는), 유희 기분이 안 섞인 눈으로 그들을 바라본 일이 없는 것은 모두가 그때의 그 영향의 지속이었다. 말없고 우울하던 소년이 죽을 힘을 다해 자기의 성격을 쾌활하고 천하태평의 청년으로 변케 한 것도 그때의 그 상처의 아픔을 재현할 기회를 없이 하기 위해서였다.

라고 쓴 것을 보면 실망이 매우 컸던 모양이다. 그 뒤 같은 하숙집에 있던 R군이 소개한 그의 애인의 친구 나카시 마요시는 그에게 애틋한 연정을 바쳤지만, 메리의 환상 때문인지 그녀에게 별로 마음을 주지 않았다. 이리하여 동인은 메리의 환상을 미화하여 요시에와 화백의 화실에서 만난 그 제자인 아키코, 1922년에 평양의 일본 요리집에서 만난 기생 세미마루에 대해서도 신 앞에 선 인간처럼 그 미에 매혹될 뿐이었다.

나의 그에 대한 마음은 아직껏 화류계(花柳界) 계집들에게 가
졌던 바와는 달랐다. 나는 그 미 앞에서는 농을 못 하였다. 눈을
들어 정시조차 못 하였다.

동인은 이같이 메리의 환상 속에 세미마루를 바라보며, 미적
으로 메리를 재구성하며 그 속에 자신을 투영하였던 것이다. 그
러나 동인에게 큰 변화를 가져오게 한 것은 김옥엽과 황경옥,
노산홍 등의 기생들이었다. 김옥엽은 명월관에서 만난 기생으
로, 그가 부인 외에 동거한 첫 여인이었다. 20세를 넘어서서 동
인의 방탕은 날로 더해갔다. 매일같이 술이요, 그 술 속에서 세
월을 보내고 있었다.

방탕은 다시 시작되었다. 정오쯤은 요릿집에 출근하여 제1차,
제2차, 제3차, 어떤 때는 제4차까지 끝난 뒤에 새벽 네 시쯤 돌
아와서 한잠 자고는 정오쯤에 다시 요릿집으로 출근하고, 이러
한 광폭한 생활은 다시 시작되었다. 가정은 다만 수면을 위한
것일 뿐, 나의 요릿집과 요리배에서 광폭성(狂暴性)을 발휘하는
것이었다.

이러한 생활 속에서 만난 것이 김옥엽이란 기생이었다. 그는
1921년 봄에서 여름, 겨울에서 1922년 2월까지 김옥엽과 같이
서울, 진남포, 경주 등지에서 유람하면서 동거생활을 하였다. 그
사이 1921년 여름 소요산 단풍놀이에서 당시 16세의 황경옥을
만나 패밀리 호텔에서 동거하다가 옥엽이 다시 나타나 헤어졌

다. 김옥엽, 황경옥, 술과 더불어 방탕한 나날을 보내던 동인은
평양 일본 요릿집에서 세미마루를 만나 경건한 마음으로 그 미
모에 매혹되었으나, 23세에 이르러 김산월·월산월·김연화 등
기생들과 술에 묻혀 살았다. 그러나 이들과는 깊은 관계는 맺지
않았다. 동인과 동거한 세 번째 여인은 1925년 여름부터 1926년
초봄까지 지속된 노산홍이다. 그는 노산홍에게 정열을 바치면서
젊음에 취했다. 그러다가 문득 정신이 들어 재산을 정리해 본
것이다.

> 그러나 이러한 생활 아래서도 나는 나의 재산이 차차 적어져
가는 것을 깨달았다. 이리하여 1926년 정월에 계산한 바에 의지
하여 나의 전 재산이 동산, 부동산을 합하여 일만오천 원밖에
남지 않은 것을 알았다. 그래서 상세한 모든 일은 이 뒤에 나의
생활기록으로써 다시 쓸 기회가 있겠지만 나는 수리사업(水利事
業)에 착수했다. 그러나 천성의 위에 교양과 경우로서 더욱 오만
한 성질이 증장(增長)된 어떤 때에 조사 나온 관리의 무례를 책
망하여 돌려보낸 것이 원인으로 사업도 실패했다……이듬해 여
름에 다시 평양으로 돌아온 때는 정리 후에 남은 2, 3천 원이라
는 현금과 두 소생(所生)밖에는 남은 것이 없었다.

그러나 동인에게 가장 큰 충격을 준 것은 아내 김혜인의 출
분(出奔)이었다. 동인이 낚시질에 몰두하여 며칠 있다가 집에 와
보니 최후에 남은 수천 원을 모두 가지고 아내가 나가버린 것
이었다.

> 지금 나로서는 도저히 알 수 없다. 아직 새로운 상처는 조그

만 충동으로 다 발할 염려가 있다. 그 뒤 1년간 나는 나의 타락
하려는 품성과 파산하려는 성격을 억제하기에 힘을 썼다. 재산
을 잃었다. 처도 잃었다. 그러나 그 고귀한 혼과 통일(統一)한 품
성과 오만한 성격만은 결코 잃고 싶지 않았다.

이러한 술회로 보아 그의 충격이 얼마나 컸는가를 알 수 있
다. 이러한 여인 관계는 메리에서 세미마루에 이르는 환상적 미
의식을 키워주던 여인과, 김옥엽·황경옥·노산홍과 같이 동거
하면서 육적(肉的)인 면으로 깊이 들어간 여인의 두 가지 계열로
나누어 볼 수 있다. 그리하여 동인은 영적인 미의 세계와 육적
인 현실세계의 두 극에의 정신구조로 하여 작품을 썼다고도 볼
수 있다. 그러나 동인의 여인 관계는 1930년 4월 열한살 연하이
며 평양 숭의여중을 갓 나온 20세 처녀 김경애(金瓊愛)와 재혼하
여 그의 여인 관계를 고백하는 작품 「여인」을 쓰고는 자취를
감추어버렸다. 재혼 후 동인은 1931년 봄 분가하여 서울 서대문
구 행촌동으로 이사했다.

동인은 술과 여인뿐 아니라, 여행과 낚시, 경마를 즐겼고, 의
상·레코드·유기그릇 등의 물건 수집과 화초 재배, 사진촬영
등 다양한 취미를 가지고 있었다. 꽃은 개화(開花)에 큰 관심을
가져 필 수 있는 꽃이면 무엇이든 사들였고, 사진도 손수 인
화·현상까지 할만큼 전문적이었다. 또한 동인은 수필 「대동강」
과 그의 많은 작품에서 볼 수 있듯이, 모란봉을 굽이쳐 흐르는
대동강과 유적의 향취에 젖은 평양 장르이다. 동인이 대화에 관
서의 사투리를 쓰는 것이나 평양이 소설의 배경으로 자주 나오

는 것은 평양 장르의 정겨운 표현이리라.

이러한 동인의 진면모는 「감자」나 「광염쏘나타」, 「젊은 그들」
에 의해서 문학적으로 결정되고 있다.

「감자」와 「광염쏘나타」

동인은 1928년에 발표한 「감자」로 자연주의의 기틀을 굳혔고,
1930년에 발표한 「광화사」, 「광염쏘나타」는 탐미주의의 경향을
뚜렷이 한다.

「감자」는 평양 칠성문 밖 빈민굴이 무대다. 그 무대에서 복녀
라는 순진한 시골여인이 점차 변모하여 현실을 누비는 모습을
예리하게 그려내고 있다.

복녀는 열다섯 때 80원에 동네 영감에게 팔려가나, 그 영감은
게으름뱅이여서 근근히 살아가다가 칠성문 밖 빈민굴로 이사간
다. 복녀는 얼굴이 반반한 열아홉 살이 되었다. 송충이 잡이에
가서 감독의 눈에 들어 그에게 욕을 당한 뒤에는 편히 놀고 품
삯을 받는다. 그 뒤 복녀는 칠성문 밖 거지들에게도 적극적으로
나와 돈과 몸을 바꾼다. 그러던 중 왕서방네 감자를 훔치다가
발각되어 그와 정을 통한다. 왕서방이 결혼을 하자 그는 미처
몰랐던 '애정을 자각'하여 질투에 불타는 것이다. 「감자」의 끝
장면에서 우리는 복녀의 발생적 비극을 볼 수 있다.

동인의 「감자」와 「배따라기」 등의 작품은 현실적인 인간상을
그리고 있는 반면에, 「광염쏘나타」, 「광화사」는 탐미적인 미의
식을 나타낸 작품이다. 자극을 받아야 작곡을 하는 백성수는 처

음에 술을 먹다가 나중에는 마약을 맞는다. 그것도 큰 효과를 거두지 못하자 불을 지르고 그것을 보면서 '성난 파도'를 작곡하고, 마지막엔 갓 묻은 여인의 시체를 파내어 집어던지고는 '피의 선율'을 작곡하는 것이다.

이러한 탐미적·유미주의적 경향은 「광화사」에도 잘 나타나고 있다. 김동리는 「자연주의의 구경」에서 동인의 탐미적 경향을 자연주의의 종말이라고 말하고 있으나, 실은 동인의 영적 순수미의 동경에서 나온 것이다.

따라서 메리계의 여인으로부터 심화된 미의식의 결정이 이 「광염쏘나타」요, 김옥엽계 육욕의 여인상이 기저가 된 것이 「감자」와 같은 작품이다.

또한 동인은 횡보(橫步)와 모델 여부로 논쟁한 「발가락이 닮았다」, 만주에서의 애국운동을 그린 「붉은 산」 등에서 다양한 작품세계를 나타내고 있을 뿐 아니라, 야담(野談)·사화(史話)에까지 손을 뻗쳐 그의 순수문학의 인상을 흐리게 하는 점도 없지 않았다.

그러나 동인 문학의 중축은 「감자」의 현실적 계열과 「광염쏘나타」의 탐미적 계열로 대표되는 문학세계일 것이다. 그러기에 이철범(李哲範)의 다음 말은 일리가 있는 것이다.

결국 동인(東仁)의 작품은 크게 두 가지 경향, 즉 ① 「약한 자의 슬픔」에서 「감자」로 흐르는 경향과, ② 「배따라기」에서 「광화사」로 이어가는 경향으로 나누어지며, 그런가 하면 「붉은 산」처럼 강력한 민족을 바탕으로 한 경향도 있다. 따라서 동인의 문학을 두고 한 마디로 무슨 이즘이라고 규정짓는 것은 옳지 못한 평가태도이다. 앞에서도 말한 바와 같이, 서구의 전통 속으로 흘러온 문예사조사의 주의개념으로 우리 나라 문학을 설명할 수가 없기 때문에 그보다 그의 작품 속에 어떠한 요소가 있는지를 찾아보는 편이 옳다.

발생적 비극

인생은 어떤 의미에선 비극적이다. 보는 입장에 따라서는 존재 그 자체가 비극의 출발일 수 있다. 톨스토이는 "인생은 행복의 추구자다."라고 말했고, 도스토예프스키는 "인생은 행복과 마찬가지로 불행도 필요하다."고 말했지만 희구하는 행복이란 그리 쉽게 향유할 수 있는 것이 아니다. 안팎의 여러 가지 요인에 의해서 행복에 이르는 길은 가로막히기도 하고, 또한 유린되기도 한다. 문제는 행복을 가로막는 내적·외적 요인을 어떻게 인지하고 초극하느냐에 있다. 그러나 삶의 의지가 결여된 생존으로서의 인간생활을 영위하고 있는 사람도 많이 볼 수 있다. 그런 사람들에게는 행복을 추구하겠다는 강력한 내적 욕구도 없으며, 주어진 상황을 인식하고 그것을 극복하려는 삶의 지표도 마련되어 있지 못하다. 그저 생존자로서 생활을 영위하고 윤리의식 이전의 생활의 관습에 따라 살아가는 생활이 있을 뿐이다. 이러한 생활에서는 김유정의 「소나기」나 현진건의 「정조(貞操)와 약가(藥價)」와 같이 의식이 결여된 생활이 있을 뿐이다.

김동인은 많은 작품에서 생활의 의지가 결여된 인간으로서의 살아가는 비극을 부각시키고 있다. 또한 강한 의지를 가지고 부조리와 정면 대결하여 비극의 주인공이 되는 경우도 있다. 「약한 자의 슬픔」의 엘리자베드나 「감자」의 복녀, 「명문(明文)」의 전주사(田主事), 「발가락이 닮았다」의 M, 「배따라기」의 그, 「곰네」의 곰네, 「광염쏘나타」의 백성수, 「붉은 산」의 익호, 「배회(徘徊)」의 A, 「포플러」의 최서방 등은 각기 그 의미는 다르다고는 하지만 발생적 비극의 생활의 주인공들이다.

남작에 유린된 가정교사로서 사랑이 길을 찾아 헤매는 「약한 자의 슬픔」의 엘리자베드와, 남자와의 성관계로 전전하는 「감자」의 복녀는 애정에 얽힌 발생적 비극을 겪게 되고, 아내의 부정을 의심해 아내가 자살하자 배따라기를 부르며 회오(悔悟) 어린 방랑생활을 하는 「배따라기」의 그나, 아내의 부정을 부정하려는 「발가락이 닮았다」의 M, 억누른 정력을 발산하다가 살인을 하고 마는 「포플러」의 최서방은 인생의 숙명적인 비극을 겪는다. 또한 살인과 방화로까지 확대되는 「광염쏘나타」의 백성수나 시정(市井)에서 생의 희열에 넘치는 눈을 찾지 못하고 소경 처녀의 눈에서 그것을 찾는 「광화사」의 화공의 미적 추구도 탐미적 비극이라고 할 수 있다. 발생적 비극을 통해 추악한 현실을 폭로하기도 하고 조소하기도 했다. 「감자」나 「곰네」, 「포플러」는 전자에 해당하고, 「K박사의 연구」, 「발가락이 닮았다」, 「김연실전(金妍實傳)」은 후자에 속한다.

김동인의 이런 발생적 비극은 기성의 권위와 윤리를 무시하고 자유분방하게 살아가려는 데서 발생한 것이다. 그것은 권위나 전통의 부정일 수도 있고, 신의 부정이거나 기성가치의 유린일 수도 있다. 조연현(趙演鉉)은 「근대조선소설사상계보론서설」

에서 근대의식을 작품에 수용하여 소설 속에서 근대의식이 형
성됨을,

> 이러한 막연한 근대의식 속에서 처음으로 갖게 된 우리의 근
> 대를 좀더 구체적으로 실천해보려는 의욕은 곧 발생되었던 것이
> 다. 이광수씨의 일인문단(一人文壇)시절에 뒤이어 등장된 서로
> 다른 어떤 조류의 대표적인 작가였던 김동인, 박종화, 이기영 3
> 씨(氏)의 출현이 그것이다. 김동인은 자연주의라는 명확한 근대
> 사상의 하나를 그의 작품으로써 구체화시켰고, 박종화씨는 낭만
> 주의라는 근대사상의 하나를 실천해 본 작가 중의 한 사람이며,
> 이기영씨는 유물주의라는 명백한 근대사상의 거류(巨流)의 하나
> 에 철저해 온 대표적인 작가이다. 이 세 작가가 각각 실천해 온
> 자연주의니, 낭만주의니, 유물주의니 하는 구체적인 근대사상이
> 그들의 작품을 통해서 구체적으로 구체화됨으로써 「무정」에서
> 출발한 우리의 막연한 근대의식이 처음으로 이 땅에 구체적으로
> 형성되었던 것이다.

라고 말하고 있다. 또한 김동리는 김동인이 보여준 자연주의의
구경(究竟)이 현실의 폭로와 절망과 비애로 귀결됨을,

> 김동인씨가 보여준 자연주의의 구경(究竟)은 지상의 우상과
> 권위를 부정하고 파괴해 버린 인간의 실태는 타락과 살인과 퇴
> 폐와 방화와 몰락과 성욕과 시체와 광인이 횡행하는 요통에 못
> 나고 취하고 더럽고 비틀어진 것이라는 것이었다. 현실과 인생
> 은 여지없이 폭로되었으나 최후로 남은 것은 진실로 영원히 살
> 려는 사람에게 있어 부정적인 절망과 비애뿐이었다는 것이다.
> 권위를 부정하고 우상을 파괴하고 현실을 폭로함으로써 인간과
> 자연의 진정한 양상을 발견하려는 자연주의는 단지 위대한 것을

부정하고, 추악하고 왜소한 것을 긍정하는 기묘한 절망과 비애
에 떨어지고 말았던 것이다.

고 말하고 있다. 이것은 김동인의 문학적 경향을 어떻게 보든
김동인의 소설이 변모해서 귀결되는 문학적 양상임을 말한 것
이다. 사실 「약한 자의 슬픔」의 강간, 「감자」의 성적 방종, 「포
플러」의 강간과 살인, 「광염쏘나타」의 시체유기와 방화, 「광화
사」의 광인과 횡행, 「배따라기」의 방랑과 절망, 「K박사의 연구」
의 절망, 「명문」의 준엄한 심판, 「김연실전」의 성적 방황을 보
면 현실폭로와 그 뒤에 따르는 절망의 양상을 엿볼 수 있다.
　이형기(李炯基)는 김동인 소설의 이러한 양상을 신의 거부에서
비롯되었음을,

　　신의 창조물 중에서 인간은 가장 고귀하다고 일컬어진다. 그
러나 동인에게는 그 인간이 '변변치 않은 사람'으로밖에 보이지
않을 때가 있다. 그때 동인은 인간보다도 그 인간의 존엄성을
원천적으로 뒷받침하고 있는 신을 부정, 유린하고 있는 셈이다.
　「광화사」의 주인공 솔거도 자신의 예술을 위해선 모델이었던
소경 처녀의 목을 졸라 죽인다. 50 평생에 처음으로 맛본 여체
의 황홀도, 그리고 인간적인 연민의 정도 망모(亡母)의 미를 재
생시키려는 솔거의 그 완벽에의 의지를 꺾지 못했다. 범상인의
눈으로 볼 땐 분명히 미쳤다고 말할 수밖에 없다. 「광염쏘나타」
나 「광화사」의 그 '광(狂)'자의 의미가 여기 있다.
　　그러나 이 경우 광인(狂人)과 정상인을 판별하는 기준은 무엇
인가? 냉혹하게도 동인이 개에다 비유한 그 인간들의 눈이 아닌
가? 그렇다면 비록 미쳤다는 말을 들을 망정 그들과 타협할 수
는 없는 일이다. 타협을 거부한 동인은 인생의 추악과 허망을

폭로하거나 아니면 거기 신랄한 조소와 화살을 퍼붓고 있다. 「감자」, 「곰네」, 「태형(笞刑)」은 전자에, 그리고 「발가락이 닮았다」는 후자의 유형에 속하는 작품이다.

라고 논평하고 있다. 신을 거부한 인간이 설 수 있는 곳은 신의 자리가 아니면 현실의 어느 곳이어야 한다. 그러나 그 둘이 다 인간이 누려야 하는 행복을 가져다 줄 위치는 못 된다. 거기에 삶의 지표를 상실한 인간의 방황이 있는 것이다. 김동리는 「자연주의의 구경」에서

그는 철두철미 직선적 기질과 그 너무나 결정적인 시기에 그를 습격한 자연주의의 세례는 그에게 풍토적인 혜택마저 남기지 않았던 것이며, 그리하여 그는 아무 것과도 타협하지 못하고 아무 것에도 전화하지 못한 채 그것이 구경에 철하게 된다. 신과 무한과 입체를 상실한 지극히 제한된 지상의 평면에서 인간은 구경 무엇을 가지며 어디로 갈 수 있나? 살인, 방화, 발광, 시간(屍姦) 그리고 난음(亂淫)과 쌍말의 세계가 그를 기다리고 있었을 분이다.

이와 같이 자연주의의 막다른 골목에서 살인, 방화, 발광, 시간, 간음, 쌍말의 세계를 그리게 된 그의 작품이 작품 자체로서는 심각미(味)도 침통성도 갖지 못한 채 앙상한 뼈다귀만을 보여 주고 있는 것은 형상의 제작에 있어서 항시 최단거리를 취해 온 그의 철두철미 직선적 기질의 소치였던 것이다……조선에 있어서는 가장 소설을 알고, 또 가장 우수한 소설을 쓸 수 있던 소설가 김동인 씨는 그 철두철미한 직선적 기질과 그 너무나 결정적인 시기에서 세례받은 자연주의 사조에 의하여 희생된 것이다.

라고 자연주의의 말로를 비판하면서 김동인이 그것에 의해 희생되었음을 강조하고 있다. 그러나 발생적 비극의 원천을 자연주의의 구경으로 보는 것은 일리가 있다고 해도 전적으로 긍정할 수는 없다. 김현이 『한국문학사』에서 김동인이 식민지 사회를 제대로 보지 못한 것은 그의 이상주의가 현실의 가상(假像)만을 보았기 때문이라고 말하면서,

> 그의 유토피아는 개인과 사회의 행복스런 결합에서 생겨난 그것이 아니라, 사치와 일락, 방황과 향연으로 점철된 유토피아이며……유토피아를 건설하는 방법으로 채택하고 있는 예술 역시, 그러므로 김동인에게 있어서는 향락 위주의 그것이 되지 않을 수 없다. 그의 가장 좋은 소설들인 「배따라기」, 「감자」, 「김연실전」 등이 다루고 있는 것은 개화기의 사회의 모순이 아니라, 개인적인 일락을 불가능하게 하는 사회에 대한 저주와 증오다. 자신을 쾌락의 물결 속에 밀어 넣을 수만 있다면, 사회·윤리·풍속 따위는 아무 것도 아니다.

라고 한 논평을 김동인의 미의식과 관련시켜 보면 사회의식의 거부에서 오는 개인의식의 미적 확산이라고 볼 수도 있다. 또한 김주연(金柱演)이,

> 이들의 작품을 통해서 동인이 보여준 가장 주목할 만한 것은 식민지 사회에 있어서 우리 민족의 각 계층이 어떤 변화를 감수하지 않으면 안 되었나 하는 점이다. 다시 말하면 전통사회에서 자리를 잡았던 계층 가운데는 기독교에 의해서 정신의 혼란을 경험하게 되었고, 전주사(田主事), 엘이자베드는 전통사회에서

제대로 자리잡지 못한 계층 출신으로 자유연애와 신문학에 대한 동경을 갖고 있다. 자기가 파멸의 길로 되돌아가는 계층을 이야기하고 있는 김연실은 서자 출신으로서 자유연애와 외국유학의 노예가 되어서 자신을 선각자로 자처하다가 원점으로 돌아가는 이야기이다. 이것은 결국 전통적인 것과 외래적인 것의 상충이라는 혼란 속에서 식민지 사회는 우리 민족으로 하여금 계층적인 이동을 불가능하게 했다는 것이다. 엘리자베드가 시골의 촌모(寸母)에게 돌아가는 것이라든가, 김연실이 그의 오랜 편력에도 불구하고 마지막에는 첫 번째 사내에게 돌아간다는 것이라든가, 복녀가 더 잘살지 못하고 죽고 만다는 것이 그것을 말한다. 이러한 작가의 관찰은 상당히 정확한 것이다. 그런 점에서 김동인은 보수주의의 성격을 띠고 있다고 할 수 있을 것이다.

라고 한 것처럼 식민지 사회에 있어서 우리 민족의 각 계층이 어떤 변화를 감수하는 사회적 상황을 원천으로 쓰기도 했다. 그러나, 김동인 소설의 발생적 비극의 원천은 그의 생활·문화 의식의 사회적 확산과 개인적 수용에 있다고 할 수 있다. 일체의 다른 목적을 거부하고 문학을 위한 문학을 주장하면서 소설은 인생의 회화요, 단순화라는 문학의식과 선은 물론이요, 악까지 미에 포용하려는 미적 추구의 생활의식이, 그의 많은 작품에 나타나는 취향과 생명 추구의 소설의 양상을 띠게 한 것이다.

장인 匠人 의 기포

김동인이 반(反)이광수의 기치를 들면서, 소설은 이생의 총화이어야 하며 인생의 단순화라고 한 것은 내용 편중의 이광수

문학의 미몽에서의 문학적 자각이며, 동시에 기법의 자각이기도 하다. 그의 소설이 복합구성과 이야기 전달이 아닌 사건의 현장성, 요약과 장면의 알맞은 배합에 의한 극적 소설을 전개하고 있는 것이 이광수 소설에 비해 달라진 새로운 양식이라고 할 것이다.

　김동인의 문학적 자각은 먼저 기법적 자각에서 시작된다. 이광수의 「무정」이나 「개척자」에서 보면, 소설은 사회화의 목적을 위한 전달체라고 보는 데 반해, 김동인이 말하는 소설은 '재미있는 이야기'가 아니요, '대중적 흥미를 아주 무시한 생경하고 까다롭고 싱거운 것'이어야 한다고 주장하는 것은 그의 문학적 자각을 의미하며, 소설은 인생의 총화요 플롯은 인생의 단순화라고 한 것은 그의 기법적 자각을 의미한다. 즉 소설다운 소설이라고 스스로 말한 「약한 자의 슬픔」의 불완전한 대로의 플롯과 성격 창조, 「마음이 옅은 자」의 서간(書簡)과 일기체의 삽입에 의한 소설 장르의 확대, 「배따라기」의 일인칭관찰자 시점, 「감자」의 극적 구성과 절정 강조, 「명문」의 종말 강조, 「광염쏘나타」의 내레이터의 관찰에 의한 사건의 진행, 「포플러」의 사건의 대조적인 진행 등 다양한 소설기법을 구사하고 있는 것이 바로 김동인의 기법적 자각의 발현이다. 사실은 '소설작법'을 쓸 정도의 소설기법에 대한 관심이 많았던 것으로 보아, 시종일관 평면적 구성으로 관찰자의 기록을 쓴 염상섭과는 다르게 다양한 기법을 구사하여 단편소설의 패턴을 확립하고 있다. 김윤식이 김동인을 논평하면서,

　　김동인의 최대 공적은, 그가 한국단편소설의 패턴을 확립해 놓
았다는 점에 있다고 생각한다. 그의 가작(佳作)들이 춘원의 경우와
는 정반대로 주인공들이 학교, 학생, 연애 문제를 떠났을 때였다는
것도 중요한 차이점이지만, 그가 이룩한 단편 패턴은 엄연히 재창
조의 의미를 갖는다. 그것은 소설이 예술품일 수 있다는 점의 승
인인 것이다. 그 전형적인 것을 나는 「배따라기」와 「붉은 산」에서
찾는다. 초기작 「약한 자의 슬픔」이나 「마음이 옅은 자」는 자기
말대로 진정한 단편이라기 어려우며, 「배따라기」(1921)부터 단편
의 시작이라 할 수 있다. 이 두 작품의 구조는 내레이터인 '나'
가 원경에 있고, 그 속에 한 편의 구조가 박힌 것으로, 이 패턴
의 재창조성은 김동리의 「무녀도」, 좀 변형이기는 하나 최인욱
(崔仁旭)의 「월하취적도(月下吹笛圖)」와 연결되는 것이며, 「감자」
의 드라이 터치는 너무 고압적 완결이어서 한국소설사는 아직도
그 높이에 이르지 못하고 있는 것으로 나는 생각한다. 「감자」
한 편을 낳기 위해 그의 소설작법이 헛수고가 아니었다고 한다
면 나는 결코 가혹한 평이 아닐 것이다.

라고 말한 것도, 김동인의 소설기법의 새로운 구사를 지적한
것이다. 「배따라기」의 상징적이면서 시의 삽입과 관찰자에 의
한 사건의 구조는 「광염쏘나타」나 「광화사」 계열로 이어지며,
「감자」의 극적 구성이나 비약적인 사건의 진행은 「명문」, 「포
플러」, 「배회」에 이어져 근대 단편의 새로운 패턴을 형성한다.
　　또한 김동인은 사건 진행의 구심적인 매개가 되고 극적 전환
이 되게 하는 트릭을 적절히 구사한다. 「배따라기」의 쥐, 「감자」
의 낫, 「발가락이 닮았다」의 발가락, 「광염쏘나타」의 불, 「붉은
산」의 붉은 산, 「광화사」의 동자(瞳子), 「김연실전」의 성교(아버
지와 애첩의) 등 많은 작품에서 사건의 전환을 가져오게 하는

트릭을 즐거이 구사하고 있다. 이것은 분위기의 형성에 의한 심리적 변화를 가져오게 하고, 절정에서 사건을 급강하시키는 중요한 구실을 한다.

김동인은 「소설작법」에서 "플롯에서 가장 귀한—없지 못할 것은 단순화와 통일과 연결이다."라고 설명하고 있다. 소설은 인생의 사진이 아니고 회화이기 때문에 인생을 정화하여 통일이 있고, 연락이 있는 사건이 소설의 제재가 될 수 있다면서, 소설은 인생의 단순화라고 했다. 이것은 필요 없는 화자(話者)의 사건 개입을 거부하면서 재구성된 인생을 소설이 보여주어야 한다는 말이다. 그것은 김동인의 어느 작품을 보아도 템포가 빠른 진행, 사건의 전환, 관찰자로서의 화자의 앞뒤의 삽입 등 극적 구성으로 박진감을 주고 있는 것으로 증명된다. 다양한 구성적 기법을 구사하여 작품에 통일성이 없는 것 같으면서 간결하고 입체적 구성으로 인간성을 창조하고 있는 것이 바로 김동인 소설의 두드러진 특색이다. 그러기에 조연현은 김동인의 문학적 가치를,

첫째로는 그가 한국에 있어서 처음으로 근대적인 단편소설을 개척했다는 사실이다. 김동인 이전까지의 근대적이 소설이란 이광수의 장편 「무정」과 그의 그 무렵의 단편인 「청년의 비애」, 「어린 벗에세」, 「금경(金鏡)」, 「윤광호(尹光浩)」, 「방황」 등이 겨우 있었을 뿐이다. 최초의 근대적 소설로서 「무정」은 꽤 성공한 작품이기는 했으나, 그의 다른 단편들과 마찬가지로 근대소설의 중요한 특성인 심리묘사나 성격창조가 너무 미약하다. ……이러한 문학사적 위치는 바로 김동인의 문학적인, 선구적인 공적의

하나로서 그가 한국에 있어서의 근대단편소설의 최초의 개척자였음을 말해주는 것이 된다. 김동인의 두 번째의 선구적 공적은 그가 소설을 통한 최초의 탐미주의자였으며, 그 셋째는 이 땅에 있어서는 전형적인 자연주의 문학의 건설자였다는 점이다.

라고 평가하면서 단편소설의 기본을 확립했다고 말하는 것도 그의 기법적인 자각과 플롯의 단순화로 극적인 단편의 패턴을 정립한 것을 말한다. 동인은 박진감 있는 문체, 즉물적(卽物的)인 표현으로 현실과 꿈을 아로새긴 것이다.

동인은 1949년 6월부터 글씨를 정상적으로 쓰지 못하고 식구조차 분별치 못하는 허탈 상태에 빠졌다. 해방이 되고도 그의 기대는 어긋났고, 집도 성동구 홍익동의 조그만 집으로 이사했다. 1951년 1월 5일 수복되었던 서울이 다시 적군의 손에 넘어갔을 때 홍익동 냉방의 요 밑에 10만 환을 넣어놓고 부인은 아이들과 피난을 갔다. 아무도 없는 자택에서 동인은 유언조차 남길 수 없이 52세의 나이로 파란만장의 생애를 외로이 마친 것이다.

양가(良家) 부호의 슬하에 태어나서 술과 여인으로 가산을 탕진한 그는 원숙한 작품을 쓸 수 있는 52세에 한 많은 세상을 하직한 것이다. 수필 「대동강」에서 보듯 평양 장르와 반이광수의 기치를 높이 들고 「감자」, 「광화사」, 「배따라기」 등을 펴냄으로써 근대 단편의 기틀을 마련했고, 「춘원연구」로 본격적인 비평을 시작한 김동인, 그의 7권의 『동인 문학 전집』만이 그의 생애를 빛내고 있으니, 정말 인생은 짧고 예술은 긴 것인가.

서민과 세정의 염상섭廉想涉

독립운동으로 옥고를 치르고 언론계에 첫발을 디뎠다가 문학으로 전신한 횡보 염상섭(橫步 廉想涉 ; 1897~1963)은, 「표본실의 청개구리」를 발표하여 김동인과 더불어 현대소설 개척의 쌍벽을 이루었다.

사실주의 문학의 씨를 뿌리고 스스로 거둔 대가로서, '조선의 시대상, 조선인의 생활의 정서를 떠나서 조작되는 조선인의 예술의 존재를 부정하고 그 모든 것을 끌고 나가 세력이 아닌 일체의 노력의 가치를 거절하면서' 망국민의 분노와 울분, 일제하에 몰락되어 가는 현상들을 형상화하여

한국문학의 금자탑을 이룬다.

소설 180여 편을 위시하여 총 530편의 방대한 집필 속에 담긴 염상섭 문학은 무엇보다도 그 작가가 일생을 문학에 전념했다는 데 더 큰 의의를 가진다. 최후의 결단을 다짐하면서 그는 67세를 일기로 세상을 떠났으니, 대주호(大酒豪)의 향취와 청빈하고 강직한 성격의 그가 심혈을 기울인 작품만이 우리 가슴에 남을 뿐이다.

방랑의 학창생활

횡보 염상섭은 명문가에서 태어나 유복한 소년시절을 보냈으나, 학창시절은 그리 순탄치 못하였다. 학교를 전전하며 울분과 방랑 속에 살다가 채 수학하기도 전에 언론계에 투신하였으나, 그것도 여의치 않아 그만두고 「표본실의 청개구리」를 발표하면서 문학에 일생을 바치게 된 것이다.

사실주의로 출발하여 시종일관하여 사실주의로 작풍을 성숙시켜 온 염상섭은, 1897년 8월 30일 서울 종로구 적선동 띠굴에서 전주·가평·의성 등지에 군수를 지낸 염규환(廉圭桓)의 8남매(맏이와 막내가 딸) 중 3남으로 태어났다. 본명은 상섭(尙燮)이요, 상섭(想涉)은 필명이며, 호를 제월(霽月)이라고 쓰다가 횡보(橫步)로 고쳐 썼다. 조부는 인식(仁湜)은 대한제국 중추원 참의(參議)를 지냈으며, 어렸을 때 그 조부에게서 「천자문(千字文)」, 「동몽선습(童蒙先習)」 등을 배우며 자랐다. 그의 선조에는 『종송기사(種松記辭)』를 저술한 고조모가 있기도 하다. 그가 대학에서 사학을 전공하려다가 그만두고 언론계로 발을 디뎠으나 결국 창작을 일생을 마치게 되는 것도, 그 고조모의 문재(文才)를 이어받은 때문일 것이다.

횡보는 보통학교 때부터 학교를 자주 옮겼다. 1907년 관립사범부속학교에 입학했다가 보성소학교로 옮겨서 졸업했다. 1910년 보성중학교에 입학했다가 1911년 가을에 청운의 뜻을 품고 도일(渡日)해서 1912년에 동경 마포(麻布)중학교 2학년에 편입했다가 그만두고, 다시 청산(靑山)학원으로 옮겼으나 그곳에서 졸업하지는 못하였다.

1917년 다시 경도(京都)의 경도부립제2중학으로 옮겨서 그 학교를 졸업했다. 이렇게 학교를 여러 번 옮긴 것은 물론 횡보의 불안정한 생활 때문이지만, 우울하며 과묵하여 말이 적은 것 등이 다 그 당시의 생활에서 굳어진 성격 때문일 것이다.

그는 1917년에 게이오 대학 사학과에 편입하였다. 당시 한국의 유학생들이 대개 와세다 대학에 묻혀 있었으나, 횡보가 굳이 게이오 대학을 택한 것은 춘원이 아니꼬워서였다고 한다. 실은 횡보는 중학 때부터 『와세다(早稻田)문학』이니, 『개조(改造)』 등을 읽어 「도련님」, 「나생문(羅生門)」 등으로 유명한 나쓰메소세기(夏目漱石)와 투르게네프의 「부자(父子)」 등에 심취하였고, 이로써 후일 대성의 터전을 마련하고 있었다. 춘원이 횡보를 와세다로 이끌려고 했으나 끝까지 응하지 않았다. 횡보의 타협하지 않는 그 곧은 성격은 이때 벌써 굳어져 있었던 모양이다.

그러나 게이오의 대학 생활도 3·1운동이 일어남으로써 중단되고 말았다. 그는 3·1운동이 일어나자 오사카(大阪)의 천왕사

(天王寺)에서 골필로 등사한 독립선언서를 나누어주고 시위하려
다가 체포되어 10개월의 형을 받았다. 이때의 옥고(獄苦)와 그
울분이 그 뒤에 발표된 「만세전(萬歲前)」 등 많은 작품에 나타나
게 된다.

조국을 잃은 젊은이들이 그 침략의 본거지인 일본에서 목이
터지도록 독립만세를 외치다가 옥에 갇힌 10개월, 젊은 지성은
뼈저리게 사무친 그때의 심정을 토로하고 있는 것이다. 횡보는
옥에서 나온 뒤에도 여전히 감시를 당했다. 왜경(倭警)의 눈을
피하려고 횡빈(橫濱)의 복음인쇄소에 취직했으나 그것도 여의치
않아 그만두고, 아픈 몸을 이끌고 고국으로 돌아오려고 했다.

그때 마침 〈동아일보〉가 창간을 준비중이어서, 정경부장으로
있는 진학문(秦學文)으로부터 꼭 와서 일을 해달라는 편지를 받
고 동사(同社) 정치부 기자로 들어갔다. 그는 도쿄에서 당시 일
본의 유명한 정객들과 인터뷰하는 기사를 써서 창간호에 싣고,
귀국해서 6개월 동안 〈동아일보〉에서 활동했다. 당시 〈창조〉지
에 이어 동인지 〈폐허(廢墟)〉가 창간을 준비하고 있었다. 고경상
(高敬相)의 후원으로, 횡보와 같은 해 세상을 떠난 공초 오상순,
상아탑 황석우 등과 함께 〈폐허〉 창간호를 준비하여, 천도교의
기관지 〈개벽〉이 나온 한 달 뒤인 1920년 7월에 세상에 내놓았
다. 횡보는 〈폐허〉에 제월(霽月)이란 호로 시 「법의(法衣)」를 발표
했으며, 시인을 주로 한 동인지 성격의 〈폐허〉는 망국의 설움을
울분과 비통으로 시화(詩化)한 작품을 많이 실었다. 횡보는 정치
부 기자로 있었기 때문에 동인지 창간에 적극적으로 참여하지
는 못했지만, 평필을 들어 주로 재단비평(裁斷批評)의 입장을 강

조하고 있었다.

횡보는 〈동아일보〉를 그만두고 오산학교의 교원으로 갔다. 그러나, 규칙적인 생활을 싫어하는 그에게 학교생활이 맞을 리가 없었다. 그러한 성격의 일면은 6·25 때 해군 정훈장교(政訓將校)로 있을 때의 그의 군대생활에서도 나타난다. 그때 같이 근무했던 문선규(文旋奎)는 「내가 본 횡보 선생」에서

6·25 동란이 일어났다. 우리는 모두 부산으로 내려갔다. 여기서 나는 두 번째 만났다.

그것도 해군 정훈감실(政訓監室)이었다. 횡보 선생이 중립의 입장에 서서 해방 이후 문단의 좌우합작을 시도한 것은 이미 누구나 다 아는 사실이다. 그러나, 6·25 동란으로 공산당의 정체가 노출됨에 따라 횡보 선생의 중립의 꿈은 산산히 깨어져버렸다. 길은 한 갈래, 그분은 감연히 해군 초청에 응하여 현역 정훈장교로 입대한 것이었다. 그러나, 그분의 장교생활도 물론 실패였다. 군대에서는 장교의 허락이 있어야 사병이 외출을 한다. 그러나 장교는 군율(軍律)보다도 위엄을 세위기 위하여 사병에게 무엇이나 허가할 때에는 힘을 키고 까다롭게 구는 일이 많다.

그러므로 당시 횡보 선생이 소속한 부대에서는 사병들이 횡보 선생이 당직을 서는 날만 고대하였다.

"얘, 이놈아 됐다. 오늘의 염(廉)소령님 당직이시다."

이날 사병들은 염소령님의 허가는 받을 것도 없이 최대한도의 외출을 하였다. 왜 그러냐 하면 횡보 선생이 도장을 아예 사병들에게 맡겨놓고 불관(不關)하였기 때문이다.

"외출을 나갔는가?"

얼마 후에 횡보 선생이 물으신다.

"그래 음 쩝쩝쩝……."

몇 명을 내어 보냈느냐, 몇 시부터 몇 시까지냐 그런 것을 횡
보 선생은 도무지 물으시는 일이 없었다.

라고 규칙적 생활에 적응하지 못하는 생활의 일면을 술회하고
있다.
　횡보가 그 이름을 떨치고 촉망되는 얼굴로 주목받게 된 것은
1921년 〈개벽〉에 그의 출세작 「표본실의 청개구리」를 발표한
뒤부터였다.

「표본실의 청개구리」와 술

　지금가지 평필(評筆)을 들어 김동인과 맞서오던 횡보는 실험주
의적이고 자연과학적인 방법에 의거한 자연주의적 계열의 소설
이라 일컬어지는 「표본실의 청개구리」를 〈개벽〉지 1921년 8월
호부터 10월호에 걸쳐 연재했다.
　「표본실의 청개구리」는 생물선생이 청개구리를 실험대에 올
려놓고 청개구리의 심장이며 폐를 해부해내는 것과 같이, 인생
의 현실을 그대로 해부해 본다는 것으로, 프랑스의 졸라(E. Zola)
류의 실험주의적인 자연주의의 영향을 받은 소설이라고 할 수
있다. 졸라의 「목로주점」이나 「나나」 같은 자연주의 작품을 동
경 유학 때 읽었을 횡보이고 보면, 「표본실의 청개구리」는 그의
선언적(宣言的) 작품이라 할 수 있다.
　그는 생물교사의 해부장면을 앞에 내세워 인생이나 현실을
바라보는 방법을 암시하고 있다. 조금도 흥분하지 않는 냉철한

자세와 과장하지 않는 표현으로 일관된 그의 사실주의적 작품에 가미되어 있었던, 자연주의적인 관찰과 해부의 방법이 드러나는 대목이다. 횡보는 이런 방법으로 당시의 현실에서 '나'와 표본이 될 만한 김창억(金昌億)이라는 인물을 해부대에 올려놓고 그 생활과 심리를 실험적인 방법으로 해부, 표현하고 있다.

이 「표본실의 청개구리」가 발표되자 호평이 자자했다. 이 땅에 비로소 소설다운 소설이 나오기 시작했다고 했다. 가끔 횡보와 필전(筆戰)을 가졌던 김동인조차 「문단 30년사」에서 강적이 나타났다고 말하고 있다.

> 이렇던 상섭(想涉)이 1921년 말에 〈개벽〉지에 「표본실의 청개구리」라는 소설을 발표하였다. 이 사람이 소설을 썼다. 이러한 마음으로 나는 작품을 보았다. 그러나 연속물의 제3회를 볼 때 벌써 필자의 마음에는 큰 불안을 느꼈다. 강적이 나타났다는 것을 직시하였다. 이인직의 독무대를 지나서 춘원의 독무대, 그 뒤 2~3년은 또한 필자의 독무대에 다름없다 ……과도기의 청년이 받은 불안과 공포의 번민 ―「표본실의 청개구리」에 나타난 것은 그것이었다. 필자는 상섭의 출현에 몹시 불안을 느끼면서 이 새로운 함레트의 출현에 통쾌감을 금할 수가 없었다.

이러한 경향을 굳게 한 것은 「제야(除夜)」, 「신혼(新昏)」 등이며, 〈동아일보〉에 「묘지」로 발표했다가 개제(改題)한 「만세전」에서 더욱 뚜렷이 하고 있다. 「만세전」은 조국을 잃은 젊은이의 고민과 그 울분을 토로한 중편소설이다. 식민 치하의 처참한 현실을 고발하고 구습에 길들여 있는 주권 없는 사회에서의 지성인의 고민과, 술과 여인이 교차되는 방황을 그리고 있다.

1925년 횡보는 〈시대일보〉 사회부장을 맡아보았다. 당시 한참 고개를 들던 계급문학의 시비에서 문학은 어떠한 주형에 배겨내는 것이 아니라고 〈개벽〉의 「계급문학 시비론」의 '작가로서는 무의미한 말'에서 평필(評筆)을 들고 있다.

> 문학은 아무것에도 예속된 것이 아니다. 어떠한 종교나 운동에 종속적 이용물이 되고 어떠한 계급의 특유물이 되거나 선전기관이 되며 완롱물(玩弄物)이 돌 것이 아니다. 그와 같은 한 시기가 있었다 하더라고 그것은 그릇된 현상이었다. 소위 예술이니 인생을 위한 예술이니 하지만, 그 어느 견지로서든지 예술의 완전한 독립성을 거부할 수는 없다.
> 더구나, 경향이라든지 주의라든지 파라는 것이 작가와 작품을 지배하는 주형(鑄型)이 아닌 이상, 다시 말하면 예술이 어떠한 주형에 배겨내는 것이 아닌 이상에야 작가가 어떠한 주의라든지 일정한 경향에 구속될 수는 없다. 그러나, 그 작품이 완성된 뒤에 제3자가 무슨 주의 무슨 파라고 평정(評定)하거나 가치를 결정하는 것은 자유일 것이요, 또한 작가로서도 관계가 없는 일이다.

여기서 문제가 되는 것은 「표본실의 청개구리」가 과연 자연주의의 작품인가에 있다. 신동욱(申東旭)이,

> 염상섭의 문학관을 요약하고 있는 「개성과 예술」은 자아각성을 통한 기성의 여러 가치를 비판 또는 부정하고 사회악의 진상을 폭로한다는 뜻으로 한정하여 자연주의라는 용어를 차용하고 있다. 환멸과 암흑면을 노출시키는 것이 자연주의 문학의 효

용이라고 생각했기 때문에 현실을 부정하려는 태도가 압도하게
되었고, 그러므로 기성적인 전위를 비판하기보다 부정하는 것으
로 나타났다. 이러한 태도가 잘 나타난 작품을 「표본실의 청개
구리」라고 보겠다.……

　　작가가 메스를 들고 당대의 사회적 진상을 분석해보려는 의
도에서, 중학교 선생의 개구리 해부의 장면을 설정한 것이겠지
만, 신경과민이 된 '나'만을 설명하는 것 이외에 별로 역할하지
못하고 있다. 이 작품 전체에 유기적이고 융합적인 의미가 살아
나지 못하고 있다. 이 장면의 설정 때문에 작가와 함께 당대의
해설가들이 이구동성으로 자연주의라고 말한 사실은 지나치게
자의적(字義的)인 속단을 내리고 있는 것으로 보인다.

라고 이의를 제기하고 있듯이, 「표본실의 청개구리」는 작가의
발상적 욕구가 성공하지 못한 작품이라고 할 수밖에 없다. 일인
칭 관찰자 시점으로 작중인물인 '나'가 광인인 김창억을 만나
그 행동을 분석·관찰해 보이는 「표본실의 청개구리」는 사회를
과학적으로 분석해서 그 진상을 보여주려는 의도로, 생물교사의
개구리 해부 장면을 설정하고 있다. 이 장면을 제시한 작가적
발상을 보고 「표본실의 청개구리」를 자연주의라고 연역하는 우
를 범하게 됐다. 그러나 '나'의 성격이 뚜렷하지 못하고, 김창억
이라는 인물과 긴밀한 연관성을 짓지 못하고 있으며, 기계주의
로 인생을 분석하지 못하고 있다. 알코올이나 니코틴으로 달랠
정도의 권태로운 생활에 "어디든지 가야 하겠다, 세계의 끝까지
무한에, 영원히, 발끝 자라는 데까지, 무인도! 시베리아의 황량
한 벌판! 목에서 기름이 부지직 타는 남양!"이라고 절규하는
'나'가 H와 같이 남포에 가 Y의 소개로 김창억을 만나게 되는

데, 거기에는 무슨 인과법칙에 의한 사건의 진행이나 사회나 인생의 해부는 없고, 다만 관찰자로서 기록하고 있을 뿐이다. 남포에 가는 도중의 꿈이야기라든가 김창억의 연설장면 등은 작품의 우울한 톤이나, 광인의 의식을 보여줄 뿐, 해부적인 메스에 의해 분석된 장면은 아니다.

더구나 작품 속의 6, 7, 8장은 이동서술법(移動敍述法)으로 지금까지의 일인칭 관찰자 시점에서 전지적 작가 시점으로 시점을 전환시켜 김창억의 생애를 서술하고 있다. 개구리 해부와는 달리 어느 개인의 생애를 추종하여 서술하고 있다. 거기에는 생물학적 법칙의 적용은 없고 기계주의적인 해부도 없는 사실주의적인 표현만이 있을 뿐이다. 그러므로 「표본실의 청개구리」는 「개성과 예술」에서 자연주의에 대한 변호와 개구리의 실험장면의 설정 등으로 염상섭의 자연주의적인 발상에 의해서 씌어진 작품으로, 작가의 의도와는 달리 사실주의 성격의 작품이 되고 만 것이다. 또한 염상섭은 우연히 자연주의적인 작품이 되었다고는 하지만, 그건 염상섭의 자연주의 개념의 몰이해에서 온 소론(所論)일 밖에 없다.

그리하여 「표본실의 청개구리」 이후의 초기에도 김태준이,

尙燮(廉想涉)씨의 작품은 북구의 작품에 흔히 보이는 묵직하고 괴로운 느낌, 독자로 하여금 어떠한 무슨 무거운 압박을 갖게 한다. 이는 씨(氏)의 성격의 반영인 것 같다…… 「제야」에서는 육(肉)에서 육으로 방종하야 이성을 항복받기를 위한 대담 잔인한 행동을 하면서 강력히 세상을 비웃고 반항하려다가 자살로써 자기를 정화(淨化)코저 한 경로를, 그리고 「암야(闇夜)」에는

예술을 동경한 청년의 생활에 대한 고민을 간결하게 그렸다. 씨의 작품은 「금반지」, 「전화」, 「윤전기」 등……앞으로 갈수록 씨독특한 침통미(沈痛味)와 고삽미(苦澁美)를 버리고 경묘(輕妙)하게 그리고저 하여 「윤전기」만은 더욱 심각 선명한 것 같다. 종래의 작품이 점점 리얼리스틱한 맛이 많고 작자의 보조가 그만큼 사실주의와 접근하였다. 「초연」, 「밤」 같은 단편이라든지 「이심(二心)」, 「무화과」와 같은 장편이라든지 연속적으로 분투하여 작품을 내는 씨는 이론과 창작의 양면에 능한 기성문단의 용장임은 틀림없다.

라고 말하고 있듯이, 침울한 톤이 흐르며 인생 저변의 생활을 사실적으로 그리는 사실주의적 작품을 써온 것이다. 물론 「삼대」나 「무화과」와 같이 당대의 사회생활을 반영하여 한국인의 생활의식을 보여주고, 「만세전」과 같이 이웃이나 사회의 고민을 객관적으로 관찰하여 인생도를 보여 주었어도, 거기에 그 현실을 고민하고 초극하려는 역사의식이 투철하지 못하며 사실주의 영역을 넘지 못하고 있다. 그는 해방 후에 「임종」, 「두 파산」, 「일대(一代)의 유업(遺業)」, 「절곡(絶穀)」 등과 같은 밀도 높은 작품으로 사실주의의 성숙을 더해 주고 있다.

이와 같이 염상섭 소설은 자연주의이거나 자연주의에서 사실주의에로 변이해 간 것이 아니라, 본래의 경향이 사실주의인 것이다. 그것은 문제의 초점이 되어 있는 「표본실의 청개구리」가 서두에 제시한 장면이나 작가가 의도한 것과 같은 자연주의의 작품이 아니요, 사실주의 성격의 작품이라는 데 해결의 실마리

가 있다. 그것은 「표본실의 청개구리」는 작가의 ‘자연주의적 발
상→「표본실의 청개구리」←사실주의적 성격’이기 때문에 서두
의 개구리 해부의 장면에서 연역(演繹)에서 자연주의라고 보는
것은 잘못된 견해임을 알 수 있다.

이와 같이 염상섭 소설의 경향은 「표본실의 청개구리」에서
그가 시도한 자연주의적 발상은 성공하지 못한 채 사실주의 성
격의 작품을 쓰게 된 것이다. 따라서 염상섭 소설의 경향에 대
한 시비는, 첫째는 그의 자연주의에 대한 인식 부족에 의한 자
연주의적인 발상의 시행착오이고, 둘째는 작품의 분석 없이 생
물교사의 실험장면에 치중한 연역적 평가에 의해 자연주의에서
사실주의로 변모하였다고 규정하여 왔으나, 염상섭은 시종일관
사실주의의 기법에 의해 시민의 생활의식과 세정(역사의식이 좀
미약하지만)을 형상화하였던 것이다. 이렇게 사실주의로 일관하
면서 춘원과 같은 사상의 심화나 김동인의 경향의 다변성(多邊
性)은 물론이요, 이상의 새로운 의식에 의한 기법의 실험도 없이
평면적 인간생활을 단순한 관찰자로서 추출해낸다. 여기서 염상
섭 소설의 의미가 방출되는 것이다.

1928년 〈매일신보〉에 「이심(二心)」을 연재한 횡보는, 1929년 5
월에 숙명 출신의 김영옥과 혼인을 한다.

신혼 첫날부터 술에 만취가 된 얘기며, 뒤에 술 때문에 부인
을 괴롭힌 이야기가 이동주(李東柱)의 실명소설 「염상섭」에 잘
그려져 있다. 또한 동경에서 횡보와 노산(뒤에 도향(稻香)도 같이
기거함)과 같이 기숙하던 때의 얘기를 무애 양주동은 「문주반생
기(文酒半生記)」에서 적고 있는데, 거기에는 한 시간에 백 가지

술을 먹는 '백주회(百酒會)'의 얘기며, 고국에서 보내주던 고료 30원으로 송두리째 술을 먹던 통쾌한 일이 소상히 나타나 있다. 술을 먹지 않을 때는 30원을 안주머니 깊숙이 감추어 두고 있는 횡보가 술만 먹으면 다 털어놓는다는 것이다. 한 번은 횡보가 돈이 있는 것을 알고 무애가 술을 사고 그 돈을 다 털게 하여 술을 마셨다는 얘기다.

무애의 회고록을 보지 않더라도 술 하면 문단에서는 횡보·무애·연포(蓮甫, 異河潤)의 3인을 들지만, 그 중에서 횡보는 호 그대로 술의 대가임을 부정할 수가 없다. 그가 명동에서부터 다동을 거쳐 종로의 술집에 들러서 동대문에 오면 아침이 된다는 일화는 이미 널리 알려진 얘기다. 또한 춘해(春海) 방인근(方仁根)의 회고에 의하면, 생활을 위해서는 남에게 일언반구 아쉬운 소리를 하지 않는 그가 이사를 가면 먼저 그 근방의 술집을 알아놓고 외상을 터놓는 재주만은 비상했다는 것이다. 어떻든 횡보는 술과 더불어 일생을 살았다고 해도 과언이 아니며, 그에게 문학이 없었던들 술에 의한 허무한 일생으로 끝나고 말았을 것이다.

횡보는 1929년 〈조선일보〉 학예부장으로 자리를 옮겼다.

술로써 울분을 토하면서도 힝보의 문학적 발상은 그 원숙을 더하여, 1931년 〈조선일보〉에 연재한 「삼대」에서는 리얼리즘을 바탕으로 세대간의 갈등을 묘사해, 한국문학의 금자탑을 이루게 된다.

「삼대」와 민족과 사회

「삼대」는 「표본실의 청개구리」와 「만세전」을 거쳐 성숙한 상
섭문학의 결정이며, 역사성과 사회성이 예술성과 조화된 우리
소설문학의 대표작의 하나이다. 춘원의 「무정」이나 도향의 「환
희」가 나오기는 했으나, 그렇게 절실하게 역사의식을 형상화하
지는 못했고, 다만 단편에서만 그러한 작품을 골라볼 수 있을
정도이다.

「만세전」에서 울분과 우울만을 가지고 방황하는 인간상을 보
여주던 그가 1930년대의 몰락해 가는 3대의 생활을 그리면서
그 지표를 모색한 것은 그가 일관하여 추구해오던 사실주의의
확대라고 할 수 있다.

1930년대, 서울 중구 수하동에 사는 만석꾼인 조씨 일가의 조
부(祖父)·부(父)·자(子)가 일제 식민지 경제체제 아래서 어떻게
몰락하고, 어떤 의식을 지니고 살아가며, 젊은이가 어떻게 몸부
림치고 절규하면서 사는가를 여실히 파헤친 작품이 「삼대」이다.
대지주이며 재산이 많은 조부 조의관은 구세대의 전형적 인물
로서, 양반이 되기 위해 족보를 사들이는 것도 불사하며, 20대
인 후처와 산다. 또 아버지 상훈은 신문물에 물들기도 하고 기
독교인 행세를 하였으나, 애욕이 분망하여 축첩(蓄妾)의 이중생
활로써 재산이나 탕진하며 아무것도 못하는 사람이다. 손자 덕
기는 선량하기는 하나, 이런 환경 속에서 살아가기에 힘겨워하
는 23세의 청년이다.

　　부친이 그리 잘난 인물은 못 되더라도 인격으로 아들에게만
이라도 숭배를 받았던들 얼마나 자기는 행복하였을까? 덕기는
부친에게 인격적으로 경의를 표할 수 없는 것이 몹시 괴로웠다.
그렇지 않았다면 설혹 부친이 자기에게 냉담하더라도 자기가 진
심으로 섬겨보고 싶었다.

　　(할아버지께서 이해가 없으신 것도 사실이지만, 아버지만 그
러시지 않아도 어머니도 행복이시고 우리도 행복했을 것이다.
경애도 제대로 올곧게 제 운명 제 길을 찾아나갔을 것이 아닌
가……?)

　　이렇게 고민하면서 새로운 길을 찾아보려는 청년이다. 거기
에 인간애를 추구하는 병화, 필순의 아버지의 불행한 일생을 대
조적으로 펼쳐가면서 30년대의 몰락해 가는 삼대의 생활을 전
개하고 있다.

　　이「삼대」는 덕기, 병화와 같은 새로운 세대에게 분명한 지표
를 보여주지는 못했으나, 대체로 역사의식에 의해 인간상을 리
얼하게 그리고 있다.

　　「삼대」가 거의 끝나갈 무렵, 당시 〈조선일보〉의 학예부장인
횡보에게 한 노인이 찾아와 "남의 집 내력을 이렇게 폭로할 수
있는가?"라고 항의했다는 사실만 보아도 그가 얼마나 당시의 사
회상을 리얼하게 반영하였는가를 알 수 있다.

　　1933년에 횡보는「삼대」의 속편이라고 볼 수 있는 횡보의 최
장(最長) 장편소설「무화과」를 〈매일신보〉에 연재하여「삼대」
에서의 미흡한 점을 보완해 주고 있다. 그는 연재 전의 '작가

의 말'에서 「무화과」가, 「삼대」의 자매편이라는 것을 밝히고, 삼부작을 계획한다고 말했으니 「삼대」에 대해 언급할 때는 자연 「무화과」를 얘기하게 될 것이다.

횡보는 1934년에 「모란(牡丹)꽃 필 때」를 발표하고 36년에 만주의 〈만선일보(滿鮮日報)〉 주필 겸 편집국장으로 있다가, 그 해에 대동아 건설국 홍보담당관으로 이직하여 식구가 모두 이사를 하게 됨으로써 해방되기까지 붓을 놓는다. 거기서 해방을 맞이한 횡보는 귀국하여 〈경향신문〉이 창간되자, 그 편집국장으로 취임하고 「해방의 아들」을 발표하면서 다시 붓을 들게 된다.

「두 파산破産」과 사실주의

해방 후에 다시 붓을 든 횡보는 좌우익 문단의 극단적인 대립의 소용돌이에도 아랑곳없이 창작에만 정진하여 「38선」과 같은 중편을 발표하기도 하고, 「두 파산」을 〈신천지(新天地)〉에 발표했다. 「두 파산」은 「임종」과 함께 그의 리얼리즘의 정화를 이룬 작품이다.

6·25전쟁이 일어나자 분연히 해군 정훈장교로 복무하기도 했으며, 제대 후에는 빈궁과 싸워가면서 오로지 창작에 열중하여 많은 작품을 발표했다.

「두 파산」, 「임종」과 더불어 자신의 대표작이라고 선정한 「일대의 유산」은 횡보가 일관해온 사실주의의 결정을 이루는 작품들이다. 「표본실의 청개구리」에서 자연주의적 경향을 띤 횡보는 「신혼기」, 「만세전」을 고비로 자연주의적·과학적인 해부나 실험적인 태도에서 벗어나 「삼대」 이후에 리얼리즘의 완숙을 보여준다. 「두 파산」에 이르러서는 리얼리즘의 정화를 이루는 것이다.

　해방이 되자 정례어머니는 학교 옆 구멍가게에서 학생들을 상대로 장사를 시작한다. 돈이 모자라 교장이라 부르는 영감에게 돈을 빌려쓰다가 옛날 동창인 옥임과 같이 동업을 한다. 장사가 시원치 않자 옥임은 투자한 돈을 이자로 돌리고 물러선다. 그 후에 돈을 갚지 못하자 옥임은 길가에서 정례어머니에게 창피를 준다. 정례어머니는 분함을 참지 못하여 가게를 내놓고 만다. 결국 정례어머니는 재산을 파산하고, 옥임은 성격파탄을 가져오는 파산이 되어, 정례어머니는 그녀를 가엾어하며 교장에게 돈을 해주는 것이다

　　"오늘은 아퀴를 지어 주시렵니까? 언제 갚으나 갚고 말 것인데 그걸루 의 상할 거야 있나요."
　　이튿날 교장이 슬쩍 들러서 매우 점잖은 수작을 하는 것이다.
　　"이렇게 말씀하면 교장선생님부터가 어떻게 들으실지 모르지만 김옥임이가 그렇게 되다니 불쌍해 못 견디겠어요. 예전에 셰익스피어의 원서를 끼구 다니구 「인형의 집」에 신나 하구, 엘렌 케이의 숭배자요, 하던 그런 옥임이가, 동냥자루 같은 돈전대를 차고 나서면, 세상이 모두 노랑 돈닢으로 보이는지? 어린애 코묻은 돈푼이나 바라고 이런 구멍가게에 나와 앉았는 나두 불쌍한 신세이지마는 난 옥임이가 가엾어서 어제 울었습니다. 나는 살림이나 파산지경이지 옥임이는 성격파산인가 보드군요……."
　　정례어머니는 분하다 할지, 딱하다 할지, 속에 맺히고 서린 불쾌한 감정을 스스로 풀어버리려는 듯이 웃으며 하소연을 하는

것이었다.

이것이 당시의 사회상을 반영한 「두 파산」의 한 대목이다.

횡보 문학의 금자탑

1. 세정世情과 서민의식

염상섭은 관찰의 대상을 서민의 생활의식과 세정에 고정시키고 있다. 어느 작품을 보아도 아래윗집에서 볼 수 있는 일상생활을 제재로 해서 그것을 압축된 인상을 주는 작품으로 구상화하고 있다. 물론 「삼대」나 「만세전」과 같이 서민적 생활의식이 아닌 어느 인텔리나 특수한 계층의 생활을 그린 작품이 없지 않으나, 그것도 검토하고 보면 결코 서민의 테두리를 넘지 못하는 사람들의 생활에 얽힌 애환을 그리고 있는 것이다.

우선 제목부터가 「암야」, 「금반지」, 「초련」, 「세 식구」, 「구두」, 「임종」, 「두 파산」, 「탐내는 하꼬방」, 「부성애」, 「절곡」, 「작은 집」, 「동서」, 「수절(守節)내기」, 「두 양주」, 「의처증」 등 서민생활의 체취가 풍기고 있으며, 생활에 얽힌 세정(世情)을 섬세하게 그리고 있고 오늘을 살고 내일을 지향하는 서민들의 삶의 의식과 감정을 여실하게 부각시키고 있다. 물론 초기의 「표본실의 청개구리」나 「제야」, 「암야」, 「초련」 등에서 젊은이의 침통과 우울을 보여 주어, 당시의 사회상을 반영하고 성생활을 묘파하기도 했으나, 그런 경향이 점차 줄어들고, 평범하게 꿈을 그

리며 사는 서민생활에 얽힌 사건을 통해 인정의 기미나 생활의
식을 기록하고 있다. 이것은 그 제재의 단일성이나 편협성에 의
한 문학영역의 한계를 특정 짓는 것이기도 하다. 그래서 김우종
(金宇鍾)은,

> 절대적으로 평범한 사건, 전연 아무런 흥미나 호기심도 일으
> 킬 수 없는 사건이다. 그런데 상섭은 이 무미건조한 한 토막의
> 사건을 가지고, 요리를 해나갔다. 숱하게 많은 참신한 소재를 고
> 의적으로 무시하고 이 가장 평범한 소재로 작품을 만들어나가려
> 고 했다는 것은 딴 풋내기 작가들로서는 감히 생각도 못할 일이
> 었다. 그런데 횡보는 이 가장 무미건조한 재료를 가지고 훌륭한
> 요리를 만드는 데 성공했다. 횡보가 이와 같은 소재를 가지고
> 성공한 까닭은 그가 이 사건의 관찰자가 되었을 때에 플로베르
> 의 그 사실주의헌법 그대로 '물리학적 정확성'을 이에 적용시켰
> 기 때문이다.

라고 염상섭이 평범한 제재 일변도로도 성공한 작품을 쓰고 있
음을 말하고 있다.

국민학교 앞에서 문방구를 하면서 정치를 합네 하는 남편을
시중들기에 지친 정례어머니와 고리대금업을 하는 동창생인 옥
임과의 갈등을 그린 「두 파산」을 비롯하여, 살고자 몸부림치는
병자와 그 뒤를 돌보는 명호와 그 가족의 생활을 여실하게 작
품화한 「임종」, 서른 셋에 과부가 된 지주부댁인 기현 어머니와
시동생과의 갈등, 하숙생인 김선생과의 델리케이트한 심리 동향
을 그린 「일대의 유업」, 심술이 나서 절곡(絶穀)을 하는 영락영
감과 아파서 병으로 죽어가는 딸 혜숙을 둘러싼 가정 비극을

예리하게 파헤친 「절곡」, 남편의 제사를 둘러싸고 아들, 딸과
겪는 갈등 그리고 축문에 얽힌 얘기인 「욕(慾)」, 기명의 졸사(猝
死)로 과부가 된 희숙과 남편이 아내보다 더 가까이 했던 동갑
집이 출상과 산소 등의 문제로 부딪히며, 서로 시기하고 제사를
먼저 모시려는 살동서의 심리를 형상화한 「수절내기」, 싸전의
점원인 쾌남이와 그에게 정을 주는 주인아씨 인숙, 그것을 감시
하는 남편 사이에 얽힌 갈등을 보여주는 「의처증」 등, 대부분의
작품에서 우리 주변의 일상생활을 볼 수 있는 평범한 제재를
한 폭의 평면도와 같이 도시해 보이고 있다. 거기엔 서민생활의
의식이 교차되어 있고, 세정의 기미가 섬세하게 점철되어 있다.
먼 내일에 비상하려는 의욕이 넘치는 것도 아니고, 단지 그러한
상황 안에서 이미 살아 나온 질서에 순응하면서 성실하게 살아
가려는 인간상들이 일상에서 부딪치는 갈등과 애환을 그대로
나타낸다.

　　동갑집은 하는 수 없이 분향을 하고 술을 부어놓고는 봉희에
게 절을 시키면서 옆에 엎드려 곡(哭)을 시작하였다. 소리가 점
점 커지면서 서럽게 한다.
　　저만치 떨어져 간 잔디밭에 돌아앉아 남의 무덤에서 차례 지
내는 구경을 하면서 바람에 날아오는 그 울음소리가 듣기 싫건
마는 귀에 손가락을 막을 수도 없고, 한숨만 꺼지게 쉬었다.
　　"내 팔자야, 살아 생전에 뺏기구 살구, 죽어서 무덤까지 뺏기
구……"
　　가슴이 치밀고 울화가 터져서, 벌떡 어떤 꼴인가 구경을 하려
고 돌려다보니, 모녀가 마악 일어나 눈물을 씻으며 비켜서니까,

옆에 지키고 섰던 길수가 술잔을 번쩍 든다.

"기형! 나, 자네 퇴주 먹네."

하고 쭉 마시고 나더니, 한 잔 다시 부어놓고 절을 넙죽이 한
다. 뒤에서 구경을 하고 섰던 식모가 입을 막고 웃는다.

절을 하고 일어난 길수는, 이번에는 잔을 들어서 분상에 가만
히 부으면서 커단 목소리로,

"기명이! 가지 말고 가만있게. 보다시피 자네 부인이 여기 오
셨네."

하고 웃지도 않고 외친다.

"흠 어느 나라 풍속이지!"

희숙이는 기가 막혀서 나오던 웃음을 참고 혀를 찼다. 딴은
생각을 하니 혼백이 받을 것을 받았으니 그만 가버릴지도 모른
다. 기다리고 있기로 배불리 먹었으니 느긋해서 나중 음식은 시
들할 거라는 생각에 팔려서 희숙은 또 울상이 되며 발을 구르고
싶다.

— 「수절내기」

산소에 나중에 간 처인 희숙이, 먼저 가서 제사를 지내고 곡
을 하고 있는 남편의 동거인이었던 동갑집을 바라보고 분해하
는 장면이다. 흔히 있을 수 있는 서민생활의 한 단면을 그저 객
관적으로 표현하고 있다. 거기엔 이효석의 「들」이나 「산」, 「분
녀(粉女)」와 같이 생활의 미화나 원시성의 추구도 없고, 채만식
의 「레디메이드 인생」, 「치숙(痴叔)」과 같은 시대의 유형성을 보
여주는 것도 없이, 외적 변화에 관계없이 이 땅에서 살아가는
서민의 생활양상을 보여준다. 유종호(柳宗鎬)는 염상섭의 이러한
평범한 제재에 대하여,

서민과 세정의 염상섭廉想涉 —— 89

　　비극의 전개가 되는 개인과 개인을 초월한 것 사이의 투쟁, 이상과 현실의 갈등도 없고, 고양(高揚)된 인생의식에도 철저하게 무연한 채 일상의 매사를 제재로 한 「일대의 유업」의 세계가 강인한 견인력을 발휘하지 못하는 것은 필연적인 귀결이다. 단편소설이라는 것을 염두에 두더라도 거기에는 「붉은 산」의 강력한 충격도, 「봄봄」의 토착적인 유머도, 「메밀꽃 필 무렵」의 서정도 혹은 어떤 우수했던 단편작가의 몰락에 기울이는 애도감도 없다. 혹종 서구 단편의 수작(秀作)들이 누리고 있는 리얼리스틱하면서도 암시적인 상징성도 없다……그의 명수(名手)의 솜씨는 한국적 가족제도나 가정에 있어서의 가족상의 조형에서 특히 빛을 내고 있다. 아버지·형·시어머니 혹은 며느리로서의 가족상은 박진력을 얻고 있다. 특히 「절곡」의 마님, 「두 파산」의 옥임, 「법 없어도 사는 사람」의 삼청동 마나님 등의 에고이스틱한 여인상은 탁월하여 소규모인 대로 전형에 가까워지고 있다.

라고 평하고 있다. 가족을 중심으로 하는 서민생활에 얽힌 생활의식과 세정을 여실하게 표현하면서도, 시대의식이나 역사의식의 자각이 없이 그저 주어진 환경에서 생활해 가는 평면적인 인간생활을 형상화하고 있다는 데에서 염상섭의 제재의 편협성과 인생의 교사로서의 문학의식이 결여된 사실주의 작가로서의 면모를 엿볼 수 있다. 염상섭 소설에서 볼 수 있는 의식의 결여도 이 제재의 편협성에 의한 작가의식의 소치라고 할 수 있다. 그러나 「두 파산」, 「임종(臨終)」, 「일대의 유업」과 같은 인간사의 유형화에 성공한 완벽한 작품이 있음을 간과해서는 안 된다.

2. 관찰자의 기록

작가가 그 많은 소재 중에서 어떤 것에 관심을 가져 작품화하느냐는 작가만이 가질 수 있는 제재 선택의 자유라고 할 것이다. 문제는 그 제재를 어떻게 바라보고 어떤 면을 작품화하느냐의 주관적인 동기에 있다. 그 동기에 의한 제재의 선택이 바로 작가가 무엇을 바라보고 무엇을 제재화 하여 표현하느냐에 있다. 염상섭의 소설은 거의 전부가 인생의 충실한 관찰자로서의 기록이다. 「두 파산」이나 「임종」 또는 「일대의 유업」과 같은 그의 대표작은 말할 것도 없고, 「수절내기」나 「욕」, 「절곡」 등의 단편과 「만세전」에 이르기까지 모두가 객관적인 관찰자로서의 충실한 기록이라고 할 수 있다.

그의 인생의 새로운 의미나 질서를 창조하기를 거부하고 생활을 피부로 감지할 수 있는 의식이나 감정을 그대로 사진 찍듯이 보여준다. 거기에는 '변혁시키는 것을 제시하는 문학'으로서의 새로운 삶의 지표를 모색하거나 제시함도 없고, 인생의 도정(途程)에서 얼룩진 현장에 대한 동질의식도 없이 객관적 입장에서 관찰하여 그것을 작품화해서 보일 뿐이다. 말하자면 역사적인 환경에서 서식하는 인생에 대한 동질성과 그 환경을 초극하기 위한 삶의 지표를 찾으려는 '구제(救濟)의 문학'이 아니요, 인생의 현장이 어떻고 어떠한 일이 일어나고 있는지에 대한 관심이 없이 손톱을 깎으면서 그것을 바라보는 '보는 문학'에 머물러 있는 것이다. 일인칭 관찰자 시점으로 3·1운동 만세 전의

식민 현실을 관찰한 「만세전」에서도 그 암담한 현실을 보고,

    젊은 사람들의 얼굴까지 시들은 배춧잎 같고, 주눅이 들어서 멀거니 앉았거나, 그렇지 않으면 빌붙은 듯한 천한 웃음이나, "헤헤." 하고 싱겁게 웃는 그 표정을 보면 가엾기도 하고 분이 치밀어 올라와서 소리라도 버럭 질렀으면 시원할 것 같다.
    (이게 산다는 꼴인가? 모두 뒈져 버려라!) 차간 안으로 들어오며 나는 혼자 속으로 외쳤다.
    (무덤이다! 구더기가 끓는 무덤이다!)
    (공동묘지다! 공동묘지 속에 살면서 죽어서 공동묘지에 갈까 봐 애가 말라 하는 갸륵한 백성이다!)
    하고 혼자 코웃음을 쳤다.
    (공동묘지 속에서 사니까 죽어서나 시원스런 데 가서 파묻히겠다는 것인가?)
    그러나 하여간에 구더기가 득시글득시글 하는 무덤 속이다. 모두가 구더기, 너두 구더기 나두 구더기다. 그 속에서도 진화론적 모든 조건은 한 초 동안도 거르지 않고 진행되겠지! 생존경쟁이 있고 자연도태가 있고 네가 잘났느니 내가 잘났느니 하고 으르렁댈 것이다. 그러나 조만간 구더기는 낱낱이 해체되어 원소가 되고 흙이 되어서 내 입으로 들어가고 내 코로 들어갔다가 네나 내가 거꾸러지면 미구에 또 구더기가 되어서 원소가 되거나 흙이 될 것이다.
    에잇! 뒈져라! 움도 싹도 없이 쓰러져 버려라! 망할 대로 망해 버려라! 사태가 나든지 망해버리든지 양단간에 끝장이 나고 보면 그 중에서 혹은 조금이라도 쓸모 있는 나은 놈이 생길지도 모를 일이다.

라고 울분을 느끼다가도 이내 다시 관찰자의 위치로 돌아온다.

나(李演華)는 배 안에서의 일인(日人)들의 얘기, 부산의 여급, 차중에서의 상인들, 김의만, 아버지, 형들의 주변에 얽힌 상황을 관찰하는 데 그치고 만다. 대학을 다니는 지성인으로서의 날카로운 비판의식이나 모랄에 의한 행동은 거의 찾기 어려운 것도 관찰자로서 충실하려는 횡보의 작가적 자세에 있다고 할 것이다. 그것은 역사의식을 경시하고 서민생활의 평면적 관찰을 통해 인간생활에 얽힌 애환을 그리려는 그의 작가의식의 소치라고 할 수 있다.

이러한 관찰자의 사실적인 조형인 염상섭의 소설은 상상적 체험에 의한 내연화(內燃化)시킬 수 없는 평범한 얘기로 그치고 마는 경우가 많다. 「두 파산」의 긴장이 없는 전개는 삶의 새로운 창조가 되지 못해 이웃집 얘기같이 느껴지기가 쉽고, 「수절내기」나 「일대의 유업」도 그저 무대의 관람자와 같은 위치에 머물게 해, 작중 현실과의 거리를 느끼게 한다. 박진감 넘치는 삶에의 투영도 없고, 작중 현실에의 애정이나 저주가 서리지 않는 객관적인 관찰은 생활의 평범성을 초극하지 못하고 진지한 삶의 욕구를 상실하고 말게 한다. 김동인은 염상섭의 초기작품을 보고,

과도기의 청년이 받는 불안과 공포의 번민 —「표본실의 청개구리」에 나타난 것은 그것이었다. 필자는 상섭의 출현에 몹시 불안을 느끼면서도 이 새로운 함레트의 출현에 통쾌감을 금할 수가 없었다.……우리는 상섭의 모든 작품—그 일견 산만한 생활기록과 같은 작품 아래서 문학자로서의 상섭이 우리에게 보여주려 한 동적 인생의 일면을 결코 몰각할 수 없다. 산만하고 무

의미한 듯한 그의 작품은 일독한 후에 무거운 동통(疼痛)과 같은 것이 머리에 걸려 있는 것이 이 때문이다.

　무기교(無技巧), 산만, 방심, 이러한 아래도 인생의 일면을 넉넉히 발견할 수 있다. 다만 그 산만한 묘사방식 때문에 깊은 인상을 주지 못할 뿐……그렇다고 우리는 그 작품의 문학적 가치를 부인할 수 없으니, 우리의 문학적 양심이 '부주의의 도스토예프스키'이며 '기교의 둔재 덱커리'의 작품을 용인하는 시대가 없어지지 않는 한에서 우리 같은 의미로서 상섭의 작품을 또한 용인하지 않을 수 없다.

라고 그의 작품이 동적 인생의 일면을 보이려 했다고, 염상섭의 소설을 평하고 있다. 그러나 염상섭 소설에서는 그저 살아가는 사람뿐이지, 새로운 삶을 창조하려는 동적이고 적극적인 삶의 모습은 찾기 어렵다.

3. 사실적인 표현

한국 근대소설의 주류는 사실주의라고 할 수 있다. 이상 등의 심리주의와 이효석 등의 토속적 리리시즘(lyricism), 전후소설의 다양한 양상이 모두 그 사실주의를 본류로 한 지류에 지나지 않는다. 도도하게 흐르는 본류에 이따금 지류를 형성하여 넓은 소설의 평야를 풍부히 하고 있다.

이 사실주의인 본류의 연원(淵源)을 이루는 것이 염상섭의 소설이다. 시종 여일하게 사실주의의 기법에 일관해온 염상섭은 사실주의야말로 문학이 의탁할 기법이라고 말하고 있을 정도다.

염상섭의 어떤 작품을 보아도 이 사실주의의 금과옥조인 평

면적 구성을 사실적으로 표현하지 않은 것이 없다. 인생의 관찰
자로서 서민의 생활의식과 세정을 평면적 구성으로 표현하고
있다. 심리적 배경이나 상황적 배경에 의한 자유연상법에 의
한 자동기술법, 카메라 아이나 뉴스 릴, 또는 만화적 방법 등
의 현대소설 기법을 수용하지 않은 그는 표면적인 인간생활
을 순행적인 플롯으로 진행시켜 인간생활을 재현하고 있다.
전지적 작가시점에 의한 순행법의 「두 파산」, 작가관찰자 시
점에 의해 죽음을 앞둔 병인과 가족의 심리를 단순구성으로
형상화한 「임종」 등 모두가 평면적인 단순구성으로 작품을
형성했다.

　「일대의 유업」, 「욕」, 「수절내기」, 「의처증」 등 대개의 작품이
전지적 작가 시점에 의한 평면적 구성으로 극적인 장면의 전환
이나 의식의 흐름에 의한 전인간적인 체험을 형상화한 기법은
전혀 구사하고 있지 않다. 그러기에 그의 소설에는 입체감과 생
동성이 결여되어 있고 정지(靜止)된 생활의 인간도나 풍속도만이
보일 뿐이다. 여기에 염상섭 소설의 편협성과 편향성을 볼 수
있고, 관찰자로서 시종하려는 작가의식이 '보는 문학'의 성격을
가져와 알베레스가 말한 '도서관을 위한 문학'의 일면을 부여했
다.

　횡보는 그 뒤에도 쉬지 않고 계속하여 장편 「취우(驟雨)」, 「미
망인」과 많은 단편들을 발표한다. 1954년에 예술원 회원이 되고
서라벌예대 초대학장에 취임했으나, 한 번도 학교에 나가지 않
았다 한다.

　상복은 많아서 1954년 「취우」로 서울시문화상, 1956년에 아세

아문학상, 1957년에 예술원 공로상, 1962년 3월에 3·1문화상 등 커다란 상을 두루 수상했다.

그의 문필생활은 1962년 〈사상계〉(11월호부터)에 「횡보문단회상기」를 집필하다가 병으로 중단하게 됨으로써 이 글이 마지막이 된 것이다.

횡보는 1963년 초에 고혈압과 신경통에 겹쳐 성북동 145번지 52호의 셋집에 누워서도 "기어이 일어나 쓰고 말 것이다."라는 의지를 보이다가, 3월 11일 예술원의 주선으로 메디컬센터에 입원했다. 3월 14일 오전 8시 30분 "최후의 결단을 내야지……"라는 한 마디를 중얼거리고 9시에 유언 한마디도 남기지 못하고 67세를 일기로 세상을 떠났다.

중·장편 28편, 단편 148편, 비평이 100여 편, 잡문 246편을 남긴 횡보, 재산은 15만 원짜리 셋방뿐이었다.

그는 철저한 서민의식으로 리얼리즘 문학의 시초를 이루고, 김동인과 더불어 단편의 쌍벽을 이루다가 간 것이다. 명동성당에서 문인장(文人葬)을 지낸 뒤 성북구 방학동에 있는 천주교묘지에 안장되어 고이 잠들고 있다. 남겨놓은 작품에 비하여 너무나 적은 유산이 세인을 놀라게 했다. 그러나, 그의 문학은 영원히 빛날 것이다.

조연현은 「횡보의 리얼리즘」에서 횡보 문학의 의의를 다음과 같이 적고 있다.

염상섭의 문학사적인 위치의 그 대부분은 그 선구적인 공적이 이에 해당한다. 그것을 다시 요약하면 1) 한국근대문학운동의 선구적인 한 중심인물이었던 점이며, 2) 문예비평의 기초를 닦은 비평문학의 개척자요, 3) 이 땅에 사실주의 소설을 개척 확립한 최초의 작가라는 점이다.

이 점이 문학적인 의미에 있어서는 가장 중요한 것이 된다. 「표본실의 청개구리」, 「암야」, 「제야」 등 초기의 작품에 있어서는 자연주의적인 경향이 강했다. 그러나 1925년을 전후하면서부터는 순객관적인 사실주의에로 전이되었고, 1950년대에 들어서면서부터는 그것이 한층 더 원숙되어 갔다. 이러한 그의 추이는 "사실주의에서 한 걸음도 물러나지 않았고, 문예사상에 있어 자연주의에서 한 걸음 앞선 것은 벌써 오랜 일이었다."고 염상섭이 「나와 자연주의」(1954년)에서 술회한 스스로의 고백이 그대로 그의 문학적 추이를 요약해 준 것으로 볼 수 있다.

횡보는 갔지만 그가 '결단을 내리려던 것'을 숙제로 남겨둔 채 그의 작품은 한국문학의 반석이 되어 빛나고 있다.

비판과 저항의 **현진건**玄鎭健

「희생화(犧牲花)」를 〈개벽〉에 발표했던 1920년 이후 20여 편의 단편과 3편의 장편을 남긴 빙허 현진건(憑虛 玄鎭健 ; 1900~1943)은 생활과 사회의식을 기조로 한국의 단편문학을 정착시키고 리얼리즘 문학의 기틀을 마련한다.

술과 더불어 식민 상황의 울분을 토하면서 조화의 극치, 묘사의 절미(絶美), 완미한 기법으로 작품을 쓰면서, 일장기 말살사건에 연루되는 등 투철한 역사의식으로 살아간다.

생활 주변의 제재를 객관적으로 투시하기도 하고, 식민 상황에 처한 인텔리의 고뇌를 그리기도 하며, 말년에는

역사적 사실에 관심을 기울이기도 하면서, 문학과 생활의 평행
선을 그어간다. 일장기 말살사건 뒤 방랑생활을 하다가 「흑치상
지(黑齒常之)」의 중단으로 생애를 마치는 것이 그 실증이기도 하
다.

식민 상황을 술로 달래면서 유랑하던 현진건은 뛰어난 몇 편
의 단편으로 우리 문학사에서 영원히 살고 있다. 그러나 그가
살던 집은 흔적도 없고 과천에 있던 유택마저 없어졌으니, 일제
치하에서 절규하던 민족애의 정신과 더불어 그의 작품만이 남
아 우리의 심금을 울려주고 있다.

명문의 후예

빙허 현진건은 명문의 집안에서 태어났다. 사대부와 같이 세
상을 주름잡던 가문은 아닐지라도, 출중한 인물들이 많은 집안
이었다. 그 까닭인지 빙허는 귀공자 타입으로 예쁘장한 미남이
었으며, 춘원과 같이 노르스름하고 빛나는 눈을 가진, 불의와
타협하지 않는 군자였다.

방인근(方仁根)은 「빙허회고기」에서 이렇게 말하고 있다.

그는 꼭 씨암탉처럼 살이 포동포동 찌고 역시 키가 잘달막하
게 걸음걸이조차 씨암탉처럼 아기죽아기죽하였다. 살결도 희고
맑으며 귀공자 타입으로 예쁘장스러운 미남이었다. 나를 툭 치
고 껄껄 웃고는 내가 귀엽다는 듯이 빤히 쳐다보는 눈매는 여자
처럼 매력 있고 사람 반할 만하다. 술이 취하면 그 예쁜 눈이 게
슴츠레해지고 바르르 떤다. 눈썹은 시커멓고 굵어서 수(壽)를 할

줄 알았는데 웬일인가. 입도 조그마하고 예쁘장스러워 언뜻 여자 같기도 하다. 면도를 여러 날 아니하면 수염이 건성 드뭇하게 나는데, 그게 까맣지 않고 노르스름한 것도 애교다. 그러고 보니 눈동자도 좀 노르스름한 것 같다. 춘원의 눈동자가 그러했다.

　외모가 그렇게 씻은 배추라도 통통한 호배추같이 깨끗한 만치 마음씨도 고결하다. 경상도 태생이라 그런지 대나무같이 곧고 악과 불의와는 거리가 먼 군자다.

이러한 빙허는 가끔 밉지 않게 건주정하는 술의 대가요, 세상을 우습게 보는 호기가 있고 배짱이 센 녹녹찮은 인물이었다.

빙허가 세상에 태어난 것은 1900년 음력 8월 9일, 대구에서 현경운(玄慶運)의 넷째 아들로 태어났다. 원래 현씨 집안은 서울에서 개화 이후 각광을 받은 집안이었으나, 아버지 경운이 대한제국 때 대구 우체국장으로 재직하고 있었기 때문에 빙허는 대구에서 출생했다. 당시 현씨 가문은 출중한 사람이 많이 나와 번성일로에 있었다. 빙허의 계부(季父) 영운(英運)은 군령부(軍令部) 총장을 지내고, 나중에 양부(養父)가 되는 당숙 보운(普運)은 육군 영관이었는가 하면, 재종 상건(尙健)은 프랑스공사를 지냈다. 또한 당숙 희운(僖運)은 신극의 초기에 활동한 사람이다.

빙허의 형제들도 다 출중했다. 장형 홍건(鴻健)은 러시아사관학교 출신으로 러시아대사관 통역관을 지냈고, 중형(仲兄) 석건(奭健)은 동경에 있는 메이지 대학을 졸업하여 대구에서 변호사를 했으며, 숙형(叔兄) 정건(鼎健)은 상해에서 독립운동을 하다가 체포되어 평양에서 옥사를 했다. 이렇게 사회적으로 명망이 있고, 유복한 집안의 막내아들로 태어난 빙허는 소년시절을 다복하고 평탄하게 보냈다. 빙허의 귀공자 타입의 군자풍은 이 소년시절에 성격화한 것이다.

1912년 빙허는 일본으로 건너가 동경의 성성(成城)중학에 입학하여 어린 나이로 고향을 떠나 이국의 도시에서 보냈다. 1917년 중학을 졸업하고 동경 독일어전수학원에서 이수하고 귀국했다. 1918년 아무도 모르게 독립운동을 하고 있는 숙형 정건을 찾아 상해로 가서 호강(扈江)대학 독일어과에 입학했다. 어린 나이로 동경에서 중학을 다니고, 중국 대륙을 방랑한 것은 빙허의 지식을 넓히려는 욕구에 불탄 행동이며, 그때의 경험은 문학의 밑거름이 되었을 것이다. 그러나 상해에 갈 때는 이미 결혼을 한 뒤였다. 빙허는 1915년 16세 때 고향의 부호인 이길우(李吉雨)의 딸인 열 여덟 살 된 이순득(李順得)과 혼인을 하였다. 꽃 같은 아내를 홀로 두고 부모 모르게 대륙으로 향하는 빙허는 오직 내일을 위한 발돋움에 불타고 있었다. 그때의 상황을 빙허는 〈개벽〉 1921년 1월호에 발표한 그의 출세작 「빈처」에서,

> 육 년 전에(그때 나는 십육 세이고 저는 십팔 세였다) 우리가 결혼한 지 얼마 안 되어 지식에 목마른 나는 지식의 바닷물을 얻어마시려고 표연히 집을 떠났다. 광풍에 나부끼는 버들잎 모양으로 오늘은 지나(支那), 내일은 일본으로 굴러다니다가 금전의 탓으로 지식의 바닷물도 흠씬 마셔보지도 못하고 반거들충이가 되어서 집에 돌아오고야 말았다.

라고 서술하고 있다.

1919년 고국에 돌아온 그는 이상화(李相和), 정백(鄭栢), 백기만(白基萬)과 같이 작문지라고 할 수 있는 〈거화(炬火)〉를 만들면서 문학의 뜻을 펼치기 시작했다. 그 해 빙허는 손이 없는 육군 영관을 지낸 당숙 현보운의 양자로 입양하여 종로구 관훈동 52의 집으로 처와 함께 이사하여 서울에서의 생활을 시작했다.

그는 양부의 재산과 처가의 힘을 입어 '보수 없는 독서와 가치 없는 창작'으로 해가 지고 날이 새며 쌀이 있는지 나무가 있는지 모르면서 살아갔다. 1920년 무렵 월탄(月灘) 박종화(朴鍾和), 노작(露雀) 홍사용(洪思容) 등과 알게 되고, 당시 연극에 관계하던 당숙 현희운의 소개로 〈개벽〉 1920년 11월에 처녀작 「희생화」를 발표하면서 창작활동을 시작했다.

「빈처」외 〈백조〉 동인

빙허가 처음 발표한 「희생화」는 습작 정도의 작품으로 별로 주목을 끌지 못했다. 그의 출세작이요, 문단에서의 디딤돌이 된 것은 1921년 〈개벽〉에 발표한 「빈처」요, 그의 문단생활을 집약시킨 것은 〈백조〉의 동인활동이다. 「빈처」는 '보수 없는 독서와 가치 없는 창작'에 해가 가는 줄을 모르면서도 언젠가는 작가로 대성하겠다는 가난한 소설가의 빈처상을 그린 신변체험 소설이다. 친척들의 경멸을 받으면서도 굴하지 않고, 죽이 끓는지 밥이 끓는지도 모르고 사는 나, 전당포에 옷을 잡히면서도 술상을 마련하는 아내(춘해 방인근의 말에 의하면 빙허 부인의 안주 솜씨는 일품이었다고 한다), 조그마한 일로 오해했다가 종말에 가

서 아내와 같이 대성을 기약하는 내용으로, 종말 강조로 구성된
작품으로 종말 부분에서 기법의 묘를 살리고 있다.

　부득이한 경우라 하릴없이 정신적 행복에만 만족하려고 애를
쓰지마는 기실 부족한 것이다. 다만 참을 따름이다. 그것은 내가
생각해야 된다. 이런 생각을 하니 그날 아내에게 그런 말을 한
것이 후회가 났다.
　(어느 때라도 제 은공을 갚아 줄 날이 있겠지) 나는 마음을
좁더 너그러이 먹고 이런 생각을 하며 아내를 보았다.
　"나도 어서 출세를 하여 비단신 한 켤레쯤은 사주게 되었으
면 좋으련만……."
　아내가 이런 말을 듣기는 처음이었다.
　"네에?"
　아내가 제 귀를 못 미더워하는 듯이 의아한 눈으로 나를 보
더니 얼굴에 살짝 열기가 오르며,
　"얼마 안 되어 그렇게 될 것이야요."
　라고 힘있게 말하였다.
　"정말 그럴 것 같소."
　아직 아무도 인정해 주지 않은 무명작가인 나를 저 하나이
깊이깊이 인정해 준다. 그러길래 그 강한 물질에 대한 본능적
요구도 참아가며 오늘날까지 몹시 눈쌀을 찌푸리지 아니하고 나
를 도와준 것이다.
　"아아, 나에게 위안을 주고 원조를 주는 천사여."
　마음속으로 이렇게 부르짖으며 두 팔로 덥썩 아내의 허리를
잡아 내 가슴에 바싹 안았다. 그 다음에는 뜨거운 두 입술
이……
　그의 눈에도 내 눈에도 그렁그렁한 눈물이 물 끓듯이 넘쳐흐
른다.

— 「빈처」

빙허는 이 「빈처」에서 리얼리즘의 기법을 시도하여 호평을 받았다. 신변적인 이야기이기는 해도 빈틈없이 조화된 구성과 박진한 표현으로 리얼리즘 기법에 의한 작품을 이룩한다. 그리하여 1920년 〈개벽〉에 3회에 걸쳐 「표본실의 청개구리」를 발표한 염상섭과 더불어 사실주의 문학을 개척한 중요한 한 사람이 되었다. 「빈처」의 호평 후에 빙허는 신변소설로서 「술 권하는 사회」, 「운수 좋은 날」, 「불」 등 주옥같은 단편을 발표한다. 또한 〈조선일보〉 기자생활을 하면서 1922년 1월에 창간되는 〈백조〉 동인이 되어 활동한다.

〈백조〉는 휘문고보를 중심으로 한 김동인의 〈창조〉, 염상섭의 〈폐허〉 등에 이은 문예동인지다. 〈백조〉는 이미 「피는 꽃」이란 유인물을 낸 월탄 박종화, 노작 홍사용, 상화 이상화 등의 시인과 소설을 쓰는 나도향과 빙허가 동인이 되어 만든 동인지다. 이들은 이십대의 나이로 인생과 문학을 논하며 일제 치하 민족의 비극을 내적 세계로 승화시켰다.

1921년 12월에 완성된 〈백조〉를 1922년 1월에 내면서 그들은 문학적 정열을 쏟고 장부의 기개세(氣蓋世)를 떨쳤다. 술은 다 잘 먹는 편이었으나, 빙허는 얼굴이 예쁘장하게 붉어지고 밉지 않게 건주정을 하며, 나도향이 기생을 껴안으면 눈짓을 하며 호통을 했다고 방인근은 술회하고 있다. 빙허는 〈백조〉에 「유린」(2호), 「할머니의 죽음」(3호) 등을 발표하여, 김동인이 '조화의 극치묘사의 적확'이라고 말한 그의 사실주의 기법에 의한 단편문학의 금자탑을 이루어갔다.

「할머니의 죽음」과 리얼리즘

빙허는 그의 출세작 「빈처」 이후 6년 동안에 완숙한 단편 15편을 발표한다. 자전적인 신변소설의 경지를 벗어나 인생을 투시하고 재현하는 소설을 씀으로써 염상섭과 함께 한국의 리얼리즘 문학의 금자탑을 이루며, 김동인과 더불어 단편문학의 기틀을 굳건히 한다. 「운수 좋은 날」, 「불」, 「B사감과 러브레터」 등을 절정으로 하는 그의 완숙한 작품의 경지에 대해 비평가들의 찬사가 끊이지 않았다.

박종화는, 염상섭이 서구적인 데 비해 빙허는 남구적인 경향이라고 했고, 김동인은 그의 「한국근대소설고」에서 기법의 완숙과 인물이나 행동의 평면성을 지적하고 있다.

> 우리는 비상한 기법의 천재로 빙허를 들 수 있다. 몹시도 아름다운(도덕 의미의) 빙허를 보는 느낌을 빙허 전체에서 느낀다. 조화의 극치, 묘사의 절미, 과연 기교의 절정이다. 그러나, 그의 작품을 읽은 뒤에 머리에 남는 인물이 없는 것은 어떤 이유인가? 그는 인생의 사진사다. 가령 사진사라 하는 것이 어폐가 있다면 그는 정물화가다. 그는 사람을 보고 사건을 보았지만 인생을 못 보고 생활을 못 보았다. 그 유동하는 인생을 그리려 하지 못하고 일개 정적(靜的) 사건과 정적 인물을 그리려 하였다.…… 여기에 빙허의 파탄이 있다. 동적 인생을 그리려 하지 않고 정적 사람을 사진 찍으려, 내지는 스케치하려 한 데서 빙허의 비상한 기교밖에는 발견할 수 없는 공허를 본다.

또한, 박영희(朴英熙)는 "빙허는 「빈처」에서 사실의 묘사법이 시작되어 「타락자(墮落者)」에서 꽃이 피고, 「불」에서 결실되었다."고 말하고 있다.

빙허는 1920년에 〈조선일보〉 기자로 입사했다가 1925년 〈동아일보〉로 옮기기까지 5년 동안 기자생활을 하면서 창작에 힘썼다. 우선 「술 권하는 사회」와 「타락자」는 신변소설로서, 소설의 기법은 원숙해 갔으나 자신이 그 속에 노출되어 모든 것을 사실적으로 표현하는 단계에 이르지 못하고 있다. "그 몹쓸 사회가 왜 술을 권하는고."라고 하면서, 망국의 울분을 술로 소일하게 하는 당시의 시대상을 묘사한 「술 권하는 사회」나, 기생 춘심에게 고혹되어 나중에는 병까지 옮고 딴 남자에게 춘심을 빼앗기고 마는 「타락자」는 다 빙허 자신의 생활을 그린 것이다.

빙허는 대구에서 기생 춘심에게 매혹되어 열을 올린 적이 있다. 당시 유학을 하고 신학문을 하는 젊은이들은 우리의 고유한 윤리의식으로 남편을 다소곳이 모시는 현숙한 부인을 좋아하지 않았다. 술을 마시고 난봉을 부리면서 부인을 구박하고, 심지어 이혼까지 서슴지 않기도 했다. 그러나, 빙허는 술은 마셔도 여인을 탐내지는 않고 부인만을 좋아했다. 그렇게 된 연유를 「빈처」에서 잘 드러내고 있다.

> 내가 외국으로 다닐 때에 소위 신풍조에 띄어 까닭없이 구식 여자가 싫어졌다. 그래서 나의 일찍이 장가간 것을 후회하였다. 어떤 남학생과 어떤 여학생이 새로 연애를 주고받고 한다는 이야기를 들을 적마다 공연히 가슴이 뛰놀며 부럽기도 하고 비감

스럽기도 하였다. 그러나 낫살이 들어갈수록 그런 생각도 없어
지고, 집에 들어와 아내를 겪어 보니, 의외에 그에게 따뜻한 맛
과 순결한 맛을 발견하였다. 그의 사랑이야말로 이기적 사랑이
아니고, 헌신적 사랑이었다. 이런 줄을 점점 깨닫게 되었을 때에
내 마음은 얼마나 행복스러우랴! 밤이 깊도록 다듬이를 하다가
그만 옷 입은 채로 쓰러져 곤하게 자는 그 파리한 얼굴을 들여
다보며 "아아 나에게 위안을 주고 원조를 주는 천사여." 하고 감
격이 극하여 눈물을 흘린 일이 있다.

그러나, 「타락자」에서는 술좌석에서 만난 춘심이라는 기생에
게 매혹되어 한 발자국 한 발자국 그 여인에게 접근해 가, 달콤
한 사랑을 속삭이다가 배반당하는 과정을 여실히 그리고 있다.
　빙허가 인생을 있는 그대로 객관적으로 관찰하고 그것을 여
실하게 소설화하기는 1923년 「지새는 안개」와 「할머니의 죽음」
부터이다. 이후 1924년의 「불」이나 「B사감과 러브레터」를 발표
하기까지의 약 3년간의 그의 리얼리즘 문학의 원숙기라고 할
수 있다. 당시 평필(評筆)을 들던 염상섭이 "센티멘탈에 흐르지
않을 만큼 정순(精純)된 감정과 명민(明敏)한 이지를 적당히 가지
고 가볍고 아름답게 움직이는 주인공의 성격을 볼 때 자연주의
적 경향이라든지 데카당스의 기분에서 벗어난 경향을 볼 수 있
다."고 찬사를 아끼지 않았다.
　1923년 최남선이 주재한 〈동명(東明)〉의 편집동인이 되어 빙허
는 저녁때면 동료들과 다방골의 민수자집과 애시당(愛施堂) 집으
로 몰려가 밤새도록 술을 마시고 기고만장이 되어 집에 와서는
곧잘 노래도 부르고 재담도 했다. 그때 자주 모이던 사람은 김

동인, 박종화, 홍사용, 방인근, 염상섭 등이다. 당시 문단에서는 김동인의 고고한 호기, 방인근의 기방에서의 낭비, 염상섭의 끈질긴 음주와 박종화의 호탕, 빙허의 건주정이 유명했다.

1924년 「불」과 「운수 좋은 날」에 이르러 빙허는 그 리얼리즘 소설의 정수를 이루어 김기진(金基鎭)은 "기교에 있어 결점이 없는 완숙을 보여주었다."라고 말했다. 김동인의 말대로 평면적인 인생을 바라보는 흠은 있으나 조화의 극치, 묘사의 절미, 과연 기교의 절정에 이르렀다.

「운수 좋은 날」은 새침하게 흐린 품이 눈이 올 듯하더니 눈은 안 오고 얼다가만 비가 추적추적 오는 날, 억세게 운수가 좋은 인력거꾼 김첨지가 병으로 누워 있는 아내를 위해 설렁탕을 사들고 집에 오니, 어린애가 젖을 빠는 소리만 날 뿐 아내는 죽어서 침묵이 흐르는 광경에 오열하는 김첨지의 절규를 여실하게 그린 작품이다. 그 묘사의 절미나 조화 있는 구성은 백철의 말대로 숙련한 공장(工匠)이 만들어놓은 일품이다. 더구나 종말에서 아내의 죽음으로 절규하는 장면은 조용하게 사건의 진전을 주시하는 독자의 심금을 울려준다.

그 뒤에 「B사감과 러브레터」와 같은 현실을 희화한 작품을 보여 주던 중, 독립운동을 하던 숙형이 체포되어 평양의 감옥에서 옥사하고, 그 비보를 들은 형수 윤씨가 그 뒤를 따라간 뒤부터는 창작을 중단하고 신문사 일에만 전념하면서 술로 나날을 보냈다. 이렇게 발표된 그의 작품은 개인과 역사의식이 점철된 단편의 백미다.

개인의식와 역사의식

「희생화」나 「빈처」, 「유린」, 「타락자」 들은 애정의 갈등이나 승화에 의한 인간생활의 단면을 나타내고, 「술 권하는 사회」, 「운수 좋은 날」, 「정조와 약가」 등은 빈궁이나 불만(그 이유가 분명치는 않지만)에서 전개되는 삶의 일면을 보여주고 있다. 또한 「불」이나 「사립정신병원장」, 「할머니의 죽음」은 관습에서 오는 상황을 초극하려는 역사의식의 투영에 의해서 상황도를 부각시킨 작품들이다.

「희생화」에서 누나인 S나 그녀의 애인인 K는 부모에게 순종해야 한다는 전통의식에 의해 겪은 비극이요, 「유린」의 정숙이나 「타락자」의 '나'는 사랑을 가장한 욕망에 유린되는 생활의 갈등이요, 「빈처」는 역경 속에서 새로운 비약을 다짐하는 나와 아내의 사랑의 승화를 그린 인생도다. 「빈처」의 종말강조법에 의한 의무적 장면(obligatory scene)은 구성상의 긴밀성을 말해 준다. 그러나 이러한 애정의 갈등은 대개가 전통의식을 가진 부인과 인텔리 남편, 그리고 기생이나 제삼자가 개입하는 삼각관계를 풀 듯이 진행된다. 이철범은 빙허의 이러한 소설을,

> 현진건의 경우는 인텔리 남편과, 봉건적인 부인, 두 사람의 얘기가 아니면 동경 유학을 갔다온 무직 인텔리 남편과 남편의 동경 유학에서 돌아오는 날엔 팔자를 고친다고 생각하여 온갖 고생을 참고 견디는 봉건적 열녀형의 부인과 기생, 세 사람의 삼각관계를 독백식으로 서술한 것이 대부분이다.

라고 말하고 있다. 이와 같은 개인의식과 전통의식의 갈등은 평면적으로 진행하여 안이한 타협을 하고 마는 데에 빙허 소설의 문제가 있다.

술을 먹으면 몸은 괴로운데 마음은 괴롭지 않다고, "그 몹쓸 사회가 왜 술을 권하는고!"라고 말하며 주취자(酒醉者)가 되어 견디기 어려운 사회적 상황을 극복하려는 「술 권하는 사회」의 남편, 오래간만에 닥친 운수 좋은 날에 설렁탕을 들고 와 아내의 죽음을 발견하고 울부짖는 「운수 좋은 날」의 김첨지, 남편의 병을 고치려고 약값 대신 최주부에게 몸을 맡겨 남편의 감사와 격려를 받는 「정조와 약가」의 아내는 그러한 상황이 빚어진 이유를 규명하거나 초극하려는 생활인으로서의 자세 없이, 그저 불만을 가지면서 그 상황에서 비극을 겪고 마는 것이다. 인텔리로서 일제 식민 상황에서 견디기 어려운 현실을 도피할 것이 아니라, 그 근원적 원인을 규명하려는 역사의식이 있어야 할 것이 아닌가. 그러나 이러한 작품의 주인공은 별로 그러한 데 관심을 두려고 하지 않는다. 어떻게 살기보다는 그날 그날을 체념해 가기에 바쁜 빈궁이 있고, 상황을 수용하기에 벅찬 경우라고 하더라도 그것을 술로 도피하려는 것은 회색분자로서의 인텔리의 생활자세에 지나지 않는다.

『한국문학사』에서 김윤식은 이런 문제에 대하여,

그는 인간이 가정과 그것의 확대체인 사회에 얽매어 있다는 것을 알고 있다. 그래서 그는 즐겨 가정 내부에서 일어나는 사건을 소설 속에서 다룬다. 그러나 염상섭과 다르게 그 가정과 사회를 움직이는 기본적인 힘(그것은 염(廉)에게 있어서는 돈이다)을 발견하지 못한다. 그가 보기에는 웬일인지 알 수 없지만 사회는 모순과 부조리로 가득 차 있다. 그 사회는 "그에게 술을 권하는" 그런 울분의 대상으로서의 사회이다. 그는 그 사회를 위해 무엇인가를 하기 위해 보수 없는 독서와 가치 없는 창작에 매달린다. 결국 그는 아무것도 할 수 없다. 그의 대표작인 「빈처」, 「술 권하는 사회」, 「운수 좋은 날」, 「불」 등에는 모순과 부조리가 어디서 오는가를 확실히 깨닫지 못하고 그 모순과 부조리를 쉽게 재단하여 거기에 저항하는, 혹은 포기해버리는 인물들이 가득 차 있다.

고 말하고 있다. 따라서, 견딜 수 없는 상황에서 아내의 간곡한 부탁마저 뿌리치고 술을 마시고 급기야 집을 뛰쳐나오는 남편도, 사회의식의 자각으로 하는 행동이 아니요, 그런 상황을 도피하려는 수단으로 술을 마신다.

> 쓸쓸한 새벽바람이 싸늘하게 가슴에 부딪친다. 그 부딪치는 서슬에 잠 못 자고 피곤한 몸이 부서질 듯이 지긋하였다. 죽은 사람에게서 볼 수 있는 해쓱한 얼굴이 경련적으로 떨며 절망한 어조로 소곤거렸다.
> "그 몹쓸 사회가 왜 술을 권하는고?"
> — 「술 권하는 사회」

특히, 「정조와 약가」는 노름밑천을 구하러 아내를 이주사에게 보내는 김유정의 「소나기」와 같이 윤리의식 이전의 생활감정이 그려져 있다.

또한 미친 P를 맡아 사립정신병원장이 되었다가 미쳐서 P를
죽이고 마는 「사립정신병원장」의 W군, 여학생을 벌벌 떨게 하
는 엄격한 사감으로 스스로 여학생의 편지를 읽으며 실연하는
「B사감과 러브레터」의 B사감, 열 다섯 살의 몸으로 집안일과
남편의 욕구에 시달려 원수 놈의 방을 없애기 위해 불을 지르
는 「불」의 순이는 비록 그것이 역사의식과는 결부되지 않았다
해도 상황을 극복하기 위한 행동을 보여주는 작품들이다. 스스
로 미치는 W군이나 여학생의 연애편지를 읽으면서 지금까지의
생활을 회오하는 B사감은 생활과 사회의식과의 충돌에서 빚어
지는 비극이요, 「벙어리 삼룡이」와 같이 불을 현실초극의 방편
으로 생각하여 불을 지르는 「불」은 전통적인 관습과 남성의 횡
포에 대한 과감한 저항이다.

> 밥이 보그를 하고 넘었다. 순이는 솥뚜껑을 열려고 일어섰을
> 제 부뚜막에 얹힌 성냥이 그의 눈에 띄었다. 이상한 생각이 번
> 개같이 그의 머리를 스쳐나간다. 그는 성냥을 쥐었다. 성냥을 쥔
> 그의 손은 가늘게 떨리었다. 그러자 사면을 한 번 돌아다볼 겨
> 를도 없이 그 성냥을 품속에 감추었다. 이만하면 될 일을 왜 여
> 태껏 몰랐던가 하면서 그는 생그레 웃었다. 그날밤에 그 집에는
> 난데없는 불이 건넌방 뒤껼 추녀로부터 일어났다. 풍세를 얻은
> 불길이 삽시간에 온 지붕에 번지며 훨훨 타오를 제 그 뒷집 담
> 모서리에서 순이는 근래에 없이 환한 얼굴로 기뻐 못 견디겠다
> 는 듯이 가슴을 두근거리며, 모로 뛰고 세로 뛰었다.
>
> — 「불」

자기를 구속하고 있는 상황을 잘못 파악했다고는 해도, 그것을

제거하기 위해 저항하고 나서는 순이의 희열에 가까운 얼굴표정을 엿볼 수 있다. 김우종은 「운수 좋은 날」은 노동자의 비애를 그리고, 「불」은 소녀의 비애, 「고향」은 유랑민의 비애를 그리고 있다고 말하고 있으나, 일률적으로 제재에 의해 그 형상화된 주제를 추출하는 것은 작품을 올바르게 접근하지 못할 위험성을 내포하기 쉽다. 빙허의 소설에 나타나는 사회의식은 그 농도가 짙다고 할 수 없으나, 「술 권하는 사회」나 「불」, 「고향」과 같은 작품에서는 주어진 상황에 대한 의식이 두드러지게 나타났다.

천이두(千二斗)는 빙허의 사회의식과 문학에 대해서,

> 현진건의 경우는 적어도 염상섭에 비해서 사회적·역사적인 자세를 갖고 있다. 그가 불행과 빈곤의 세계에 더 많이 눈을 돌린 것도 염상섭에 비해서 상당한 차이일 뿐 아니라, 그러한 불행과 빈곤의 세계에 대하여 상당한 다혈질적인 동정자의 자세를 갖고 있는 것처럼 보이는 것이다. 품팔이 인력거꾼의 하루 애환을 그린 「운수 좋은 날」, 한 소녀를 방화범으로 만들고 만 농촌의 무지, 혹사, 조혼제도를 그린 「불」 등에서 그런 사실을 느낄 수 있다. 그리고 그러한 동정자적 자세는 1920년대의 사회에 대한 그의 반항정신에서 비롯되고 있음을 볼 수 있다. 가령 이중인격자의 추악한 이면을 폭로한 「B사감과 러브레터」나, 사회의 동량이 될 사람이 사회에의 울분을 술로 달래게 된다는 「술 권하는 사회」 등이 그러하다.

라고 말하고 있다. 우리는 빙허가 그린 소설의 세계에서 20년대에 압축된 현실을 보는 듯, 현실이 반영된 사실주의 소설의 전형을 보게 된다. 김우종은 빙허의 작품세계가 집약적 상황도라

면서 그의 소설의 특성을,

> 빙허는 현실의 상황도(狀況圖)를 그린 작가였다. 이 같은 인간
> 사회의 밑바닥을 파헤치고 암담한 세계를 그대로 노출시켰다는
> 의미에서 그는 참된 리얼리스트였다. 그리고 이 같은 리얼리스
> 트로서의 면모는 비단 「운수 좋은 날」 한 편만을 두고 말하는
> 것은 아니다. 그의 작품은 거의 모든 그 같은 리얼리스트로서의
> 입장을 표현하고 있다. 「불」, 「고향」, 「사립정신병원장」, 「술 권
> 하는 사회」, 「빈처」 등 그의 작품 대부분이 그의 사실적 탐색
> 과정의 소산이다. 그 중에서도 「불」은 농촌 사회의 어두운 현실
> 을, 특히 소녀의 경우를 중심으로 하고 그려낸 상황도며, 그 장
> 면묘사의 빈틈없는 사실성과 문제의 심각성의 남달리 뛰어난 역
> 량을 십분 짐작케 하는 것이다.

라고 말하고 있다. 그러나 그가 「조선과 현대정신의 파악」에서
"차근차근하게 제 주의를 관조하고 고요하게 심장의 고동하는
소리를 들을 제 이것이야말로 우리 문학의 운명인 줄로 안다."
고 한 그는 '조선과 조선혼'을 찾고 작품집의 제목과 같이 '조
선의 얼굴'을 찾으려고 한 것이다. 그리하여 백철의 「신문학사
조사」에서,

> 현진건은 염상섭과 함께 우리 자연주의 문학을 대표한 2대
> 작가 중의 한 사람이다. 특히 현진건은 우리 신문학사상에 단편
> 문학을 만들어놓은 공적이 특별한 작가다. 우리 단편소설은 주
> 로 두 작가의 공로에 의하여 발전되어 온 사실을 발견할 수 있
> 다. 김동인형의 단편소설과 현진건형의 단편소설, 하나가 낭만적
> 이거니 감상적이니, 보헤미안이니, 인도주의니, 한정할 수 있는

일종의 예술지상적인 경향인 것과 하나는 현금주의적인 경향을
대표한 것이다. ……단편소설의 시조는 현진건이다. 현진건은 단
편소설을 통하여 자연주의를 가장 효과 있게 활용한 작가였다고
볼 수 있다.

라고 말한 대로 김동인형과 맞서는 현진건의 단편을 이루게 된
것이다. 그러나 빙허의 소설에 대한 관심은 심각한 주제성과 독
특한 기법과 표현의 특이성에 있다고 할 것이다.

일장기 말살사건과 「무영탑無影塔」

빙허는 호주가(豪酒家)로 유명했다. 방인근의 술회에 의하면 아
침 일찍이 광화문통에서 그를 만나면 비틀거려, "한잔 할까?"
하고 말하면, 해장을 했는지 "했어, 밥벌어 해야지." 하고 〈동아
일보〉로 쑥 들어간다는 것이다. 저렇게 취해 가지고 어떻게 일
을 하나 걱정을 하지만 그는 사회부장으로서 척척 일을 잘해나
간다는 것이다. 빙허는 술을 먹으면 정신이 또렷또렷해지는데
염상섭도 그랬다는 것이다.

1936년 빙허가 〈동아일보〉 사회부장으로 있을 때 손기정 선
수가 베를린 올림픽대회에서 우승을 하자 일장기를 말살한 사
건이 일어나, 빙허도 거기에 연루되어 1년 언도를 받고 투옥되
었다. 그 이듬해 사회부장을 시작하고 언론계를 떠났다. 빙허는
직접적이 투쟁은 안 했으나 반일사상의 가문을 지켰다.

출옥 후 기울어지는 살림을 정리하여 1937년 자하문 밖 부암
동 325의 2호로 이사가서 양계를 시작하였다. 과음을 말리는 방

인근에게 "아니야 죽도록 먹어야 해, 술, 술이다." 하면서 술 속에 빠져 들어갔다. 실은 그때가 박모라는 친구의 꾐에 빠져 미두(米豆)를 하여 재산을 탕진한 뒤였다. 그 뒤 1939년에 다시 붓을 들어 〈동아일보〉에 신라의 아사달과 아사녀의 전설을 제재로 한 「무영탑」과 애정 장편소설 「적도(赤道)」를 연재하여 다시 재기를 했으나, 역사소설로써 민족혼을 지키려던 그의 의욕은 백제 재건의 문제로 「흑치상지」의 연재가 중단되자, 문필마저 중단하고 말았다. 1943년 그의 외동딸 화수가 박종화의 자부(子婦)로 출가한 경사가 있은 뒤, 고려대 앞 골목의 초가집으로 이사했다.

빙허의 병과 빈궁이 극에 달한 1943년 음력 3월 21일 부인과 화수가 지켜보는 가운데 "화장을 하라."는 한 마디를 남기고 조용히 눈을 감았다. 이날 대구에 있던 이상화도 세상을 떠나 〈백조〉의 두 별이 떨어진 것은 무슨 얄궂은 운명인가, 빙허의 유해는 선영인 과천에 묻혔으나 뒤에 〈백조〉의 동인이며 사돈지간인 박종화에 의해서 세골되어 한강물에 뿌려졌다.

평생 불의와 타협하지 않은 귀공자 타입의 미남인 빙허는 단편소설 20편과 장편소설 3편을 남기고 저승으로 갔다. 그러나 김유정과 같은 빈궁 속에서 헤매거나 도향(稻香)과 같이 미숙한 채 세상을 떠난 것이 아니고, 소설의 정수를 남겼고, 더구나 외동딸인 화수가 시아버지이자 아버지의 친구인 박종화를 섬기어 문학적 향취의 맥락을 잇고 있기에 아쉬움은 덜한 것이다. 빙허의 유골은 한강물에 띄워져 대양을 유람할 것이나, 이 나라의 단편문학과 리얼리즘의 기틀을 마련한 작품만은 그의 체취와 더불어 영원히 남을 것이다.

서정과 현실의 나도향羅稻香

「환희(幻戱)」로 '천재 소년문사(少年文士)'로 촉망받던 도향 나경손(稻香 羅慶孫)은 6, 7년 동안 외적·내적인 갈등 속에서 단편 20편, 장편소설 한 편, 수필 수 편을 남기고 25세의 젊은 나이로 요절했다.

3대째 내려오는 가업인 도규(刀圭)에 반항하여 끝내 피워보지 못한 채 꽃봉오리로 시들고만 것이다. 〈백조〉 동인으로 낭만에 젖어 애상적(哀傷的)으로 현실을 미화하고, 현실을 투시하여 그것을 리얼하게 표현한 「물레방아」, 「뽕」, 「벙어리 삼룡이」의 대표작을 남긴 채 쓸쓸히 "과수원이나 경영했으면……" 하는

말을 남기고 영면했다. 이태원에 있던 묘소마저 이제는 찾아볼
수 없으니, 도향의 작품 그대로 옛날 꿈만 창백하게 남아 우리
의 심금을 울려준다.

도규刀圭에의 반항

도향 나경손은 3대나 가업으로 내려오는 의업(醫業)을 이어받
아야 한다는 집안의 의지에 반항하여 고난과 파란에 얽힌 짧은
생애를 마친 문인이다.

도향이 부친의 말에 순종하여 의업을 수련하였던들, 빈궁과
고난에 시달리는 생활에 굴복되지 않고 세상에서 말하는 평범
하면서도 행복스러운 생애를 끝마쳤을지도 모르는 일이다.

그러나 갑의 행복이 반드시 을의 행복이 될 수 없고, 을의 행
복이 병의 행복이 될 수 없다는 평범한 진리를 누가 부정할 수
있겠는가. 도향도 가업을 이을 수 있는 의업의 수련을 그 문턱
에서 버리고, 집안의 반대를 무릅쓰고 문학의 길을 택하여 집안
에서 버림받고 방황하다가 삶을 끝마치고 만 것이다.

도향은 1902년 3월 3일, 서울 서대문구 청파동 1가 56번지에
서 부친 나성연(羅聖淵)과 모친 김성녀(金姓女) 사이의 13남매의
장남으로 태어났다. 부친 나성연이 경성의학전문을 나와 개업하
고 있었기 때문에 그는 풍족한 생활 속에서 자랐다.

도향은 유년시절을 유복하게 보내고 미션학교인 공옥(攻玉)보
통학교를 거쳐 배재학당에 입학했다. 도향은 내향적이며 온순한
학생이었으나 열정이 넘치고 사색적인 성품이었다. 또한 상급반

때는 교우지(校友誌)를 편집하는 등의 문예활동에 즐겨 참여하였다. 이 배재학당 시절에 그의 호주가이며 괄괄한 성품이 길러졌을 것이다. 배재학당을 졸업하고 1919년에 아버지가 졸업한 경성의학전문에 입학했을 때만 해도 가업을 이어받을 장래가 촉망되는 청년으로서 집안에서는 물론 모든 사람이 부러워할 처지였다.

그러나 도향은 기쁨보다 비애와 절망이 앞섰다. 가업을 계승해야 한다는 가문에 대한 사명감 때문에 의전에 가기는 했으나, 사실은 의학보다 문학을 하고 싶은 충동에 사로잡혀 있었기 때문이다.

도향은 모든 것이 운명이라 단념하고, 집에서 그렇게 좋아하는 의사 수련이나 해서 저 많은 동생들을 도와주고 사는 것이 좋지 않느냐고 마음속으로 다짐도 했다. 그러나 그러면 그럴수록 한쪽 마음속에서 싹트는 문학에 대한 열망이 꿈틀거렸다.

의사와 문학 어느 쪽을 택해야 옳은가, 매일같이 고민은 더해졌으나, 결단이 나지 않았다. 의전(醫專) 옷을 입고 거리에 나가면 수많은 사람이 부러운 듯이 쳐다보았다. 또한 조부는 가업으로 내려오는 의업의 중요성과 옛날의 명의(名醫)에 대한 일화를 들려주면서 너도 꼭 명의가 되어야 한다고 다짐하기도 했다.

그러나, 제가 싫으면 평안감사도 안 한다는 말이 있듯이, 의학의 공부가 자꾸만 싫어졌다. 더구나 학교에 가면 병원에서의 그 소독냄새, 진열되어 있는 사람의 뼈와 살의 실물 표본, 뼈나 근육의 이름을 다 외울 것은 물론이요 집도(執刀)하는 어려운 과정을 겪어야 한다는 말에 소름이 오싹 끼치기까지 했다.

　도향은 의전을 그만두고 문학에의 길로 나가기로 작정했다. 그러나, 어떻게 해서 그 길을 가는가가 문제였다. 궁리 끝에 집을 나가 동경으로 탈출하기로 마음을 먹었다. 하지만 그것을 실천에 옮기는 것이 문제였다 더구나 도향의 태도가 좀 이상해지자 집에서의 감시가 대단했다 그럴수록 도향의 낭만적 꿈은 무르익어 가슴속에서 꿈틀거리고 있었다.

　드디어 결행할 수 있는 좋은 기회가 왔다. 1919년 2월에 고종(高宗)이 승하하시어 인산의 날을 맞았다. 백성들은 망국의 서러움 속에서 이 나라 수호의 지주로 믿던 고종이 승하하시니, 땅을 치며 통곡하고 서러워했다. 그리하여 인산 때는 경향(京鄕) 각지에서 수많은 사람들이 몰려와 서러움과 울분을 토하면서 마지막 가시는 임금을 우러러 뵈었다.

　도향의 조부도 예외일 수는 없었다. 인산의 날에 침통한 표정으로 정장을 하고 나갔다. 드디어 기회는 왔다고 생각한 도향은 약간의 여비를 마련하여 집을 뛰쳐나오고야 말았다.

　관부연결선(關釜連結船)에 몸을 실었을 때, 도향은 온 세상이 내 것으로만 여겨졌다. 바다의 소금내가 더욱 좋았고, 푸른 하늘을 향해 고함이라도 지르고 싶은 해방감에 가슴이 벅차 오르기도 했다.

　하관(下關)에 발을 디딘 도향은 곧장 동경으로 향했다. 청운의 뜻을 펼 수 있는 이국의 수도, 번화가를 누비면서 도향은 방랑의 낭만을 마음껏 구가했다.

　당시 동경은 서구에서 동양으로 진출하는 중심지였기에, 한참 번창일로여서 시가가 살아 있었다. 나라를 잃고 비애와 절망에 처해 있는 서울과는 정반대의 모습이었다. 생기 있게 움직이는 동경에 갔으니, 도향의 부푼 심정이 오죽했으랴.

드디어 꿈을 실현시킬 때는 왔다. 도향은 와세다 대학 영문과에서 공부할 것을 결심하고 집으로 간절한 편지를 띄웠다.

아무리 고집이 세고 완고하신 할아버지일망정 서울 탈출을 용서하시고 학비를 보내주시겠지 하고 하숙방에서 답장만을 고대하고 있었다. 그러나 가업을 버리고 허락도 없이 나간 너에게 학비를 보낼 수 없으니 당장 되돌아오라는 진노에 찬 편지가 올뿐이었다. 도향은 실망하고는 다시 붓을 들었다 그러나 조부의 태도는 여전했다. 서울까지 되돌아갈 수 있는 여비를 보내왔을 뿐이었다. 도향은 절망에 빠졌다. 이제 희망은 없었다. 동경에 더 머물러 있을 수조차 없었다. 여비도 떨어져 더 이상 견뎌낼 수가 없었다. 실의에 빠진 채 관부연락선에 몸을 실었다. 집에서는 다시 의전에 다니기를 권했으나, 그 이듬해 경북 안동의 보통학교 교사직을 얻어 서울을 떠나고 말았다.

이렇게 가업인 도규(刀圭)에 대한 반항의 의지, 문학에 대한 부푼 꿈은 꺾이고 말았다. 조부가 학비를 보내주었던들 도향의 생애는 크게 달라졌을 것이다.

「환희幻戲」와 천재 소년문사

방랑과 낭만의 꿈이 짓밟힌 도향은 술로 나날을 보냈다. 학교에서 돌아오면 동경의 하늘이 눈앞에 떠올라 술이 아니고는 그 절망을 달랠 수가 없었다. 그러한 내적 체험을 붓으로 옮기기 시작했다. 처음에는 시를 썼다. 그것은 모두 절망에 차 있는 내용이었다. 나중에 〈백조〉의 동인인 홍사용이 "도향은 일면 회향병적(懷鄕病的) 연정아(戀情兒)이면서 염세 시인이며 서정적 향내나는 시인이오."라고 말한 것도 그 때문이다.

도향은 학교를 그만두고 다시 서울로 올라왔다. 그리고 문학에 전념하기로 했다.

당시 문단은 춘원과 육당의 이인시대(二人時代)에서 동인지의 단계를 넘어가, 새로운 의욕을 가지고 문학에 임하려는 때였다. 이미 1919년 2월에 김동인, 주요한 등에 의해서 동인지 〈창조〉가 나오고, 1920년엔 염상섭, 오상순, 황석우 등에 의해서 〈폐허〉가 발간되고, 민족적 양심에 새로운 활기를 불어넣기 위해서 천도교에서 1920년 6월부터 〈개벽〉을 발간하고 있었다.

1920년 경북 안동에서 보통학교 교사로 있으면서 마쓰모도(松本)라는 일녀(日女)를 사랑하면서 「청춘」이라는 중편을 쓴 것이 후에 발표되었다. 도향도 차차 당시 문인이나 문인지망생과 교우하면서 절망에 찬 자기의 체험을 작품화시켜 가고 있었다. 먼저 조부가 박종화의 엄친의 주치의인 인연으로 박종화를 알게되고 박종화의 휘문고보 동창인 이상화와 「빈처」의 현진건, 시를 쓰는 김억 등과 알게 되었다.

그들은 매일같이 회동하여 술을 벗하며, 문학과 인생을 논하고 망국의 절망을 토로했다. 그러면서 홍사용을 더하여 〈백조〉의 준비에 정열을 쏟았다.

김동인은 「문단 30년사」에서 도향을 처음 만나던 일을 다음과 같이 술회하고 있다.

어느 날 인쇄소(한성도서 주식회사)에 갔다가 내 처소(태평여관)로 돌아오는 길에 그 도중에 있는 청진동 안서(岸曙 김억)의 여관에 들렀더니, 그때 안서는 웬 손과 마주앉아 이야기하고 있었다.

린넬 쓰메에리 양복을 입은 얼굴에 굴곡이 많은 나이는 나보다 한두 살 아래로 보이는 키는 작은 편인 젊은이였다.

나는 그 젊은이의 입은 옷이며 얼굴 생김이 마치 형사(刑事) 같으므로 형사인가 하며, 도로 돌아설까 하는데 그 젊은이를 나도향이라 소개했다.

도향은 1920년에 창간된 〈동아일보〉에 1922년 장편소설 「환희」를 발표하기 시작했다. 자기의 체험을 객관화하여 여인들의 편력을 내용으로 한 소설이다. 도향은 그 서문 '작자의 말'에서,

쓴 지가 1년이나 된 것을 지금 다시 펴놓고 읽어보니 참 괴한 곳이 적지않고 많습니다. 더 잡히지 못한 어린 도향의 내면적 변화는 시시각각 달라집니다. 미숙한 실과와 같이 나날이 다릅니다.

그러므로, 남에게 내놓기가 부끄러울 마치 푸른 기운이 돌고 풋냄새가 납니다. 그러나, 나는 그것을 완숙한 것으로 만족한 웃음을 주는 것이 아니라, 미숙한 작품인 것을 안다는 것으로 나의 마음을 위로하려 합니다. 푸른 기운이 돌고 상긋한 풀 냄새가 도는 것으로 도리어 성과의 예감을 깨달을 뿐입니다. 장래에 닥쳐올 희망의 유열(愉悅)로서 나의 심정을 독려시키려 하나이다.

라고 말하고 있다.

「환희」가 발표되자 독자들은 열광했다. 1917년 「무정」이 나온 후 「개척자」가 있지만 그것은 중편 정도이다. 장편소설을 갈구하던 당시, 사랑의 편력을 그린 이 작품은 환영받을 만한 충분한 요인을 가지고 있었다. '천재 소년문사'라고 평판이 대단했다. 이제 출발하려는 문단에 천재 소년문사가 등장한 것이다. 불과 열아홉 살의 나이로 그러한 세계를 그린 것은 분명히 하나의 경이가 아닐 수 없었다. 이광수, 김동인, 염상섭(당시에는 문학비평을 주로 했다)에 이어 도향이 장편소설을 들고 등장했으니 문단이 떠들썩하지 않을 수 없었다. 현진건은 「희생화」를 발표했을 뿐이었다.

1922년 1월 1일자로 발행일이 되어 있는 〈백조〉가 1921년 12월에 발행되었다. 박종화·홍사용·이상화 등 휘문고보 동문을 주로 하여 현진건과 도향이 낸 문예동인지다. 〈백조〉는 낭만주의를 표방했다고 하지만, 그것도 꼭 그렇게만 규정지을 수는 없다.

도향은 「젊은이의 시절」을 발표하고, 치기(稚氣)가 만만한 애상적인 작품인 「별을 안거든 울지나 말걸」, 「옛날 꿈은 창백하더이다」를 발표했다. 그러나 「환희」만큼 주목을 끌지 못했다. 이러한 소녀적인 애상은 1922년에 발표한 「십칠원십오전」, 「여이발사」, 「행랑자식」 등에서는 극복되어 좀 냉철한 현실인식의 자세로 넘어갔다.

이런 도향의 작품의 변모에 대해서 월탄도 그의 「대전후(大戰

後) 문예운동」이라는 글에서 말하고 있다.

　　도향 나빈(羅彬)의 작풍이 초기에는 로맨틱한 경지를 벗어나
지 못하였다. 「별을 안거든 울지나 말걸」, 「옛날의 꿈은 창백하
더이다」를 비롯, 장편 「환희」에까지 오도록 그의 작품은 애상,
영탄의 로맨틱한 덩어리였다. 그러나 작품은 편을 거듭할수록
깎고 닦아서 「여이발사」 이후의 작품은 체홉을 연상케 하고 모
파상의 편린을 어루만져왔다.
　　그가 죽기 전 12년을 앞두고 나온 작품은 「뽕」, 「지정근(池亭
根)」, 「물레방아」, 「벙어리 삼룡이」 등이 있다. 이렇게 작품은 싸
늘하게 피어서 마치 쌀쌀한 가을달을 대하는 듯한 느낌을 주게
한다. 현존작가 쳐놓고 이 사람처럼 그 작품이 괄목하도록 많이
변한 작가는 없을 것이다.

이렇게 소녀적인 감상의 세계로 리얼리즘의 기법에 접근해
가면서도 도향의 문학은 성숙해 갔다.

「물레방아」와 「벙어리 삼룡이」

도향은 1924년에 「자기를 찾기 전에」, 「전차차장의 일기」에서
직접 현실을 투시하며, 그것을 여실하게 묘사하는 사실적인 방
향으로 변해갔다.

문학이 성장해감과 동시에 도향의 술도 점점 늘어갔다. 도향
은 염상섭과 같이 두주(斗酒)불사였다. 김동인도 도향이 술의 대
가임을 시인하고 있다.

도향은 1922년에 조부와 헤어져 양(陽)골에서 연화봉(지금의

청파동 일가)으로 이사와 있었다. 다동골에서 염상섭·현진건·김억 등과 술을 먹고는 호기가 서려 걸어가는 모습이 잦았다. 춘원도 "그가 언제나 구지레하게 차리고 안서(김억)와 함께 취하여 있는 것을 기억한다."고 했다. 도향은 춘원 작사인 「낙화암」과 이극영(李克榮) 작사인 「반달」을 잘 불렀다. 그리고 도향은 집필하면 단숨에 내려썼으며, 퇴고하는 법이 없었다.

도향은 1925년 문학에서 치기를 벗어났다고 하는 「뽕」, 「물레방아」, 「한강변의 일엽편주(一葉片舟)」를 발표하여, 「뽕」과 「물레방아」는 이 나라 단편문학의 금자탑을 이루어 절찬을 받았다.

「물레방아」는 주인과 하인 방원과 그의 처인 계집과의 삼각관계를 리얼하게 그린 작품으로, 쫓겨난 방원이 주인 신치규에게 몸바친 계집에게 같이 살자는 간청을 거절당하자 칼로 계집을 찌르고 저도 죽는 비극적인 얘기요, 「뽕」은 이 남자 저 남자 품에 안기는 반반한 얼굴의 안협집과 그에게 마음을 두는 돌쇠와의 관계, 그리고 뽕을 훔치다가 들켜 몸으로 보상하고 나오는 안협집의 행태 등, 붕괴된 성윤리를 다룬 작품이다. 「물레방아」가 비극으로 끝나는 데 비해 「뽕」은 그 현실이 연장되는 극적 전환이 없는 작품이다. 그러나 도향은 문학의 뜻을 버리지 않고 마산에 있는 노산 이은상(鷺山 李殷相) 집에 내려가 한 달쯤 있다가 다시 동경으로 건너갔다. 도향은 동경에 먼저 가 있던 염상섭, 뒤따라온 이은상과 함께 동경 교외 일모리(日暮里)라는 데서 지냈다.

횡보와 도향은 주걸(酒傑)들이라 매일 취해 있었다. 노산은 그때의 생활을 「도향회상(稻香回想)」에서 이렇게 말하고 있다.

우리들은 '가난한 천국'을 부지해 나갈 길이 없었다. 밥도 문제인 데다가 술까지라니, 그러나 술이 문제가 아니라 그보다 더 큰 다른 문제 하나가 생겨났던 것이다. 그것이 바로 도향을 마지막 가게 하는 중요한 원인이었다.

이것은 우리들 몇 사람만이 아는 그의 비밀이다. 그때 그는 처음으로 사랑하는 어떤 여성이 있었다. 그는 그 여성에게 있는 정성을 다 바쳤다. 나는 도향의 연애 자금을 대야 했다. 거기에는 많은 얘기가 있다. 그러나 도형은 필경 실패하고야 말았다.

도향은 호산원(戶山原)이란 들을 거닐면서 끓어오르는 정열을 달래었다. 그러나 학벌도 가문도 지위도 없고 얼굴이 미모에서 먼 탓인지 그 타오르는 사랑도 받아들이지 않아 도향은 급기야 열이 40도에 오르는 병이 나고야 말았다. 가까스로 겨울을 넘긴 다음 그것이 급성 폐결핵이 되어 횡보와 노산은 할 수 없이 귀국을 시켰다.

도향은 1925년 「벙어리 삼룡이」를 발표하고, 1926년 「J의사의 고백」, 「꿈」, 「피묻은 멋쟁이 편지」, 「지정근(池亭根)」을 발표했다. 「벙어리 삼룡이」는 그 여인에의 사랑을 자학적으로 표현하여 미화한 것인지도 모른다.

「벙어리 삼룡이」는 머슴인 벙어리와 새서방과 색시에 얽힌 애정과 갈등을 그린 명작이다. 사건이 진전하여 색시에 접근한다고 벙어리가 오해를 받아 그 집에서 쫓겨난다. 「벙어리 삼룡이」는 색시에 대한 사모의 정과 새서방에 대한 증오를 가눌 길이 없어 그 집에 불을 지른다. 불 속에서 색시를 구하고 죽게

되는 종말장면은 빅도르 위고 「노틀담의 꼽추」를 연상케 하여
비극미의 절정을 이루어 우리의 심금을 울린다.

애정과 미의식

애정은 인간생활에서 가장 중요한 문제다. 인생을 반영하며
인간존재를 해명하고 삶의 지표를 찾는 소설에서 애정이 가장
중요한 제재임은 부정할 수 없다. 명작치고 애정의 문제가 그
중요한 제재가 되지 않은 것은 없다. 심지어 「데미안」에서까지
도 에바 부인에 대한 흠모로 유토피아를 추구하려는 인간상을
상징하고 있지 않은가. 문제는 인간생활을 부각시켜 애정을 어
떤 관점에서 취급하는가가 소설에 대한 관심을 불러일으키게
된다.

〈백조〉의 동인으로 출발한 도향의 소설은 애정문제를 가장
중요한 제재로 삼아 현실과 미의식의 갈등과 융합으로 소설을
형성하고 있다.

도향이 단편 「추도(追悼)」를 내놓은 뒤 「화염(火焰)에 쌓인 원
구(怨懼)」를 발표하기까지의 6, 7년 동안에 천재 문사로 일컬어
지며 이름을 떨친 사실은 소설의 성숙과 더불어 현진건이나 염
상섭의 그것과 대비되는 또 하나의 단편 유형을 이룰 수 있는
가능성을 보여준 것이다. 「젊은이의 시절」, 「별을 안거든 울지
나 말걸」, 「옛날 꿈은 창백하더이다」 등은 소녀적인 애정의 고
민을 나타내고, 「십칠원오십전」, 「여이발사」, 「자기를 찾기 전」,
「전차차장의 일기」 등에서는 사회생활과 관련하여 파생되는 인

간현실을 파고들며, 「뽕」, 「물레방아」, 「지정근」, 「벙어리 삼룡
이」에서는 인간현실 안에서의 애정의 모랄과 미의식을 추구하
고 있다.

"그것은 시상의 발아라 할는지 현모 유순한 그 무슨 경성(境
城)을 동경하는 첫째 번 동구(洞口)일는지는 알 수 없으나 나도
다른 이의 어린 때와 다른 생애의 일렬을 밟아왔다."는 그의 어
린 시절의 일을 쓴 「옛날 꿈은 창백하더이다」, 그의 MP에 대한
소녀적인 연정을 그린 「별을 안거든 울지나 말걸」, 사랑하던 영
빈에게 버림을 받은 누이 경애의 애정, 철하의 예술과의 갈등을
그린 「젊은이의 시절」 등에서도 모두 채 익지 않은 소녀의 꿈
과 같은 애정의 고민을 그리고 있는데, 아직 치기가 섞여 있어
다듬어지고 세속된 생활감정이 아닌, 환상적 꿈으로 인생을 바
라보고 상황이 여의치 않을 때는 눈물을 흘리는 미숙한 생활을
그리고 있다. 하지만 아직 습작적인 작품이라고는 해도 우리는
「젊은이의 시절」에서 도향의 낭만적인 미의식이 심화되고 생활
과 조화되는 일면을 엿보기도 한다. 영빈의 사랑의 이동으로 실
의에 빠진 누이 경애의 손을 펼치는, 미적 환상의 날개가 펼쳐
지는 장면은 낭만주의의 정열에 겨운 시를 보는 듯하여 도향
소설의 근원적인 정조를 찾게 된다. 미적 환상의 날개가 펼쳐지
는 장면에서 환상적인 마왕(魔王)의 속삭임이 시작되려는 대목을
읽으면 낭만의 마법에 걸리는 듯하다.

어디서인가 장구와 피리 소리가 들리었다. 그 소리는 아주 향
락적 음악을 아뢰었다. 그때 저쪽 어두움 속에서 아주 사람이

좋은 듯이 싱글싱글 웃는 마왕 하나가 피리와 장구의 곡조에 맞
춰 덩실덩실 춤을 추며 이리로 가까이 왔다. 그의 몸에는 혈색
의 옷을 입었다. 그가 밟은 발자국 밑 모래 위에는 파란 액체가
괴었다. 그는 달님과 별님에게 고개를 끄덕 인사를 하고 철하
앞에 와서 덩실덩실 춤을 추었다. 그는 유창하게 크게 웃었다.
아주 낙환(樂歡)의 마왕이었다.

— 「젊은이의 시절」

　이러한 환상적 미의식은 「여이발사」에서 현실에 눈을 돌리고
그 현실이 확대·심화하여 「물레방아」의 리얼한 세계로 발전하
며, 「벙어리 삼룡이」에서는 불에 타면서도 주인 아씨를 안고 희
열(喜悅)의 미소를 짓는 미의식의 리얼한 승화를 보여준다.
　남자 이발사에게 이발하다가 "나이는 스물 셋 아니면 넷인데
무엇보다도 그 눈이 좋고 입이 좋고 그 코가 좋고 그 뺨이 좋
다. 머리는 흉 없다 좋다 할 수 없고, 허리는 호리호리한 데다
잠깐 굽은 듯한데……전신의 윤곽이 기름칠한 것같이 흐른다."
주고 나오며 흡족한 심성에 사로잡혔던 '내'가 머리의 흉터를
발견하고 실망하고 마는 「여이발사」, 순한 제분소의 여공 수님
이가 사생아를 낳게 된 뒤에 현실에서 하나씩 하나씩 배반을
당하게 되는 일기체 소설 「자기를 찾기 전」 등은 환상적인 미
의식을 현실과 결합하려다 균열을 가져온 뒤 현실을 직시하게
되는 내용의 소설들이다.
　여이발사에게 호감을 느낀 나머지, 거스름돈을 가지고 가라
고 하는 말에도 30전 거스름돈을 받지 않고 나오면서,

그때에는 시부야 친구도 없고 병수도 없고 목욕도 하숙에서
졸리는 것도 없다. 나는 호기 있게
　"좋소"
하고 그대로 오다가 다시 돌아다보니까 그 여자가 그대로 서서
나를 보고 웃는다. 나는 기막히게 좋다. 나는 활개를 치며 걸어
온다. 그리고는 그 여자가 자기와 그 여자 사이에 무슨 낙인이
나 쳐놓은 것처럼 다시는 변통할 수 없이, 그 무엇이 연결되어
진 듯하였다. 그리고는 말할 수 없는 만족이 어깻짓나게 하며
활갯짓이 나게 했다.

고 황홀해 하다가 거울에서 머리의 흉터를 발견하고 실망한 나
는 「여이발사」에서 사실을 직시하게 된다. 박종화가 이 「여이발
사」 이후의 작품에서 체호프를 연상케 하며 모파상의 편린(片鱗)
을 어루만져 왔다고 평한 것은 도향이 「여이발사」 이후에 환상
적 미의식을 현실에 던져 리얼한 생활을 그리게 되었기 때문이
다. 그러나 이런 전환을 분명히 의식하기는 「자기를 찾기 전」에
와서다. 사생아를 낳은 수님이 어린애 모세를 구하려던 모든 것
에 배반을 당하고 난 뒤에 새로운 자각에 도달하는 종말은 도
향이 「여이발사」에서 전환하려는 방향을 자각한 대목으로 볼
수 있다.

　수님은 한참 울다 일어났다. 그의 눈에는 다시 목사의 상여가
보이고 어린애의 주검이 보이었다. 그리고, 혼자 머리를 쥐어뜯
으며,
　"아! 나에게는 예수도 없고, 병원도 없고, 모세, 모세도 없고
어무것도 없다."

하고는 다시 공중을 우러러보며

"모세 아버지도 갔다. 나에게는 아무것도 없다."

소리를 지르며 사면을 돌아다보며 하얀 눈 위에 밝은 달이
차디차게 비치었는데, 고요한 침묵으로 둘린 가운데 다만 자기
혼자 외로이 서 있는 것을 깨달았다. 그가 그렇게 분명히 그렇
게 외로운 가운데서 자기를 찾아내기는 지금이 자기 일생에 처
음이었다.(밑줄 필자)

— 「자기를 찾기 전」

이러한 자각은 「뽕」, 「물레방아」, 「지정근」의 현실에서 애정
의 모랄을 찾고, 「벙어리 삼룡이」에서 현실과 미의식의 승화를
가져와 그의 소설의 기조인 낭만성의 변증법적인 발전을 가져
온다.

참외 한 개를 얻어먹고 총각들에게 몸을 맡긴 안협집이 남편
상보의 눈을 피해 뽕서리를 갔다가 주인에게 붙들려 정조(貞操)
를 바치며 이 남자 저 남자에게로 옮겨가는 내용의 「뽕」, 주인
인 신치규(申治圭)와 물레방앗간에서 정사를 하는 아내, 그 주인
에게 쫓겨난 머슴 이방원이가 아내를 뺏기고 쫓겨난 것을 참을
수 없어 신치규를 욕을 보여 치상죄로 복역하고 나자 아내를
북이고 같은 칼에 쓰러지는 「물레방아」, 돈을 벌려고 탄광에 갔
다가 이웃에서 온 매춘부 이화에 매혹되어 친구의 돈을 훔쳐
이화를 찾아가다가 죄수가 되는 「지정근」, 삼룡은 주인 아씨를
흠모하여 새서방으로부터 갖은 욕을 당하고 또 집을 쫓겨나자,
그는 "비로소 믿고 바라던 많은 것이 자기의 원수란 것"을 알게
되고, "모든 것을 없애버리고 자기도 또한 없어지는 것이 나을

것"이라는 생각 주인 아씨를 구하고는 죽게 되는 내용의 「벙어리 삼룡이」 등은 도향의 대표작들이다.

다음에 예로 드는 종말강조의 장면으로 끝나는 「벙어리 삼룡이」는 「여이발사」에서 의식하고 「자기를 찾기 전」에서 자각한 현실적 인간생활 그리고 「뽕」의 생활을 위한 여인, 「물레방아」의 애정의 갈등, 「지정근」의 생활과 애정이 그의 미의식과 기법으로 승화된 작품이다.

> 그는 건넌방으로 뛰어들었다. 그러나 색시는 없었다. 다시 방 안으로 뛰어들었다. 그러나 또 없고 새서방이 그의 팔에 매달리어 구해주기를 애원하였다. 그러나 그는 그것을 뿌리쳤다. 다시 서까래에 불이 붙어 시뻘겋게 타면서 그의 머리에 떨어졌다. 그러나, 그는 그것을 몰랐다. 부엌으로 가보았다. 거기서 나오다가 문설주가 떨어지며 왼팔이 부러졌다. 그러나 그것도 몰랐다. 그는 다시 광으로 가보았다. 거기도 없었다. 그는 다시 건넌방으로 들어갔다. 그때야 그는 색시가 타죽으리라고 이불을 쓰고 누워 있는 것을 보았다. 그는 색시를 안았다. 그리고는 길을 찾았다. 그러나, 나갈 곳이 없었다. 그는 하는 수 없이 지붕으로 올라갔다. 그는 비로소 자기의 몸이 자유롭지 못한 것을 알았다. 그러나, 그는 자기가 여태까지 맛보지 못한 즐거운 쾌감을 자기의 가슴에 느끼는 것을 알았다. 색시를 자기 가슴에 않았을 때 그는 이제 처음으로 살아난 듯하였다. 그는 자기 목숨이 다한 줄 알았을 때, 내어놓을 때에는 그는 이미 목숨이 끊어진 뒤였다. 집은 모조리 타고 벙어리는 색시를 무릎에 뉘고 있었다.
>
> 그의 울분은 그 불과 함께 사라졌는지! 평화스럽고 행복스러운 웃음이 그의 입 가장자리에 엷게 나타났을 뿐이다.
>
> — 「벙어리 삼룡이」

이 얼마나 아름답고 숭고한 사랑의 모랄인가. 빅도르 위고의 「노틀담의 꼽추」에서 콰지모드가 에스메랄드에게 바치는 순정과 같이, 계급을 초월한 애정의 현실적 극복이라고 할 수 있다. 배반한 아내를 죽이고 피가 흐르는 그 칼을 빼어들고 계집 위에 거꾸러져서 가슴을 찌르고 절명하는 「물레방아」에서의 낭만적 미의식이 「벙어리 삼룡이」를 통해 한층 승화되어 예술성으로써 현실을 초월하고 있다.

김우종이 이러한 소설에 대해서,

> 도향의 후기 작품들을 경제적인 빈곤과 그 인간관계에서 발생하는 현실문제를 표현하고, 한편으로 남녀의 애정관계에 많은 관심을 기울려 나간 것이 사실이다. 그리고 그 애정관계가 매우 리얼하면서도 한편 그의 낭만적 의식을 때때로 반영시켜 나간 것이었다. 특히 「벙어리 삼룡이」에서 보면 거기에는 벙어리와 그의 주인이라는 인간계급간의 모순성이 드러나 있으면서도 벙어리의 애정관계가 지극히 낭만적으로 처리되어 있어 작품의 결말을 짓고 있다. 주인 아씨를 안아들고 지붕 위에서 타죽으면서도 웃음을 띤다는 데에는 아무래도 사실 이상의 환상적 심미감이 작용하고 있다. 이런 점으로 보자면, 도향은 사실적으로 현실을 추구해 나가기도 하면서 한편 다분히 낭만적인 의식을 반영시켜 유달리 흥미를 살려나가던 작가였다.

고 말하고 있는 것은 도향의 소설에 대해서 다르게 접근한 그의 입장과는 달리 바른 결론이라고 할 것이다.

또한 이철범도,

　　대체로 「감자」에서부터 「물레방아」로 이어오는 일련의 작품 속에서 살인(殺人)이 빚는 죄의식이 종교적 가치와 연결되어 자기를 초극하는 실존의 드라마를 느끼게 하는 것도 아니고, 사랑의 감정으로서 동물적이 아닌 인간적인 존재로 향한 드높은 휴머니즘의 정신을 느끼게 하는 것도 아니며, 에로스의 반역으로서 모든 기성윤리, 도덕, 인생의 해방을 도모하는 것도 아니다. 그렇다고 오이디프스 콤플렉스의 비극을 만나는 것도 아니다. 다만 전통적인 생활인습과 가난에 얽힌 원시적인 섹스 콤플렉스가 빚은 비극이 아닌 사인을 만날 뿐이다. 「벙어리 삼룡이」에선 자기 몸을 희생하면서 충성을 다했던 주인과 소망스러운 색시를 구하는 문제가 제시되어 있으나, 한편 살려달라고 애원하는 주인 아들을 외면한 사실이 보다 종교적이거나 드높은 휴머니즘이 아닌 애증의 이익관계 속에서의 심한 보복을 느끼게 한다.

라고 말하고 있다. 그러나 모든 작품을 그 문학성을 고려하지 않고 일률적인 기준에 의해서 바라보는 것은 삼가야 할 일이다.

　도향은 현실과 미의식의 갈등 속에서 사회생활과 관련하여 애정을 그리고 미의식을 추구하는 작품을 남겨 단편문학의 새로운 발전을 이룩했다.

　1927년 봄에 서울로 돌아온 도향은 가난과 병마와 싸우며 기진한 생활을 해나갔다. 옛날의 호기는 찾을 길 없고 실연(失戀)과 병과 가난만이 그를 엄습했다.

　1927년 음력 7월 19일 총각 도향은 26세의 젊은 나이로 "과수원이나 경영했으면……"라는 말을 남긴 채 영원히 눈을 감았다.

　이 얼마나 통분한 일인가. 조부의 몰이해로 방랑과 술, 여인 때문에 천재 소년문사는 꿈을 안은 채 문학의 꽃을 피워보지도 못하고 가버린 것이다.

　시신은 남대문의 큰집에 들렀다가 이태원의 묘지에 쓸쓸히 묻혔다. 묘지에까지 뒤따른 사람은 몇 사람 없었다.

　그 뒤에 〈조선문단〉에 있던 서해 최학송(曙海 崔鶴松)의 주선으로 세운 비석이 있으나, 지금은 묘지마저 없어진 지 오래여서 도향의 기억이 하나 둘 사라져가고, 단지 문학사의 한 페이지를 차지하고 있을 뿐이다.

민족과 행동의 심훈沈熏

우리의 수많은 문인 중에서 심훈과 같이 직접 항일대열에 참가하고, 그러한 작품을 쓴 이도 많지 않다.

나이 어린 고보학생으로서 3·1운동 때 결연히 앞장서서 만세를 불러 옥고를 치르고, 식민의 설움으로 인해 방랑생활을 하면서 조국 광복을 염원하는 작품을 쓰기 시작했다. 마침내 당진의 전원의 일우에서 민족의식을 고취하고, 그 실천적 인간상을 그린 「상록수」를 발표함으로써 우리 민족에게 생활의 지표를 제시하였다.

기자생활 때의 그의 필봉(筆鋒)은 날

카로웠던, 영화감독으로서의 활동에도 심혈을 기울여 다재다능
함을 과시했으나, 하늘도 무심하게 '그날이 오면'을 애타게 염
원하던 그날을 끝내 보지 못한 채 영면하고 만 것이다.
　하지만 그가 남긴 「상록수」, 「영원의 미소」, 「직녀성」 등의
작품에 스민 문학적 향훈은 우리 곁에 길이길이 남겨질 것이다.

19세의 옥고獄苦

　하늬바람 쌀쌀한 초겨울 아침부터 내리던 세우(細雨)에 젖은
흰 돛 붉은 돛이 하나 둘 간조(干潮)된 아산만의 울퉁불퉁하게
내어민 섬돌 사이를 아로새기며 꿈속같이 떠내려간다. 이것은
해변의 치송(稚松)에 두른 언덕 위에 건좌손향(乾坐巽向)으로 분
망한 공상의 세계를 거두고, 독서와 필경에 지친 몸을 쉬는 서
재의 동창을 밀치고 내오다본 1934년 11월 22일 오후의 경치다.

　심훈이 낙향하여 「직녀성」과 「영원의 미소」를 신문에 연재하
던 1934년에 쓴 「필경사잡기(筆耕舍雜記)」의 일절이다. 그가 이
글을 쓰던 당진의 필경사로 내려가기 전의 생활은 패기에 넘치
는 독립투사의 기백을 가지고 있었다.
　심훈은 1901년 9월 12일 서울 노량진 현 수도국 자리에서 조
상숭배의 관념이 철저한 부친 심상정(沈相珽)과 모친 해평윤씨
사이의 삼남 일녀 중 막내로 출생했다. 어머니는 조선조 말 중
류 가정의 출생으로 온후한 성품을 지녔고, 뛰어난 재질을 가지
고 있는 여인이었다. 심훈의 본명은 대섭(大燮)으로, 호를 소년시

절에는 금강생, 중국유학 때는 백랑(白浪), 1920년 이후 훈(熏)이라고 썼다.

부친 상정(相珽)은 부호는 아닐지라도 당진에서 추수를 거두어 올리어 부유하게 살았다. 백형은 신문기자도 하고, 나중에 방송과장을 한 천풍 심우섭(天風 沈友燮)이며, 중형은 목사인 설송 심명섭(雪松 沈明燮)이다.

심훈은 서강에서 살기도 하다가 뒤에 관훈동으로 이사했다.

1915년 15세 때 교동보통학교를 졸업하고, 경성제일고보에 입학해서 그 명석함을 자랑했다. 학생 때의 심훈에 대해서 문학비평가인 홍효민은 「상록수와 심훈」에서 "당당한 명문의 셋째아들로서 역시 풍채를 소유한 미남아였던 것이다."고 말하면서 귀공자 타입의 심훈의 외모에 얽힌 얘기를 하고 있다.

> 심대섭(沈大燮)하면 모두 미남을 연상하였으니, 학생 시대의
> 그의 그룹은 윤극영(尹克榮) 작곡가와 유기동(柳基東) 은행가를
> 위시하여 세칭 미남행렬을 이었던 것이다. 이때부터 그는 작문
> 에 남보다 뛰어났던 것이다. 여기에서도 문학은 천재적인 재능
> 이 수반된다는 것이 증명됨이 있다. 심훈의 학생시대는 화려하
> 였던 것이다. 백형(伯兄) 심우섭과 중형(仲兄) 심명섭 씨의 학과
> 에 있어서의 도움과 애무는 그 천재적인 재능에 대하여 금상첨
> 화(錦上添花) 이상으로 그의 영롱(玲瓏)한 생활이 전개되고, 그때
> 의 명문인 후작 이해승(侯爵 李海昇) 씨의 매부가 되기에 이르렀
> 다.

1917년 3월 왕족인 이해승(李海昇)의 매씨인 전주이씨와 결혼

하여 심훈이 해영(海暎)이란 이름을 지어주었다. 심훈이 19세가 된 1919년 3월 1일 제일고보 4학년 때 만세를 불렀다가 3월 5일 피검되어 7월에 집행유예로 나왔다. 이때 옥중에서 몰래 밖으로 내보낸 '어머님(波平尹氏)께 드리는 굴월'이 시집 『그날이 오면』 서두에 실려 있다. 그것은 용수를 쓴 19세의 젊은 기개(氣槪)의 표현이다.

　　어머님, 어머님께서는 조금도 저를 위하여 근심하지 마십시오. 지금 조선에는 우리 어머님 같으신 어머니가 몇 千 분이요, 또 몇 萬분이 계시지 않습니까. 그리고, 어머님께서도 이 땅에 이슬을 받고 자라나신 공로 많고 소중한 따님의 한 분이시고, 저는 어머님보다 더 크신 어머님을 위하여 한 몸을 바치려는 영광스러운 사나이외다.

집행유예로 출옥한 뒤, 그는 중국으로의 망명길을 올랐다. 변장을 하고(이때부터 안경을 썼다) 남경(南京)과 상해를 거쳐 항주(杭州)에 이르러 지강대학(之江大學) 극문학과에 적을 두었다.

수천 리 고국을 떠난 망국민으로서의 한을 간직하며, 심혈을 기울인 극문학의 연구는 귀국 후 연극과 영화에 관계하는 데 큰 도움이 되었으며, 이때를 배경으로 하여 후에 작품을 쓰기도 하였다. 이동녕(李東寧)·이시영(李始榮)·염온동(廉溫東)·정진국(鄭鎭國) 등을 알게 된 것도 이때였다. 1923년에 귀국한 심훈은 석영 안석주(夕影 安碩柱)와 교우하여 최국일(崔國一)·이경손(李慶孫)·안석주·이승만(李承萬) 등과 '극문회(劇文會)'를 조직하여 활동한다.

19세에 옥고를 치른 귀공자 타입의 이 미남이 문학과 직접 관계를 맺기는 〈동아일보〉 기자로 입사한 뒤부터였다.

「그날이 오면」의 한恨

심훈은 1924년 〈동아일보〉 기자로 입사하여 명기자로 활약했으나, 나라 없는 울분을 술로 풀었다. 그는 매일같이 술을 취하여 기생집에도 드나들었다. 기생들이 다투어 그에게 구애를 했으나, 그는 거들떠보지도 않았다. 술을 잘 먹고 호탕한 멋진 미남의 귀공자에게 기생들은 가슴을 태울 뿐이었다.

심훈은 1924년 이해영(李海暎)과 소생 없이 이혼하고야 말았다. 나라 없는 망국민의 서러움과 사랑이 없는 생활은 그에게 술을 먹도록 한 것이다. 이 무렵의 생활태도를 홍효민은 상세하게 말해주고 있다.

심훈은 경향적 작가로 일관된 생활을 하였거니와 그는 너무 다재다능하였던 것이다. 변설(辯舌)이 청산유수에 가까웠는가 하면, 유주무량(有酒無量)의 주벽을 가지고 있었다. 이 무렵의 젊은 세대가 모두 그렇듯이 심훈도 시대적 울분을 유주무량의 주벽(酒癖)에다 풀려고 하였던 것이다.

그는 〈동아일보〉 기자시대는 모든 것이 타락 아닌 타락생활이었다. 기생을 알게 되고, 기생에게 구애도 많이 받았으나, 그는 기생보다는 문학이었으며 술이었고 친구이었던 것이다. 현숙한 그의 부인은 그가 돌아오기를 하루같이 바라고 있으나 그는 영영 돌아오지 않았다. 그는 최승일(崔承一) 작가의 매씨인 최승희(崔承喜)에게 연모를 받았다. 한때는 최승희 무희(舞姬)와 염문

과 결혼설까지도 받았던 것이다. 그러나, 나는 시종 〈동아일보〉
의 명기자로서 이름을 떨치고 있었던 것이다. 또는 시를 쓰는
시인으로 많이 알려지고 있었던 것이다. 이때의 심대섭(沈大燮)
시인이란 이름이 알려지고 있었던 것이다. 심훈이란 이름은 작
품 「상록수」에 의해서 비로소 세상에 나오게 된 것이다.

1924년 〈동아일보〉에 연재중이던 번안소설 「미인의 한(恨)」의
후반부를 손대기 시작한 것이 심훈의 문명이 지면에 오르기 시
작한 시초다. 한편 영화도 관계하며 조중환(趙重桓)의 「장한몽(長
恨夢)」의 후반부에서 이수일의 역을 맡기도 했다. 1926년에 최초
의 영화소설 「탈춤」을 〈동아일보〉에 연재했다. 또한 교동의 동
창인 윤석중(尹石重)과 같이 탈춤을 각색하려 했으나, 너무 방대
하여 중지하고 「어둠에서 어둠으로」라는 각본을 급히 만들었다.
이것이 심훈이 원작·각색·감독으로 된 「먼동이 틀 때」이며,
단성사에서 개봉했다.

그보다 한 해 앞선 1926년에 '철필구락부(鐵筆俱樂部)사건'으로
〈동아일보〉를 그만두고 일본에 가서 영화를 연구하고 돌아왔으
나, 언제나 망국의 비애와 조국의 서글픈 상황에서 광복을 향해
탈피해 가는 일이었다. 〈동아일보〉의 사건도 결국 이런 문제와
관련된 것이다. 심훈은 식민지적 상황에서 나라 없는 민족의 비
애를 뼈저리게 느끼고, 그것을 작품화하려고 애쓴 것이다.

1928년에 〈조선일보〉에 입사하여 중국에서의 방랑생활의 경
험을 토대로 「동방의 애인」과 「불사조」를 〈조선일보〉에 연재했
으나, 사상이 온건치 않다고 게재 정지처분을 받은 것을 보아도

알 수 있다.

그날이 오면 그날이 오며는
삼각산이 일어나 더덩실 춤이라도 추고
한강물이 뒤집혀 용솟음칠 그날이
이 목숨이 끊기기 전에 와 주기만 할 량이면
나는 밤하늘에 날으는 까마귀와 같이
종로의 인경 머리로 드리받아 울리오리다.
두개골은 깨여져 산산조각 나도
기뻐서 죽사오매 오히려 무슨 한(恨)이 남으오리까.
그날이 와서 오호 그날이 와서
육조(六曹) 앞 넓은 길을 울며 뛰며 뒹굴어도
그래도 넘치는 기쁨에 가슴이 미어질 듯하거든
드는 칼로 이 몸의 가죽이라도 벗기어
커다란 북[鼓]을 만들어 들쳐메고는
여러분의 행렬(行列)에 앞장을 서오리다.
우렁찬 그 소리를 한 번이라도
듣기만 하면
그 자리에 꺼꾸러져도 눈을 감겠소이다.

　이 시는 심훈의 「그날이 오면」의 전문이다. 그날이 오기를 피어리게 기다리는 심정—육조(六曹) 앞 넓은 길을 울며 뛰며 뒹굴어도 시원치 않아 가죽이라도 벗겨 북을 만들어 기쁨을 하늘 높이 부르짖고 싶은 그날—조국의 광복은 언제 이루어질 것인가. 이것은 심훈의 애끓는 독립정신을 노래한 것이요, 민족정신의 강렬한 발로라고 할 수 있다.

심훈은 여복이 많았다. 출중한 외모에 쾌활한 성격이고 술을
잘 먹는 멋쟁이 신사였기 때문에 여인들이 많이 따랐다. 그러기
에 왕손인 이해영과 결혼했고, 많은 기생이 그를 흠모하며 구애
를 해왔다. 더구나, 작가이며 연극에도 관계했던 최승일의 누이
최승희와의 염문도 그 당시 유명한 애깃거리였다. 당시 미모의
무용가인 최승희가 연모하자 심훈도 마음을 움직여 한때는 결
혼설이 나돌기까지 했다. 이해영과 이별하고 나서 6년 만인
1930년 12월 24일, 심훈은 무희인 19세의 안정옥과 결혼한 것이
다.

심훈은 시 「독백」과 앞에서 본 「그날이 오면」 등을 발표하고,
1931년에는 「우리 민중이 어떠한 영화를 요구하는가?」를 발표
하여 영화에 대한 깊은 관심을 보였다. 〈조선일보〉를 그만둔 심
훈은 1931년부터 방송국 문예담당을 맡아보았으나 생활은 불안
정하였다.

1932년에 그는 마침내 낙향하기로 결심하고, 이미 양친이 내
려가 있는 충남 당진군 송악면 부곡리로 새로 결혼한 부인 안
정옥, 장남 재건과 함께 내려갔다. 그곳에서 창작에 전념하여
길이 남을 작품을 발표한 것이다.

「상록수」와 필경사筆耕舍

심훈은 당진에 내려간 이후, 지금까지의 방랑과 울분에 찬 생
활에서 벗어나 안정된 가운데 창작에 전력을 기울였다.

본가에서 1933년 5월, 「영원의 미소」를 탈고하고 〈중앙일보〉

에 연재하고, 단편 「황공(黃公)의 최후」를 발표하기도 했다. 8월
에는 〈조선중앙일보〉 학예부장으로 갔으나 4개월 후에 다시 낙
향하여 전실 이씨에 대한 회고적 작품이라고 하는 「직녀성」을
〈조선중앙일보〉에 연재하였고, 그 고료로 부곡리에 자택을 지어
'필경사(筆耕舍)'라 이름했다.

> 참새도 깃들일 추녀 끝이 있는데 가의무일지(可依無一枝)의
> 생활에도 인제는 그만 넌덜머리가 났다. 그래서 일생일대의 결
> 심을 하고 「직녀성」 고료를 가지고(빚도 많이 졌지만) 엉터리를
> 잡아가지고 풍우(風雨)를 피할 보금자리를 얽어놓은 것이 위에
> 적은 자칭 '필경사(筆耕舍)'다.

이곳에서 명작 「상록수」를 쓴 것이다. 「상록수」는 경성농업
을 졸업하고 진학하라는 권유를 물리치고 부곡리에서 '공동경
작회'를 만들어 농촌운동을 일으킨 장질 심재영(長姪 沈載英)을
모델로 하여 수원군 반월면 천곡리에서 활동하다가 죽은 최용
신과의 허구 로맨스를 만들어서 썼던 소설이다. 「상록수」에서는
심재영이 박동혁(朴東赫)으로, 최용신(崔容新)이 채영신(蔡永信)으로
개명되어 주인공으로 되어 있고, 심재영이 이끈 공동경작회는
농우회(農友會)로, 샘골이라는 곳은 청석골로 나타나 있다. 심재
영은 작품과의 인연으로 후일 최용신의 무덤을 찾아봤다는 일
화도 있다.

「상록수」는 1935년 〈동아일보〉 창간 15주년 현상모집에 당선
되어 상금 500원을 탔다. 그 상금 중 일부로 상록학원을 지었으

며, 상록국민학교의 전신이 되었다.

「상록수」는 당시 브나로드 운동의 선봉에서 농촌활동을 하는 박동혁과 채영신의 헌신적인 봉사와 둘 사이에 얽혀지는 사랑을 내용으로 하는 소설이다. 줄거리는 하기방학 농촌봉사의 보고회에서부터 시작된다. 이 보고회에서 동혁과 영신은 서로 마음이 끌리어 동지애를 가지게 된다. 동혁은 '한곡리'에서, 영신은 '청석골'에서 각기 농촌사업에 열중하면서도 두 사람은 동지애 이상의 애정을 가지게 되나, 영신은 사랑보다 우선 농촌계몽과 봉사에 힘써야 한다고 강조한다.

동혁은 천천히 머리를 들었다. 지독하게 마취를 당했다가 깨어난 사람처럼 게슴츠레해진 눈으로 눈물에 어리운 영신의 얼굴을 쳐다보며

"나는 영신씨를 언제까지나 동지로만 사귈 수가 없에요. 그것만으로는 만족할 수가 없에요."

하고는 또다시 그 등골이 같은 팔로, 영신의 허리를 끊어져라고 껴안는다.

영신은 숨이 턱턱 막히는 것 같아서 손에 힘을 주어

"이러지 마세요. 이렇게 흥분하시면 못써요. 우리 냉정하게끔 얘기하십시다."

하면서 허리에 휘감긴 동혁의 팔을 슬그머니 풀었다.

그리고는,

"어쩌면 저 역시 동지로 교제하는 것만으론 만족할 수가 없는지도 모르지요. 그렇지만 그 문제를 백 번 천 번이나 생각해 봤는데……"

"어떻게요?"

동혁은 머리를 숙인 채 매우 조급히 묻는다. 영신은 조금 떨어져 앉아서 잠시 머리 속을 정돈시킨 뒤에 입을 연다.

"연애를 하는 데 소모되는 정력이나 결혼생활을 하느라고, 또는 개인의 향락을 위해서 허비되는 시간을 왼통 우리 사업에다 바치고 싶어요. 나 내 몸 하나를 농촌사업이나 계몽운동에 아주 희생하려고 하나님께 맹세까지 한 몸이니깐요."

"그러니까 그렇게 굳은 결심을 하고, 실지로 일을 해나가는 사람끼리 한 몸뚱이로 뭉쳐서 힘을 합하면 곱절이나 되는 효과를 얻지 않겠어요? 백지장도 마주 들면 낫다는데……영신씨를 만난 뒤부텀 나는 줄창 그런 생각을 하고 있었는데요, 어느 기회에 나를 따라와 주실 줄을 나 혼자 믿고 있었던 것도 사실이고요."

"왜 낸들 그만 생각이야 못해 봤겠어요? 그렇지만 우리의 교제가 이보담 한 걸음 더 나아가면 필경은 결혼문제가 닥쳐오겠죠?"

그리하여 서로 사랑하면서도 결합하는 것을 뒤로 미루는 영신은 마을 아이들을 가르친다. 그러나 일경은 인원이 많다는 이유로 아이들을 80명으로 제한하도록 하여, 영신은 눈물을 머금고 80명에서 끊은 다음, 강당에 못 들어오고 밖의 나무에 다닥다닥 붙어 있는 아이들이 볼 수 있게 '누구든 학교로 오너라. 배우고야 무슨 일이든지 한다.'고 써서 목청이 터지도록 읽힌다. 그리하여 애향가(愛鄕歌)를 부르며 눈떠가는 어린이들을 바라보는 영신의 눈에는 눈물이 고인다. 서(署)에 다녀온 후로 병이 깊어져 영신은 살 가망이 없게 된다. 영신은 홀로 누워 형무소에 가 있는 동혁을 그리면서 그에 대한 사랑을 가슴 깊이 간직한다.

　　동혁의 편지를 받아든 영신은 감옥에서 나온 봉함엽서의 획을 굵다란 먹글씨를 희미한 불빛에 내려보고 치보고 한다.
　　동혁이와 처음 만나던 때부터 경찰서에서 면회를 하던 때까지의 추억의 가지가지가 환등처럼 흐릿하게나마 주마등과 같이 눈앞을 지나가는 모양이다. 그는 조심스러이 편지에 입을 맞추고 나서 억울하나마 목소리를 높여
　　"동혁씨 난 먼저 가요! 한곡리하고 합병도 못해 보고……그렇지만 난 행복해요. 등뒤가 든든해요. 깨끗한 당신의 사랑만은 영원히 변하지 않을 테니까요. 그러고, 끝까지 꿋꿋하게 싸우며 나가실 걸 믿으니까요……."
　　하고 나서 숨을 가쁘게 들이쉬고 나더니
　　"동혁씨! 조금도 슬퍼하진 마셔요. 당신 같으신 남자는 어떤 경우에든지 남에게 눈물을 보여선 못씁니다!"
　　하고는 몹시 흥분해서 헐떡이다가 원제어머니를 보고,
　　"그이가 오거든요, 지금 한 말이나 전해 주세요. 뭐랬는지 들었죠?"
　　하고 당부를 한다. 붓을 들 기력도 없는 그는, 말로나마 사랑하는 사람에게 몇 마디를 남긴 것이다.

　　마을 사람들의 간곡한 철야기도도 소용없이 영신은 손풍금과 함께 부르는 청년들의 찬송가 소리에 묻혀 눈을 감고 만다. 영신의 관이 덮인 다음에 도착한 동혁은 관비리를 잡고 통곡하여 온 마을이 울음바다가 되었다. 영신의 장사를 지낸 다음 동혁과 마을 사람들은 우리 천사 채영신의 뜻을 이어받아 몸을 바칠 것을 맹서한다.

이 「상록수」가 발표되자, 심훈은 일약 대가가 되어 그 이름을 떨쳤다. 이상의 자의식(自意識)의 과잉을 내부로 칩거시키고, 김유정이 해학적으로 농촌의 인간상을 그린 데 비해, 심훈은 실제로 농촌에 투신하여 실천하는 '행동하는 인간상'을 창조하는 데 그 특징이 있다. 따라서 당시 우리의 삶의 지표를 제시한 행동문학이라고 할 수 있다. 홍효민(洪曉民)은 「상록수」의 문학적 가치를 리얼리즘에까지 확대하고 있다.

> 이때까지 우리 나라 작가들이 자연주의 문학의 길을 걸어가고 있어도 그 핵심을 건드리지 못하고 시민생활을 그리고, 묘사하고 탐구하던 것을 농촌이란 얼마나 우리에게 없지 못할 존재란 것을 깨닫게 하여주고 있는 것이다. 심훈은 농민문학에 있어 그 선편(先鞭)을 들었고, 또한 그 일단(一端)이기는 하지마는 방편까지 보여준 사람의 하나인 것이다. 우리 나라에서는 아직도 산적한 소재가 농촌에 있고 농민에 있다는 것은 심훈의 「상록수」를 읽으면 알게 되어 있다. 여기서 「상록수」가 오늘에 있어 영화화되는 소이연(所以然)도 있는 것이지마는, 심훈을 문학사적 위치로 볼 때에는 이 작가가 이런 작품을 아니 썼던들 우리는 자연주의 문학에 있어 그 핵심을 구체적으로 못 그리는 송연(悚然)함을 금할 수 없다. 심훈은 문학사적 위치에 있어 누구보다도 못지 않은 불후(不朽)의 선험자적 위치에 있으며, 자연주의 문학 작가로서 확고한 존재를 긍정하지 않으면 안 된다고 생각한다.

심훈은 「상록수」를 영화화하려고 했으나 일제의 탄압으로 중단하고, 그것을 출판하려고 한성도서 이층에서 기거하다가 장티푸스에 걸려 대학병원에 입원했다. 심훈은 1935년 9월 16일 오전 8시, 창가에 훤출한 빛이 새어 들어올 때 눈을 감고 말았다. 「상록수」로 새로운 민족정신을 불러일으킨 심훈이 「상록수」 때문에 세상을 떠났으니, 그날이 오는 것을 보지 못하고 눈감고 만 것이다.

  심훈은 갔지만 「상록수」는 영원히 살아 우리의 내일을 비춰 줄 것이다.

서정과 원시성의 이효석李孝石

경성제대를 졸업한 인텔리 작가 가산 이효석(可山 李孝石)은 「메밀꽃 필 무렵」, 「산」, 「들」 등으로 이 나라 단편문학의 정수를 이루었다.

초기에는 동반작가(同伴作家)라고 불리었으나, 「돈(豚)」 등에서 보여준 서정적 미학으로 우리들 마음에 심미감과 향수로부터 비롯된 짙은 향기를 그리면서 음악·영화·화초 등에 관심을 둔 고상한 취미와 기호를 다듬어, "넥타이 같다."고 묘사한 여인들을 편력했고, 주을온천(朱乙溫泉)의 정취와 글라디올러스의 향기 속에서 엄친과 마음을 바친 여인이 지켜보는

가운데 눈을 감고 말았다

비록 효석은 가고 없지만, 그가 남긴 40여 편의 단편과 장편, 희곡, 수필 등에 깃들인 문학정신은 가장 섬세하고 고상한 생활감정이 풍기는 한국문학의 정수로서 길이 빛날 것이다.

봉평의 신동神童

태고의 정기를 타고 대관령이 은은히 굽이치는 암하고불(巖下古佛)의 고장, 산과 서정과 재기를 한 몸에 지니고 문학의 꽃을 피운 사람이 가산 이효석이다.

멀리 진부(珍富)를 바라보며 서쪽으로 큰 내를 건너서 소무목 고개를 이십여 리 가면, "산허리는 원통 메밀밭이어서 피기 시작한 꽃이 소금을 뿌린 듯이 흐뭇한 달빛에 숨이 막힐 지경"이라던 곳, 이곳이 효석의 생가가 있는 곳이요, 명작 「메밀꽃 필 무렵」의 무대가 된 봉평(蓬平)이다. 여기서 대화까지의 칠십 리, 산과 들 사이에 깃들인 서정에 감싸여 효석은 자란 것이다.

이효석은 1907년 2월 3일 강원도 평창군 봉평면 창동이구 남안동 681에서 아버지 이시후(李始厚)와 어머니 강홍경(康洪敬) 사이에서 장남으로 태어났다.

아버지 시후는 한성사범 출신으로 서울에서 교편을 잡고 있다가 나중에 진부면장을 지내, 그 근방에서는 그 이름을 모르는 이가 없을 정도요, 생활도 유족했다.

효석은 네 살 때 아버지를 따라 서울에 와 있다가 여섯 살 때

다시 고향에 내려가 서당에서 한문을 배웠다. 나이 어린 효석이 서울에서 본 도회와 생장하는 사이에 몸이 밴 산수의 서정이 그에게 이국풍(異國風)을 그리는 생활감정을 갖게 했을 것이다.

「천자문」이나 「통감(通鑑)」을 끼고 서당으로 가는 길의 봉평 산수는 너무도 아름다워 시가 저절로 읊어질 정도라고 할 수 있었으리라. 효석은 하도 머리가 좋아 서당에서 신동(神童)이라고 했다. 하늘천 따지를 외는 그 총기 있는 눈, 그것은 후일 경성제대에서 영문학을 공부하는 효석의 지성의 싹틈이었다.

1913년 효석은 평창보통학교에 입학했다. 집이 멀었기 때문에 평창에 나가 강릉 김씨 집에서 기숙하면서 학교를 다녔다. 효석의 집을 떠난 객지생활이 이때부터 시작되었다. 그의 작품의 모티프가 된 향수는 어렸을 때 부모 슬하를 떠나 고향을 그리던 심정이 확대되어 발산한 것인지도 모른다. 평창에서도 성적이 출중하여 그의 뒤를 따를 자가 없었다.

1920년 효석은 경성제일고등보통학교에 입학해서 청운의 뜻을 품고 서울로 상경했다. 처음에는 서울생활이 어리둥절했으나, 날이 지나 도시의 생활에 적응되자 그의 재능을 발휘하기 시작했다. 학업 성적이 출중하여 1년 선배인 현민(玄民) 유진오와 함께 수재(秀才)로 불리었다. 이 두 수재는 1923년경부터 직접 만나 사귀면서 인생이나 철학에 대해 토론하기도 했다. 그럴 때면 효석은 직관적이요 정서적인 데 반해, 현민은 귀납적이요 과학적인 사고방식으로 대조를 이루었다.

효석은 제일보고 4, 5학년 무렵 〈매일신보〉에 수십 편의 콩트를 발표하여, 그 원고료를 가지고 여가를 즐겼다. 그 뒤 소설가로 데뷔한 뒤에도 〈동아일보〉 신춘문예에 응모하여 두 번이나 고료를 탔다고 한다. 그러나 효석이 본격적으로 작품활동을 한 것은 대학에서다.

1925년 효석은 제일고보를 우수한 성적으로 졸업하고 경성제국대학 예과에 입학했다. 당시 경성제대 예과에 들어가기는 하늘의 별따기였다. 일인(日人)이 많고 한국사람으로서는 감히 넘볼 수도 없는 곳이다. 그래서 경성제대의 사각모를 쓰고 거리에 나가면, 길 가던 사람도 발을 멈추고 쳐다볼 정도였다고 하지 않는가. 청량리 역전의 6만 평 대지의 울창한 숲속에서 2, 3백 명의 학생이 마음껏 학업에 정진하였다.

효석은 예과에 들어가서 유진오는 물론이요, 만학인 이희승(李熙昇), 나중에 정치에 투신하는 이재학 등과 함께 예과 조선인 학생회인 '문우회(文友會)'에 참가하여, 시를 발표하고 독서생활에 시간을 할애했다. 수려하고 넓은 산림 속에서 향수의 설렘을 달래면서 사념을 가다듬었을 것이다.

효석은 1927년에 예과를 수료하고, 법문학부 영문과에 진학했다. 여기서 효석의 이국(異國)에 대한 흠모를 더하게 해준 영국문학을 위시한 외국문학을 섭렵할 수 있었다.

그 중에서 영국의 맨스필드(Katherine, Mansfield), 로렌스(D. H. Lawrence), 프랑스의 케셀(Kessel, Joseph) 등의 작품을 탐독했다. 맨스필드에게서는 원숙한 기법을 배웠고, 로렌스나 케셀에게서는 자연과 동일체로서의 성(性)에의 인식을 영향받아 「성서(聖書)」나 「들」과 같이 성(性)에 대한 진지한 접근을 보여주는 작품을 쓰게 되었다.

효석이 처음에 발표한 작품은 1928년 〈조광(朝光)〉에 발표한 「도시(都市)와 유령(幽靈)」이었다. 다음해에 「기우(奇遇)」, 「행진곡」 등 경향성을 띤 작품을 발표하여 유진오와 함께 동반작가라고 불리운다. 그러나 효석은 「돈(豚)」을 쓰면서부터 동반의 악몽에서 깨어나 시적 정신이 넘치는 문학세계로 변모해 갔다.

여인과 기호

대학졸업을 전후해서 효석의 주량은 두주급(斗酒級)으로 통음하는 편이었고, 옷차림은 스마트하게 차리고 다녔다. 중학부터 대학까지 1년 선배였으나 문단에서는 동배(同輩)인 현민 유진오(玄民 兪鎭午)는 이효석을 회상하는 「효석과 나」에서 구두도 칠피단화(漆皮短靴)에다가 여자구두 모양으로 나비 형상의 장식을 붙이고 다녔다고 술회하고 있다.

또한 최정희 여사도 「노령근해(露領近海) 무렵의 이효석」에서,

처음 만났을 때의 이효석씨의 인상은 '계집애 같은 남자'로 보였다. 웃음을 화악 내어 웃지 아니하고, 입을 조물거리며 웃는데 얼굴까지 발개지는 것이었다. 게다가 몸짓이라든가 키가 작고 살결이 희었으니 '계집애 같은 남자'로 보일 밖에 없다. 아주 여름이 아니면 오월에서 유월로 넘어가는 계절이었던가 보다. 이효석씨는 흰 양복을 입었던 것 같다. 견지동에서 안국동으로 넘어가는 중간 어떤 여염집에서 인사를 했다. 옥련(玉蓮)이라는 아름다운 소녀가 있었던 것으로 기억하고 있다. 그래서 옥련의 집이라고 그 집을 불렀다. 아주 길가에 나앉은 집이었다. 이효석씨는 이 집에서 밥을 먹고 수송동의 방 한 칸을 얻어 거기서 잠

을 잤다고 했다.

라고 효석을 '계집 같은 남자'라고 말하고 있다. 스마트한 옷맵시에다 나비 형상의 장식을 단 구두를 신고 다니는 효석은 분명히 '여자 같은 남자'였다. 그는 핼쑥한 얼굴을 해가지고 향수에 젖은 표정을 하고 있었다. 성미는 몹시 까다로운 편이며, 매사에 소심하고 섬세했다. 그러한 섬세한 생활감정은 그의 다양하고 섬세한 정서의 바탕을 이루어 작품에 표현되고 있다.

까다로운 성미는 자연히 편중된 기호를 가지게 마련인데, 효석은 음악이라든가 영화에 깊은 조예가 있었고, 무엇이든지 철저하게 파고드는 성격의 소유자였다.

대학을 졸업했을 때 효석은 이미 중견작가의 위치에 있었다. 1930년 여름 〈조선일보〉에 5대작가의 한 사람으로서 단편 「마작철학(麻雀哲學)」을 발표한 것만 보아도 효석의 문단에서의 위치를 알 수 있을 것이다. 몇 사람의 문인밖에 없었던 당시에 경성제대 출신 소설가의 등장은 하나의 경이스러운 일이 아닐 수 없었다.

대학을 나온 뒤 효석은 일자리를 구할 수가 없어, 얼마 동안 총독부 경무국 검열계에 근무한 적이 있었다. 민족과 문학을 배반한다는 양심의 가책에 괴로워하면서 한 열흘 나갔을 때였다. 퇴근길에 광화문을 내려오는데, 어떤 청년이 앞을 가로막으며

"너도 개가 다 됐구나."

하고 욕지거리를 막 퍼부었다. 그 말을 들은 효석은 그 자리에서 졸도하고 말았다. 효석은 당장 그 일을 그만두었다. 그 뒤 그

는 실업자가 되어 몹시 곤란한 생활을 하지 않을 수 없었다. 그때의 일을 최정희 여사는 다음과 같이 술회하고 있다.

그의 한동안의 생활은 말이 아니었다. 끼니를 이어갈 수 없을 만큼 궁색했다. 옥련의 집에서도 밥을 먹지 않았다. 먹지 않았는지 먹지 못했는지 그것은 모르겠으나, 나는 이효석씨를 따라서 한 끼에 10원(아마 10전을 착각했을 것이다―필자 註)짜리 밥 먹으러 싸구려 밥집으로 간 일이 여러 번 있었다. 밥에다 된장국과 찬은 김치쪼가리 정도였다. 생선이나 맛있는 찬을 먹으려면 5원을 내면 한 가지씩 더 주었다. 그런데 우리는 그 한 가지 5원짜리를 먹을 만한 여유도 없었던 것 같다.

여기 오는 대개의 손님들은 우리와는 다른 노동자들이 많았다. 이효석씨는 10원짜리 밥을 먹는 일이 계면쩍어서 밥을 먹으면서도 제대로 못 먹었다. 이런 밥을 먹는 것을 누가 보면 어쩌나, 이런 밥을 먹는 걸 아는 사람이 보면 어쩌나 그저 걱정에 떨고 있었다. 나도 사실 속으로 이런 걱정을 하지 않은 것은 아니지만 이효석씨가 너무 그러니까 대담해지곤 했다.

이 술회에서도 효석의 소심하고 섬세한 면을 엿볼 수 있다. 이때가 효석의 일생에서 처음 맞이한 고난기였던 것이다.

1931년 효석은 경성(鏡城) 태생의 18세 난 이경원(李敬媛)과 결혼을 했으나 신혼생활에 열중하지 않았다. 수송동에서 큰 방을 두 칸으로 나누어서 한쪽을 거실 겸 침실로 쓰며 시작한 신혼생활이었으나, 여인에 대한 이상이 높아서인지 부인을 그리 탐탁하게 여기지 않았다. 효석이 그리는 여인은 루날의 뿌랑슈급의 여인이었다고 말하고 있다.

꽃은 빛깔만 이야기하면 그 향기를 짐작하며, 내포(內包)가 넓고 함축이 많고 심리적·비회적 회화를 건널 수 있으며, 연애적 모험성이 있고, 육체적 욕심을 말하면, 눈자위에 윤택이 흐르고 응시하는 초점이 확실하지 못하여 나를 노리는지 혹은 내 등 넘어의 죽은 석고조상(石高彫像)을 바라보는지 분간할 수 없는— 그런 여인이면……루날의 뿌랑슈급의 여인이다.

그리고 실은 데이트하는 멋쟁이 아가씨가 있었고, 효석은 '여자는 넥타이와 같은 것'이라고 생각하고 있었다. 그리하여 효석이 편력한 여인은 복잡한 듯하다고 한다. 섬세한 성질로 깊이 파고드는 타입이었기 때문에 여인들이 효석에게 집착하는 수가 많았다. 진부(珍富) 우체국장의 딸인 일녀 마이코는 평양에 있는 '방가로(放街路)' 다방의 마담이면서 방송에 나가던 옥수복(玉壽福) 여인 등이 효석에게 정성을 바쳤다고 한다. 또한 지금도 생존해 있다는 지모 여인은 효석의 델리케이트 하고 노블한 모습을 잊지 못하여 효석의 자손에게서나마 그 체취를 찾고자 했을 정도로 옛정을 그리워하는 애틋한 연정이 지대했다는 것이다. 게다가 남몰래 효석을 그리고 사모하던 여인은 또 얼마이었겠는가. 여인에 대한 재미있는 에피소드가 최정희 여사의 「노령근해 무렵의 이효석」에 나타나 있다.

결혼하고 얼마 안 되어서 경원씨가 친정으로 갔다. 한 열흘 예정으로 갔던가 보다. 그 열흘 예정이 다 돼서 내가 수송동 집에 갔더니 방에서 칼도마 소리가 또닥또닥 났다. 경원씨가 온

걸로 알고 반가워서 분주히 노크를 하고 미닫이를 열었더니 칼
도마 소리는 딱 그치고 그 소리의 주인공도 보이지 않았다. 시
침을 딱 뗀 이효석씨가 아무런 일도 없었다는 듯이 앉아 있었
다. 아무런 일도 없었다는 듯이 앉아 있긴 했으나 당황한 빛을
감추지 못했다. 칼도마의 주인공이 포장 저쪽에 있었던 것이다.
채 감추지 못한 여자의 치맛자락이 포장 이쪽에 내밀어져 있었
던 것이다. 방이 좀 커서 포장을 치고 포장 저쪽엔 세간 등속을
두고, 포장 이쪽은 침실 겸 서재 겸용이었다.

그때 나는 채 감추지 못한 치맛자락의 주인공 때문에 경원씨
가 친정에 간 것이 아닌가 하는 생각이 훌쩍 들었다. 경원씨는
그때 꽤 오래 돌아오지 않았다.

내가 이효석씨를 비난했더니, 이효석 씨 말이 그 여자는 내게
색채 좋은 넥타이 정도일 뿐이라고 변명했다. 좋은 색채의 넥타
이를 매고 거리를 걸을 것 같으면 사람들은 선망의 시선을 받게
된다고 했다. 이 여자와 거리를 함께 걸으면 색채 좋은 넥타이
를 매었을 때처럼 거리의 사람들의 시선이 자기들에게로 쏠린다
고 했다.

1931년 효석은 처가가 있는 경성농업(鏡城農業)의 영어선생으
로 부임했다. 효석은 경성에서 1934년 평양 숭실전문으로 갈 때
까지 「노령근해(露領近海)」, 「돈(豚)」과 같은 작품을 발표하면서
경향성을 탈피하며, 시정(詩情)에 바탕을 둔 향토를 무대로 한
작품을 쓰기 시작했다.

또한 주을온천에 자주 가 그곳의 외인별장지대인 노비니촌
을 바라보며, 이국에의 동경을 달래며 생활을 즐겼다. 「여수
(旅愁)」와 같은 작품에서 그 향수 어린 현대인의 비애를 잘 그리
고 있다.

그에게 있어 주을온천은 영화와 함께 효석의 향수를 달래는 창이었다. 「주을(朱乙)의 지협(地峽)」이니, 「주을 가는 길에」 같은 수필이나 장편 「화분(花粉)」도 이 주을의 이국적 정서를 배경으로 한 것이다. 효석은 그 주을온천의 외인별장지대인 노비니촌의 가을 풍경을 이렇게 그리고 있다.

> 산속은 시절에 대하여 한결 예민한 듯하다. 가을을 접어들었을 뿐이나 나뭇잎들은 물들기 시작하였고, 마을길은 쓸쓸하게 하아얗게 뻗쳐 있다. 길 위에도 나무 사이에도 별장 베란다에도 피서객 남녀의 그림자는 벌써 훤하게 눈에 뜨이지 아니한다. 그들은 한여름 동안 기르고 익힌 꿈을 싸가지고 푸른 능금이 익으랴 할 때 손을 마주잡고 할빈으로 상해로 달아난 것이다. 붉은 푸른 흰 지붕의 비인 별장들은 알을 까가지고 달아난 뒤의 새둥우리요, 머루넝쿨 다래넝쿨 아래 정사는 끝난 이야기의 쓸쓸한 배경이다. 운동장 구석의 먼지 앉은 벤취에도 때묻은 그네줄에도 지천으로 버려진 쪼코레트 종이에도 사라진 꿈의 찌꺼기가 고요하게 때묻었을 뿐이다.

이러한 주을의 이국적 정서는 「북국점경(北國點景)」, 「합이빈(哈爾賓)」과 같은 소설에도 나타나 있다. 실은 효석의 기호는 다양하고 섬세했다. 꽃은 특별히 양리(洋梨)의 향기가 난다는 장미를 좋아했고, 음악은 쇼팽을 좋아했고, 모차르트의 피아노 소나타를 치기도 하였으며, 영화를 각별히 좋아했다. 그래서 그의 작품에는 색채·명함 등이 섬세하게 표현되어 있고, 음악이나 영화의 장면이나 이름이 자주 나온다.

이러한 효석의 기호는 서구적인 이국풍으로 집약될 수 있다.

지드의 「좁은 문」에서 싸늘하고 이지적인 아리사보다 줄리엣을 좋아했던 효석은 프랑스를 좋아했다고 볼 수 있다. 이러한 이국 풍의 정서는 결국 서구의 자유에 대한 동경이요, 고향에 대한 그리움이라고 할 수 있다.

효석의 문학을 '빠다문학'이라고 하는 비평에 그는 결연히 일어나 서구적 취향을 변호했다. 효석의 이러한 정취는 서구 본래의 지적인 바탕에서 이루어진 것이 아니라, 그의 서정성에 바탕을 두고 있다.

> 돌을 던지면 깨금알같이 오드득 깨어질 듯한 맑은 하늘, 물고기 등같이 푸르다. 높게 뜬 조각구름 떼가 해변에 뿌려진 조개 껍질같이 유난스럽게도 한 편에 옹졸옹졸 몰려들었다. 높은 산 등이라 하늘이 가까우련만 마을에서 볼 때와 일반으로 멀다. 구만 리일까, 십만 리일까. 골짜기에서의 생각으로도 산기슭에만 오르면 만질 듯하던 것이 산허리에 나서면 단번에 구만 리를 내빼는 가을 하늘.
>
> 산속의 아침은 졸고 있는 짐승같이 막막은 하나 숨결이 은은하다. 휘였한 산등은 누워 있는 황소 등허리요, 바람결도 없는데 쉴 새 없이 파르르 나부끼는 사시나무 잎새는 산의 숨소리다. 첫눈에 띄는 하아얗게 분장한 자작나무는 산속의 일색, 아무리 단장한대야 사람의 살결이 그렇게 흴 수 있을까. 수뿍 들어선 나무는 마을의 인총보다 많고 사람의 성보다 종자가 흔하다.

이러한 「산」에서의 서정적인 표현은 「들」, 「성서」 등 많은 작품에서 문체적 특성을 이루고 있다. 그러한 효석 문학은 1935년에 그가 평양 숭실전문으로 옮기면서 더욱 꽃피었다.

「메밀꽃 필 무렵」의 신비

이효석은 1934년 평양시 창전리(倉田里)의 잔디가 새파랗게 깔린 양옥으로 이사해 세상을 떠날 때까지 숭실에서 무애(無涯) 양주동(梁柱東)과 함께 영문학을 강의하면서 창작에 몰두했다. 이 집의 뜰과 화초는 수필 「낙엽을 태우면서」와 「화초(花草)」에 잘 그려져 있다.

월부로나마 구입한 야마하 피아노 앞에 앉아 쇼팽곡을 치고 2녀1남의 아이들과 생활을 즐기면서, 때로는 잔디밭을 거닐면서 작품의 구상도 했을 것이다.

「돈」에서 향토를 무대로 하는 원시적 서정 어린 작품을 쓰기 시작한 효석은 1934년 이후에 그의 역작들을 발표했다.

1935년에 「성서」를 발표하였고, 뒤에 나온 「들」, 「화분」 등에서 맨스필드나 로렌스에게서 영향을 받은 듯한 자연적 상태로의 성적 개방을 통한 인간회귀를 보여준다. 특히 이러한 작품에서의 감각적인 표현은 김동리로부터 반산문작가라는 평을 받기까지 하였다.

> 흙빛에서 초록으로—이 기막힌 신비에 다시 한 번 올라볼 필요가 없을까. 땅은 어디서 어느 때 그렇게 많은 물감을 먹었길래 봄이 되면 한꺼번에 그것을 이렇게 지천으로 뻗어 놓을까 …… (중략) ……
> 꽃다지, 질경이, 민들레……가지가지 풋나물을 뜯어 먹으면 몸이 초록으로 물들 것 같다. 물들어야 될 것 같다. 물들어야 옳

을 것 같다. 물들지 않음이 거짓말이다. 물들지 않으면 안 될 것
같다.

'풋나물을 뜯어 먹으면 몸이 초록으로 물들 것' 같은 들에서
자연그대로의 성(性)의 결합을 그린 「들」이나 「산」, 「분녀」 등
주옥같은 작품이 다 이 감각적인 표현에 의한 자연과 동일체의
인간의 원형을 그린 것이다.

그러나 무엇보다 1936년 〈조광〉에 발표된 「메밀꽃 필 무렵」
은 향토색이 짙은 생명의 원형을 그린 그의 대표작이라고 할
수 있다. 더구나 「메밀꽃 필 무렵」은 완벽한 구성과 표현으로
된 걸작이면서 봉평에 실재했던 실화라는 데 흥미가 있다.

허생원은 조선달, 동이와 같이 봉평·대화 등 장터를 돌아다
니며 지낸다. 파장이 된 뒤에 추중집에 가 있는 동이를 불러 대
화를 향해 떠난다. 달빛은 교교하여 메밀밭이 소금을 뿌린 듯이
하얗게 보인다. 허생은 달빛에 감동되어 또 그 얘기를 꺼내는
것이다. 오늘 같은 달밤에 물방앗간에서 우연한 기회에 있었던
성씨네 옥분과의 정사(情事) 얘기를 하는 것이다. 동이도 고향이
봉평인데, 아버지는 모르고 어머니와 같이 산다고 한다. 허생원
은 개울을 건널 때 동이가 왼손잡이인 것을 보게 된다. 아둑시
니같이 눈이 어둡던 허생원도 이번만은 동이의 왼손잡이가 눈
에 띄지 않을 수 없었던 것이다.

달밤에는 그런 이야기가 격에 맞거든. 조선달 편을 바라는 보
았으나 물론 미안해서가 아니라 달빛에 감동하여서였다. 이즈러

는 졌으나 보름을 아래 지난 달은 부드러운 빛을 흐뭇이 흘리고
있다. 대화까지는 칠십 리의 밤길, 고개를 둘이나 넘고 개울 하
나를 건느고 벌판과 산길을 걸어야 된다. 길은 지금 긴 산허리
에 걸려 있다. 밤중 지난 무렵인지 죽은 듯이 고요한 속에서 짐
승 같은 달의 숨소리가 손에 잡힐 듯이 들리며 콩포기와 옥수수
잎새가 한층 달에 푸르르게 젖었다. 산허리는 온통 메밀밭이어
서 피기 시작한 꽃이 소금을 뿌린 듯이 흐뭇한 달빛에 숨이 막
힐 지경이다. 붉은 대궁이 향기같이 애잔하고 나귀들의 걸음도
시원하다. 길이 좁은 까닭에 세 사람은 나귀를 타고 외줄로 늘
어섰다. 방울소리가 시원스럽게 딸랑딸랑 메밀밭에로 흘러간다.
앞장선 허생원의 이야기 소리는 꽁무니에 선 동이에게는 확적히
는 안 들렸으나 그는 그대로 개운한 제맛에 적적하지는 않았다.
— 「메밀꽃 필 무렵」

허생원이 달빛에 감동되어 그 얘기를 되풀이하는 장면이다.
이 「메밀꽃 필 무렵」은 조연현이 지적하듯이, 인생의 비극적 현
실을 서정적 미학으로 표현하고 있다. 그 외에 나폴레옹의 최후
를 그린 「황제(皇帝)」는 극적 비장미로 승화되어 있고, 「화분」은
감각적 미의식이 작품 전체에 흐르고 있다.

생활의 미화와 원시성原始性

인간생활이나 역사적 현실을 어떻게 수용하여 픽션화하느냐
는 오직 작가의 자유에 속하는 문제이다. 비록 그것이 외적인
요인에 의해 작가의 내적인 변형이나 수용으로 나타난다고 해
도, 또 그것은 작가의 작품세계의 특성을 결정해 줄지언정 창작

의 자유성을 변질시키지는 않는다. 다만, 그것은 문학이 가지는 시대의식이나 역사의식과 관련지어질 때 가치의식을 투영해 볼 수 있다.

이효석은 불안이 소용돌이치는 시대의식이나 민족의 수난 속에서 독립정신의 고취에 앞장서야 할 역사의식에는 무관심한 듯이 생활의 미화와 그 미화에 의하여 인간성의 원형을 찾으려고 고심한 작가이다.

이효석은 「도시와 유령」과 같은 초기 작품의 동반자적 성격을 버리고, 「돈」 이후로 「향수」, 「장미 병들다」, 「석류」, 「산정(山精)」과 같은 옛날의 회상에 젖은 무기력한 작품을 쓰기도 했으나, 「분녀」, 「산」, 「들」, 「메밀꽃 필 무렵」, 「낙엽기(落葉記)」 등에서는 그 뉘앙스는 달라도 생활의 미화나 들이나 산, 또는 자연(본능)인으로서의 인간에게 던져진 생활에 의한 인간성의 원형을 조금씩 부각(浮刻)시키고, 생명의 신비성을 작품화하였다. 이효석에게는 오직 어디서나 마실 수 있는 공기 속에서 사는 인간이 보여질 뿐, 밀폐된 방이나 가스가 새어 들어오는 상황에서의 공기의 밀도의 차이는 인식하려고 하지 않는다.

「들」에서 짐승의 자웅의 장난을 본 뒤에 옥분과 버드나무숲 속으로 향하는 장면에서도 이효석의 소설의 일면을 엿볼 수 있다.

"딸기 따 줄까."
"무서워."
그의 떨리는 목소리가 왜 그리도 나의 마음을 끌었는지 모른

다. 나는 떨리는 그의 팔을 붙들고 풀밭을 지나 버드나무숲 속
으로 들어갔다. 그의 입술은 딸기보다 더 붉다. 확실히 그는 딸
기 이상의 유혹이었다.

　　"무서워."

　　"무섭기는."

　　하고 달래기는 했으나, 기실 딸기를 훔치러 철망을 넘을 때와
똑같이 가슴이 후둑후둑 떨림을 어쩌는 수 없었다. 버드나무 잎
새 사이로 달빛이 가늘게 새어들었다. 옥분은 굳이 거역하려고
하지 않았다.

　　양딸기의 맛이 아니요, 확실히 들딸기의 맛이었다. 멍석딸기,
나무딸기의 신선한 감각에 마음은 흐뭇해갔다.

— 「들」

이러한 극적 장면에 의해 이루어지는 두 사람의 사이는 여느
자웅의 짐승과 별로 다를 바 없이 접근되는 것을 볼 수 있다.

　　아무리 야취의 습관에 젖었기로 철망 넘어 딸기를 딸 때와
일반으로 아무 가책도 없었던가. 벌판서 장난치던 한 자웅의 짐
승과 일반이 아닌가. 그것이 바른가, 그래서 옳을까 하는 한 줄
기의 곧은 생각이 한결같이 뻗쳐오름을 억제할 수는 없었다. 결
국 마지막 판단은 누가 옳게 내릴 수 있을까.

— 「들」

그저 「들」의 나와 옥분이나, 「분녀」의 명준·만갑·천수는
아직 인간의식으로 분화되지 않은 자연 그대로의 생활이다. 이
효석은 이런 자연 그대로의 생활에서 윤리의식으로 경화(硬化)되
기 이전의 인간성의 원형을 추구해보려고 한 것이다. 거기에는

정비석(鄭飛石)의 「제신제(諸神祭)」에서와 같이 인간의식의 각성이 없으며, 박영준(朴榮濬)의 「모범경작생」과 같은 인간적인 바람에 의한 현실의 극복도 보이지 않는다.

서정적 미의식이 감각적 미의식으로 확대·심화되는 탐미적 정신으로 이효석은 생명의 신비성을 더듬어 보여주고 있다. 「메밀꽃 필 무렵」에서 동이에게서 핏줄을 느끼는 허생원의 신비 어린 눈을 통해 생명을 직시하고 있다.

동이의 탐탁한 등허리가 뼈에 사무쳐 따듯하다. 물을 다 건넜을 때에는 도리어 서글픈 생각에 좀더 업혔으면도 했다.

"진종일 실수만 하니 웬일이요, 생원."

조선달은 바라보며 기어코 웃음이 터졌다.

"나귀야, 나귀 생각하다 실족을 했어. 말 안 했던가, 저 꼴에 제법 새끼를 얻었단 말인가. 읍내 강릉집 피마에게 말일세, 귀를 쫑긋 세우고 달랑달랑 뛰는 것이 나귀새끼같이 귀여운 것이 있을까. 그것 보러 나는 일부러 읍내를 도는 때가 있다네."

"사람을 물에 빠뜨릴 젠 따는 대단한 나귀새끼군."

허생원은 젖은 옷을 웬만큼 짜서 입었다. 이가 덜덜 갈리고 가슴이 떨리고 몹시도 추웠으나 마음은 알 수 없이 둥실둥실 가벼웠다.

"주막까지 부지런히들 가세나. 뜰에 불을 피우고 훗훗이 쉬어 나귀에겐 더운물을 끓여 주고, 내일 대화장 보고는 제천이다."

"생원도 제천으로?……"

"오래간만에 가보고 싶어. 동행하려나 동이?"

나귀가 걷기 시작하였을 때, 동이의 채찍은 왼손에 있었다. 오랫동안 아둑시니같이 눈이 어둡던 허생원도 요번만은 동이의 왼손잡이가 눈에 띄지 않을 수 없었다.

걸음도 해깝고 방울소리가 밤 벌판에 한층 청청하게 울렸다.

달이 어지간이 기울어졌다.

— 「메밀꽃 필 무렵」

이러한 서정적 미의식에 의한 원시성의 의미를 탐색하고 있
는 이효석의 소설은 반산문적이라는 비평을 받기도 한다.

그러나 생활의 미화와 원시성의 연구가 서정적(抒情的)인 미학
의 기조가 되어 있다는 데는 소설문학으로 보아 긍정적인 입장
과 부정적인 입장에서 서로 견해의 차이가 있음을 볼 수 있다.
우선 유종호(柳宗鎬)는,

이효석은 본질적으로는 시정(詩情)에 잠겨 있는 포에지의 작
가였다. 동시에 영문학을 전공한 우리 나라에서는 첫손을 꼽을
만큼의 멋쟁이요, 근대주의자였다. 다라서 그에게 경향파 문학보
다는 서구적인 예술파 문학이 더욱 체질에 맞았다. 그러기에 이
효석의 대표작들은 모두가 구인회에 든 다음에 발표한 것들이
다.

그러나 그가 근대주의자였다는 사실은 자연에 접근하려는 그
의 모든 기도를 저해시키는 데 도움이 되었다고 볼 수도 있는
것이다. 분명히 자연을 그리고 전원(田園)을 노래한 작가 중에서
그만큼 아름답게 그려낸 사람도 드물다. 그러나 그 아름다움은
어떻게 보면, 자연과 완전히 동화(同化)되고 전원에 묻혀 살기에
는 너무나도 도회인의 생리에 젖어 있는 사람의 애틋한 향수(鄕
愁)에서 나온 것인지도 모른다.

그러면서 그의 근대주의는 어쩔 수 없는 한계가 있었다. 논리
에 앞서 포근한 시정(詩情)에 잠기기를 즐겨했다는 점에서 한계

를 찾아낼 수 있는 것이다. 그 결과 생명의 신비성을 구명해 보
겠다면서도 신비의 베일을 뚫고 생명의 비밀 속에 들어가기 전
에 그 신비의 베일에 매혹되어 포에지를 찾아내는 데 그치고 있
다. 그리하여 「산」, 「들」과 같은, 그가 '애욕(愛慾)의 신비면(神秘
面)'을 찾기 위하여 썼다는 작품들에서도 전원의 포에지와 곁들
여서 달콤한 건강미에 대한 노래만이 엮어져 나온다.

　그러나 그가 그려낸 포에지는 그 자체로서는 조금도 나무랄
것이 아니다. 그것은 몹시 아름다운 것이었다. 그처럼 어두웠던
시기에 그처럼 아름다운 세계를 가꿀 수 있었다는 것은 여간 어
려운 일이 아니었으리라 생각된다. 다만 그럼에도 불구하고 그
런 아름다움 속에 젖어들 수 있었던, 또는 젖어들려 했던 그로
서는 몹시 괴로운 일이 아닐 수 없었을 것이다.

라고 이효석 소설의 본질을 포에지의 발현이라고 했다.

　이효석의 미분화와 자연으로서의 생활은 자연본능적인 욕구
인 애욕의 추구로 나타난다. 그러나 그것은 생활감정으로 볼 때
애욕이고, 윤리의식으로 대할 때 인간적 도덕과 관련되는 것이
지, 생활의식의 자각이 없는 데에는 그 자체가 생활이다. 이러
한 면을 지나치게 애욕의 도피로 보려는 것은 이효석 문학의
본질을 외면하고서 하는 말이 되기 쉽다.

　이효석은 누구보다 뛰어난 언어예술의 장인(匠人)이었다. 그가
애써 현실을 외면하고 자아가 그리는 세계에 안주할 수 있었다
는 것으로, 그의 문학적 가능성은 있었던 것이다. 단지 문제는
생활 이전 생활을 그리면서, 인간성의 원시성을 추구하거나 회
오 어린 눈으로 회고(懷古)에 잠기는 듯한 작품을 이룬 것은 인
텔리의 나약성을 그대로 노출한 것이라고 볼 수 있다. 더구나

브나로드 운동이나 한글운동으로 민족의 새로운 각성이 고조되어진 당시에 우회적으로 예술성으로 칩거하지 않고, 민족의식에 사는 인간상을 창조할 수도 있었을 것이다. 그러면 애욕(愛慾)의 추구에 의한 탐미의식으로 서정의 미학으로 감싸진 반산문적인 작품을 이루었다는 비판을 받지 않았을 것이다.

효석은 1942년 〈삼천리〉 1월호에 발표한 「일요일」을 최후로 단편 40여 편, 장편 3편, 희곡 1편과 많은 수필·비평문을 남기는 이효석 문학을 이루었다. 효석은 1942년 5월 3일 뇌막염으로 쓰러진 지 10일 후 절망상태로 퇴원하여 그해 5월 22일 하오 7시 30분, 엄친(嚴親)과 '방가로'의 마담 옥수복 여인이 지켜보는 가운데 눈을 감고 말았다. 모친의 말에 따라 유해는 향리(鄕里)인 하진부리(下珍富里) 고등골 낮은 기슭에 석대봉(石臺峰)을 옆으로 바라보며 2년 전에 먼저 간 아내와 나란히 묻혀 있다.

영문학을 하면서 서정 어린 향토적 문학을 이룩한 효석은 그의 고상한 기호나 성품의 향취(香趣)와 작품을 남긴 채 영원히 타계하고 만 것이다. 봉평에 복원된 물레방앗간과 문학비(文學碑)와 그 작품만이 이효석의 체취와 문학의 향훈을 전하고 있다.

서민과 빈곤의 김유정金裕貞

　「소나기」로 등장하여 2년 동안 「동백꽃」, 「봄봄」과 같은 30여 편의 단편소설을 발표한 김유정은 안개처럼 나타났다가 안개와 같이 가버리고 말았다.

　구인회의 한 사람으로서 문학적인 터를 넓히고 깊게 하려던 그는 향토적인 서민생활을 익살과 토속어의 미화(美化), 인물들의 원시성 묘사 등 다양한 기법으로 30년대 단편문학의 한 고지를 차지하였다.

　폐병을 앓으면서 그렇게도 살고자 몸부림쳤던 유정은 그의 좌우명인 '겸허(謙虛)' 그대로 광주(廣州)의 일우(一隅)에서

꿈을 안은 채 30세의 짧은 생애를 마친 것이다. 유골마저 한강에 띄웠으니 정말 유정의 육향(肉香)은 사라지고 변함없는 한강처럼 그의 작품만이 우리와 같이할 뿐이다.

미화된 어머니 우상

요절한 작가도 많지만 김유정과 같이 불우한 생애를 마친 자각도 드물다. 나도향은 스스로의 정열을 발산하기 위하여 가업인 도규(刀圭)에 반역하여 내외적으로 싸우다가 쓰러졌고, 이상은 자의식의 과잉과 소외의식에서 오는 절망을 극복하기 위하여 발버둥치다가 이국(異國)의 객사(客舍)에서 숨을 거두었지만, 유정은 기울어지는 집안의 여파에 밀려 방황하다가 가난 속에서 쓸쓸히 그 생애를 마친 것이다. 죽기 2년 전에 문단에 나와 불과 2년여 동안에 30여 편의 단편을 발표하고 홀연히 가버렸다.

김유정은 1908년 강원도 춘천에서 양반의 후예로 태어났다.

유정은 할아버지가 벼슬살이를 하여 치부(致富)한 덕분으로 유정의 집안은 유복하였다. 하인들이 도련님, 도련님 하는 가운데 도련님 유정은 곱게 자라며 어린 시절을 보낼 수 있었다.

1916년 유정은 서울에 와서 휘문고보에 입학했다. 원래 건장한 그였으나 처음 보는 서울생활에 익숙하기까지는 얼마의 시간이 걸렸다. 그러면서도 하모니카 밴드를 조직하여 활동했다. 1921년 휘문고보를 졸업한 유정은 연희전문에 입학했으나 얼마 안 가서 중퇴하고 말았다. 조부의 치부로 잘살았던 집안이 형의 방탕으로 인해 기울어지고, 식구들의 생계가 막연해졌기 때문이다. 조실부모하여 조부 밑에서 자란 그는 고독한 환경 탓으로 우울한 성격을 가지게 되었다.

학교를 중퇴한 후, 설레마을에서 야학을 하고 금병의숙(錦屛義塾)을 만들어 조카 김영수와 동료 조명희와 함께 문맹퇴치에 힘썼다. 1935년(28세)에 누이들의 권고에 따라 숭인동에서 연안 이씨(16세)와 혼인을 했으나 하루 만에 소박하고 뒤에 고민을 하게 된다.

유정은 스무 살 때 자기보다 서너 살 위인 기생을 짝사랑한 것을 비롯하여 세상을 떠날 때까지 서너 명의 여인을 사랑했으나 모두 짝사랑으로 그치고 말았다. 원래가 내성적이고 우울한 성격인 유정은 여인에게 한 번도 사랑을 고백하지 못하고, 여인의 눈치만 보고 가슴만 태우다가만 것이다. 그러나 그는 남의 비웃음을 받는 짝사랑의 슬픔을 겪으면서도 태연자약했다. 그것은 어머니를 그리워하고 사모하는 마음을 상대방 여인에 이입하여 어머니의 우상으로 미화해서 바라보았기 때문이다. 이봉구(李鳳九)의 「살려고 애쓰던 김유정」을 보면, 그가 일찍 여읜 어머니를 얼마나 애끓는 정으로 미화시키고 있는지를 알 수 있다.

그는 어머니의 한 장 사진을 어느 때는 책상 위에 모셔놓고 그 앞에서 책을 읽었고 어느 때는 몸에 지니고 다니며, 이따금 내어보았다.
"우리 어머니 사진!"
언젠가 그가 수줍은 표정으로 우리에게 보여주었을 때 한참 그것을 들여다보고 있으려니까 유정은

　"우리 어머니 미인이지?"

하고 물어보았다. 딴은 보아하니 그의 어머님의 사진은 삼십 전후 아주 젊은 시절에 박은 사진으로 과연 미인이었다.

　"우리 어머니 참 이쁘다."

　얼굴이 발개지며 이렇게 말하던 유정은 어머니를 존경하는 나머지 어머니를 천하에 드문 미인으로 우상화하기에 노력했던 것 같다.

유정은 마음속 깊은 곳에서 미화된 어머니 우상을 확대·이입하여 여인들을 바라본 것이다. 그러기에 유정은 어머니에 대한 사랑에 있어서나, 애인에 대한 사랑에서 그 대가를 채 생각하지도 않고 우선 정열적으로 불탔던 것이다. 어머니의 사랑을 모르면서도 그것을 동경하고 여인들의 사랑에까지 확대하려는 데 김유정의 비극이 있었던 것이다.

이러한 유정은 이상이 쓴 「김유정」(소설체로 쓴 김유정론)을 보면 그와는 정반대의 극적 행동도 있었던 것 같다.

　모자를 획 벗어던지고 두루마기도 마고자도 민첩하게 턱 벗어던지고 두 팔을 훌쩍 쑤르 걷고 주먹으로는 적의 볼때구니를 발길로는 적의 사타구니를 격파하고도 오히려 행동 여력(餘力)에 응덩방아를 찧고야 마는 희유투사(稀有鬪士)가 있으니 그가 김유정이다.

우울한 성격에 한 번 폭발하면 민첩하게 상대방을 격파하는 날램과 기백을 가진 것이다. 같은 글에서 이상은 김유정의 특징에 대하여 재미있게 말하고 있다.

이 유정은 겨울이면 모자를 쓰지 않는다. 그러면 탈모(脫帽)인가? 그의 그 더벅머리 위에는 참 우굴쭈굴한 벙거지가 얹혀 있는 것이다.

"김형! 그 김형이 쓰신 것은 모자가 아닙니다."

"김형!(이 김형이라는 호칭은 죽은 이상을 가리키는 말이다─ 필자 註) 거 어떡허시는 말씀입니까?"

"거 벙거지! 벙거지 옳습니다."

×遠도 ×南도 유정의 모자 자격을 인정하지 않는다. 벙거지라고밖에……

엔간해서 술이 잘 안 취하는데 취하기만 하면 딴 사람이 되고 만다. 그것은 무엇을 보고 아느냐 하면─

보통으로 주먹을 쥐이고, 쑥 둘째손가락만 쭉 펴면 사람 가리키는 신호가 되는데, 이래 가지고는 그 벙거지 차일(遮日) 밑을 후비면서 나사못 박는 흉내를 내는 것이다. 헐 일 없이 젖먹이 곤지곤지 형용에 틀림없다.

술에 취하면 '곤지곤지' 하는 천진한 유정을 이상이 만나서 "김형이 그저 두 달만 약주를 끊었으면 건강해질 텐데." 하고 걱정을 해도 막무가내라는 것이다.

김유정은 1922년에 폐결핵으로 신음하다가 병이 낫자, 노다지를 캐는 탄광에 투신하여 얼마 남지 않은 가산마저 없애버리고 만다. 당시 탄광이 한창이었으나 김유정과 같이 내성적이고 우울한 성격을 가진 사람이 할 일은 못 되었다. 결국 탄광에 실패하고 방랑생활을 하다가 구인회를 가입하고, 1935년 〈조선일보〉에 「소나기」가 당선된 이후부터 타계할 때까지 2년 동안 문단과 인연을 맺은 것이다.

무지개 같은 작가

김유정이 작품활동을 한 것은 1935년 〈조선일보〉 신춘문예에
「소나기」가 당선되고 「노다지」가 〈중앙일보〉에 당선된 후 2년
여에 걸친 동안이다. 그 2년여 동안에 유정은 주로 농촌을 배경
으로 하여 토착적인 서민생활을 그린 단편 30여 편을 발표했다.

1936년에 「산골」, 「동백꽃」, 「야앵(夜櫻)」, 「금 따는 콩밭」 등
을 발표하고, 1937년에 「봄봄」, 「따라지」와 같은 작품을 발표해
서 앞에서 말한 대로 '무지개와 같이 찬란하게 나타난 이 작가
는 2년여의 작가생활을 마치고 무지개와 같이 순식간에 사라졌
다.'는 평판을 받았다.

「소나기」는 놀음판에서 돈을 잃으면 여편네를 잡히는 것과
같이, 놀음밑천을 마련하기 위하여 아내를 이주사에게 보내는
춘호와 같은 인물을 등장시켜 성윤리(性倫理) 이전의 생활을 그
린 작품이다.

"이봐 어떻게 2원만 안 해줄 테요?"

라고 말하고는 아내를 마구 지게막대기로 때렸다. 아내는 마침
내 맞다 못해 쇠돌엄마한테 가서 돈을 마련하려고 그 집을 찾
아간다. 그러나 쇠돌엄마는 없고, 평소부터 그녀를 탐내던 이주
사가 나타나 돈을 미끼로 몸을 요구하고, 그 꾐에 빠져 소나기
가 오는 사이 정사가 이루어진다. 그리고 아내는 2원을 받아가

지고 돌아왔는데, 또 가서 돈을 장만해 오라며 남편은 머리 모양까지 염려하면서 아내에게 어서 다녀오라고 재촉을 한다.

춘호의 아내는 예쁘장한 19세의 여인, 그녀는 이 작품의 동기화가 된 소나기로 인해 이주사에게 몸을 빼앗기고 만다.

　　계집은 이주사 손에 눌리어 일어나지 못하고 죽은 듯이 가만히 누워 있었다.

　　그는 몸을 솟치며 생긋하였다. 그런 모욕과 수치는 난생 처음 당하는 봉변으로 지랄 중에도 몹쓸 지랄이었으나 성공은 성공적이었다. 복을 받으려면 반드시 고생이 따르는 법이니, 이까짓 거야 골백번 당한대도 남편에게 매나 안 맞고 의좋게 살 수만 있다면 그는 사양치 않을 것이다. 이주사가 하늘같은 은인같이 생각되었다.

이와 같이 자의식을 갖지 못한 상황에서 오는 성도덕 상실의 생활을 그리고 있다. 정조(아내는 정조에 대한 의식도 없다)야 어찌되었든 매를 안 맞고 살 수만 있다면 된다는, 너무도 토착적인 생활 감정이 여실하게 표현되어 있다. 놀음하다가 아내를 팔아먹는 한국적인 관습이 그대로 답습되어, 자신의 의식과 그 자각에 의한 발버둥이 없는 생활을 이룬 것이다. 그것은 인간적인 자각이 없는 식물적인 생활에 불과하다.

대표작인 「봄봄」에서는 "내가 여기에 와서 돈 한 푼 안 받고 일하기를 3년하고 꼬박 일곱 달 동안을 했다."로 시작하여 머슴살이하는 대가로 그 집 딸 점순이에게 장가들려는 데릴사위에게 점순이의 키가 자라지 않는다는 이유로 딸 주는 것을 보류

하고 있는 장인과의 갈등을 익살을 섞어가면서 해학적으로 표현하고 있다. "점순이의 키가 좀 크게 해줍사, 그러면 담에 떡 갖다놓고 고사드립죠니까." 하고 지성도 드리는 순박한 '나'는 죽도록 일만 하고도 얻어맞기만 하고, 점순이는 점순이대로 "장가들어달라고 해야지?" 하고 짜증을 내서, '나'는 이래저래 사면초가다. 장인에게 얻어맞은 '나'는 홧김에 장인을 업어 내동댕이치고 장인의 바짓가랑이를 꼭 움키고 놓지를 않아 장인이 '할아버지'라고 부르게 한다. 이 익살스러운 처리는 다음 예에서 보듯이 유정의 소설 미학의 특색이기도 하다.

> "아! 아! 이놈아 놔라! 놔 놔!"
> 장인님은 헛손질을 하며 솔개미에 챈 닭의 소리를 연해 질렀다. 놓긴 왜, 이왕이면 호되게 혼을 내 주리라 생각하고 짓궂게 더 당겼다. 나는 장인님이 땅에 쓰러져서 눈에 눈물이 핑 도는 것을 알고 좀 겁도 났다.
> "할아버지! 놔라 놔, 놔, 놔."
> 그래도 안 되니까
> "애 점순아 점순아."
> 이 악장에 안에 있었던 장모님과 점순이가 헐레벌떡하고 단숨에 뛰어나왔다.
> 나의 생각에 장모님은 제 남편이니까 역정을 할는지 모른다. 그러나 점순이는 내 편을 들어서 고수해서 하겠지…….
> 대체 이게 왠 속인지(지금까지도 난 영문을 모른다) 아버지는 혼내주기는 제가 내래놓고 이제 와서 달려들며,
> "에그머니! 이 망할 게 아버지 죽이네!"
> 하고 내 귀를 뒤로 잡아당기며 마냥 우는 것이 아니냐. 그만

여기에 기운이 탁 꺾이어 나는 얼빠진 등신이 되고 말았다. 장모님도 덤벼들어 한쪽 귀마저 뒤로 잡아제치면서 또 우는 것이다.

이렇게 꼼짝 못하게 해놓고 장인님은 지게 막대기를 들어서 사뭇 내려조였다. 그러나 나는 구태여 피하려도 않고 암만 해도 그 속 알 수 없는 점순이의 얼굴만 멀거니 들여다보았다.

"이 자식, 장인 입에서 할아버지 소리가 나오도록 해?"

— 「봄봄」

「동백꽃」도 주인집 딸 점순이와 소작인의 아들 '나'와의 애정으로 발전하려는 심리적 갈등을 재미있게 그려 두 인물을 부각시키고 있다. "너 집엔 이거 없지?" 하고 감자를 내미는 점순이의 연정에서 오는 성의에 토라지는 나의 심정이 닭을 때려죽이는 마지막 장면에 가서 어리둥절한 가운데 「동백꽃」의 향긋한 내음 속에 점순이에게 떠밀려 쓰러지는 것이다.

나는 비슬비슬 일어나며 소맷자락으로 눈을 가리고는 얼김에 엉, 하고 울음을 놓았다. 그러나 점순이가 앞으로 다가와서

"그럼 너 이담부터 안 그럴 테냐?"

"그래 그래 이젠 안 그럴 테야!"

"닭 죽은 건 염려 마라. 내 안 이를 테니."

그리고 무엇에 떠다밀렸는지 나의 어깨를 짚은 채 그대로 픽 쓰러진다. 그 바람에 나의 몸뚱이도 겹쳐서 쓰러지며 한창 피어 퍼드러진 노란 동백꽃 속으로 폭 파묻혀 버렸다.

알싸한 그리고 향긋한 그 냄새에 나도 땅이 꺼지는 듯이 온 정신이 그만 아찔하였다.

"너 말 마라."

서민과 빈곤의 **김유정**金裕貞 —— 179

"그래."
조금 있더니 요 아래서,
"점순아! 점순아! 이년이 바느질을 하다 말구 어딜 갔어?"
하고 어딜 갔다온 듯 싶은 그 어머니가 역정이 대단히 났다.
점순이가 겁을 잔뜩 집어먹고 꽃 말을 살금살금 기어서 산알로 내려간 다음 나는 바위를 끼고 엉금엉금 기어서 산 위로 치빼지 않을 수 없었다.

— 「동백꽃」

이와 같이 유정의 작품은 자기 나름의 소설 미학으로 농촌을 주로 한 서민들의 모랄 이전의 생활을 그리고 있다. 익살스러운 표현과 서민들의 비어(卑語)를 문학어로 발전시키면서 시대의식이 결여된 토착적인 인간생활을 형상화하고 있는 것이다.

효석이 유정과 같이 서민생활의 원시상태를 그리면서 인간의 본능적 원형과 생의 의미를 밝히려는 문제의식이 있는 데 비해, 유정은 전혀 시대의식이 없는 '유리알 성(城)'의 인간상을 그리고 있다. 이철범은 그의 『한국현대문학대계』에서 유정의 문학적 특색을 이렇게 규정짓고 있다.

한 마디로 유정의 작품세계는 자연과 더불어 사는 봉건적이며 토속적인 인간인 인간의 갇혀 있는 욕구가 테마인데 효석의 경우처럼 자연은 그 속에서 사는 인간의 의식과 깊이 연관되어 있지는 않는다. 유정의 경우는 토속적인 '인간관계' 그 드라마가 강조되어 있다.
여기서 효석의 작품이 한국적 자연의 서정을 그 아름다움으로 삼고 있다면, 유정은 토착적인 인간의 드라마를 전개시키는

과정에 있어서 재치있는 대화라든지, 익살 섞인 표현, 해학정신
그런 것들의 한국특유의 유머 위트를 살리는 데서 특색을 이루
고 있다. 그리고 인물들은 거의가 전근대적인 봉건사회의 흙과
더불어 사는 자연에서 벗어나지 못한 사람들이요, 여인의 애욕
문제에 있어선 동양적 윤리의식과 그렇다고 서구의 성자유사상
(性自由思想)도 아닌 그 이전의 자연적이며 본능적인 요구로서
다루고 있다.

후에 유정은 김환태와 함께 유치진·조용만 대신 구인회에
들어가 이상·박태원·김기림 등과 교우하면서 술로써 절망과
괴로움을 달랬다.

돈에의 절규

구인회 시절 유정은 극도의 빈궁 속에서 허덕이다가, 단편소
설 「따라지」에 나오는, 초혼(初婚)에 실패하고 공장에 나가고 있
는 사직동의 누이 집에서 기거했다.

반송장이나 다름없는 몸으로 어떻게든지 다시 일어나야겠다
는 생에의 비장한 결의에서 자동차를 타고 서울을 떠나기 전까
지 김유정은 사직동에 있는 그의 누님집에서 기거하고 있었다.
그는 퍽 게으르고 느렸다. 그의 방을 들어가 보면 이부자리도
걷지 않고 있는 때가 예사요, 책, 신문지, 담뱃갑, 재떨이 등으로
지저분하고 어디서 구하였는지 큼직한 요강이 방 한가운데 놓여
있었다. 게다가 동쪽으로 난 단 하나의 들창을 그렇게까지 햇볕
이 싫었는지 검정보자기로 들씌워서 방안을 어둠침침하게 만들
어놓은 후 담배만 들구 피워 연기가 자욱하였다.

이봉구가 말하는 '살려고 애쓰던 김유정'의 모습이다. 유정은 여기서도 더 있을 수가 없어서 병마에 시달리면서 광주(廣州)에 있는 조카의 집으로 내려갔다.

유정은 폐를 다시 앓아 거의 소생할 수 없는 사경에서 헤매면서도 머리맡에 '겸허(謙虛)'의 두 글자를 좌우명으로 써놓고 살려고 무던히 발버둥을 쳤다. 밤낮 때가 조르르 흐르는 검정두루마기를 입고 삐삐 마른 몸으로 그의 둘도 없는 친구 안모(安某)를 찾아가서,

"네가 나를 살려다구, 이대로 죽어갈 수는 없으니 제발 살려다오."

통곡을 하던 김유정. 그가 숨이 끊어지기 전에 안모에게 보낸 편지는 정말 목 메이지 않고는 읽을 수 없는 내용이다.

> 필승아,
> 나는 날로 몸이 꺼진다. 이제는 자리에서 일어나기조차 자유롭지 못하다. 밤에는 불면증으로 하여 괴로운 시간을 원망하며 누워 있다. 그리고, 맹열(猛熱)이다. 아무리 생가해도 딱한 일이다. 이러다가는 안 되겠다. 다시 도리를 차리지 않으면 이 몸을 다시 일으키기는 어렵겠다.
> 필승아,
> 나는 참말로 일어나고 싶다. 지금 나는 병마와 최후의 담판이다. 흥패가 이 고비에 달려 있음을 내가 잘 안다. 나에게는 돈이 시급히 필요하다. 그 돈이 없는 것이다.
> 필승아,
> 내가 돈 백원을 만들어 볼 작정이다. 동무를 사랑하는 마음으

로 네가 좀 조력하여 주기 바란다. 또다시 탐정소설을 번역하여 보고 싶다. 그 외에는 다른 길이 없는 것이다. 허니 네가 보던 중 아주 대중화되고 흥미있는 걸로 한두어 권 보내주기 바란다. 그러면, 내 오십 일 이내로 번역해서 너의 손으로 가게 해주마. 하거든 네가 극력 주선하며 돈으로 바꿔서 보내다오.

필승아,

물론 이것이 무리임을 잘 안다. 무리를 하면 병은 더친다. 그러나, 그 병을 위하여 엎집어 무리를 하지 않으면 안 되는 나의 몸이다.

그 돈이 되면 우선 닭을 한 30마리 고아먹겠다. 그리고 땅꾼을 들여, 살모사 구렁이를 십여 못 먹어보겠다. 그래야 내가 다시 살아날 것이다. 그리고, 군둥이가 쏙쏙구리 돈을 잡아먹는다. 돈, 돈, 슬픈 일이다.

필승아,

나는 지금 막다른 골목에 맞닥드렸다. 나로 하여금 너의 팔에 의지하여 광명을 짚게 하여 다오.

나는 요즘 가끔 울고 누워 있다. 모두가 답답한 사정이다. 반가운 소식 전해다우. 기다리마.

그러나 김유정의 소원은 이루어지지 않았을 뿐더러 병은 더 악화되었고 절망 또한 더해갔다. 유정의 문학은 따라서 더욱 패배자의 자소로 기울 수밖에 없었다.

패배자의 자소

사실은 원숙한 기법으로 주제화된 문체에 어떠한 인간상이 부각되어 있는가가 김유정 문학의 중심문제다. 실은 기법에 의

한 미적 구조나 개성적인 표현의 특이성은 인간상을 형상화하기 위한 수단에 불과하다.

김유정의 소설에서는 역사의식이 결여된 허전한 패배자의 자소겨운 인간상을 보게 된다. 이상과 같이 현대의 위기의식을 자아의 해체나 절규로 맞서는 주제의식도 없고, 이효석과 같이 인간의 본성의 해명이나 서정으로 감싸진 지적 승화도 없다. 그저 티없이 순결하고 소박하며, 운명적 생활에 순종하면서 내일을 그릴 줄 모르는 패배자의 자소 어린 모습이 있을 뿐이다. 반항과 절규나 내일에의 발버둥이 없는 오늘을 사는 인간들, 한정없이 맞고도 한정없이 빌며, 하염없이 아픈 가슴을 유머로 다듬어 고소(苦笑)를 띠는 주인공들이 변화할 줄 모르는 평면적 인물로 희화(戲畵)되어 있다.

일확천금을 꿈꾸는 놀음밑천을 마련하기 위해 아내를 이주사에게 보내면서 오히려 싱글벙글하는 「소나기」의 춘호나, 서울로 떠난 주인집 도련님을 하염없이 기다리는 「산골 나그네」의 이뿐이, 소시민의 전형들을 한데 모아놓은 것 같은 「따라지」의 따라지들, 옛 연인에게 아이까지 뺏기고 눈물을 흘리는 「야앵(夜櫻)」의 정숙이, 데릴사위의 비굴한 숙명을 희화적으로 그려 웃게 하는 「봄봄」의 나, 정조값으로 돈 2백 원을 받고 희희낙락하는 「정조」의 행랑어멈, 주인댁 딸인 점순에게 모진 구박을 받으면서 그 향기에 취하는 「동백꽃」의 나, 여인을 뺏기고도 이제는 싫다고 토라지는 「총각과 맹꽁이」의 덕만이, 모두가 무지하면서 티없이 순진한 인간들이다. 자기의 환경을 탓할 줄도 모르고, 상황을 벗어나기 위한 결단성도 없는 머저리 같은 인간들이다.

그저 얻어맞고 속으면서도 그것을 원망할 줄 모르고, 고소(苦笑)로서 희화하는 전근대적인 인간상들이 김유정이 창조한 인물들이다. 무슨 모랄이 있는 것도 아니고, 피부에 와 부딪는 대로 현실을 살아갈 뿐이다. 내일에의 발버둥이 없고, 고치를 뚫고 나비가 되려는 절규도 없이 그저 원시적인 생명감을 가지고 사는, 두메산골의 생활에 너무도 밀착된 인간들이 비굴한 웃음을 띠고 지나갈 뿐이다. 너무 티없이 착한 인간들이기에 동정이 앞서고 웃음이 스쳐가는 것일까. 식물적이며 정지된 인간들이 근대의식의 허수아비인 양 진열되고 있다.

백철(白鐵)은 농민의 생활감정에 밀착되어 있는 인간상들을,

유정은 그 유머의 특질을 효과있게 하기 위하여 농촌의 인물들, 그 인간성에서 실험하였다. 유정의 작품들은 그 제재성에서 볼 때에는 반드시 농촌의 것만이 아니고, 도시적인 것, 소시민의 생활을 쓴 것도 있지만 그가 정말 잘 알고 또 사랑하는 득의(得意)의 작품세계는 농촌이요, 그 인물들이었다. 그것은 유정이 가난과 고생으로 보낸 생장기의 생활체험과도 관련되어 있다. 유정 작품에 등장하는 농촌인물들의 단순하고 소박한 인간성을 어떤 정형성에서 파악한다면 무지하고 어리석은 인물, 가령 그의 대표작인 「봄봄」의 주인공 나(데릴사위) 같은 인물이다. 그의 소설을 읽으면서 독자가 웃음을 금할 수 없는 것은 그 어리석은 행동이 과장되어 표현된 데에 있다. 그러나 유정의 작품은 그저 독자를 웃기고 마는 소극(笑劇)이 아니다. 그 뒤에는 인간성의 진실미 같은 것이 관조되어 있다. 농민의 생활감정도 잘 파악하고 있다.

라고 말하고 있다. 실은 김유정은 의식적으로 인물을 설정하여 인간의 존재를 해명하고 구제의 모랄을 제시할 작가의식이 있는 것은 아니다. 그저 생활에 밀착된 인간들의 살아가는 모습을 그려놓았을 뿐이다. 그러기에, 위대한 사상을 교시하는 '위로부터의 문학'이나 현실을 토대로 새로운 인간상을 창조하는 '옆으로부터의 문학'이 아니요, 생활에 밀착한 '아래로부터의 문학'이라고 할 것이다.

그러기에, 유종호는 김유정의 문학적 공헌을,

> 김유정의 작가적 공적은 현실에 밀착하면서 한 시대의 우리의 고향 사람들과 그들의 삶을 생생하게 그려놓은 데서 그치지 않는다. 우린의 고향사람들의 생활을 제시함으로써 우리들의 가슴속에 맥맥히 흐르고 있는 생활감정과 감수성의 길을 맵시있게 포착할 수 있었다는 것은 중요한 공헌이다. 그가 발견하고 아마 최초로 형상화한 토착적 유머는 단순히 그의 문학의 매력을 더해 준다는 데서 그치지 않고 우리의 현대문학이 이루어놓은 가장 값있는 자기발견에 속한다. 「동백꽃」, 「산골」에서 우리는 지금은 스러져가나 한때 지배적이었던 겨레의 사랑의 현상학을 본다. 「아내」 등의 작품에서 한때의, 그리고 지금도 끊이지 않고 있는 흙냄새 나는 부부생활의 생태를 본다.

라고 말하고 있다.

웃음이 앞서면서도 친근감을 느낄 수 있는 무리의 인물들이라는 것이다. 그러나 적어도 왜 못사는가, 어떻게 이 암울한 현실을 뚫고 나가야 할 것인가에 대해서라도 고민하는 인간이어야 하지 않겠는가?

일제 치하에서 농민이나 소시민들이 기도 펴지 못한 채 한이 맺혀 발버둥치는 현실을 김유정은 미적으로 감수하여, 비극의 미학으로 소설화하고 있다. 현실을 고발하거나 개선하려는 역사의식의 결여로 김유정의 소설은 패배자의 비굴한 희화(戲畵)가 되고만 것이다.

지성인인 김유정이 왜 이렇게 현실을 외면하고 미적으로만 관조하게 된 것일까? 일상생활에서 전통적인 인간의 모습을 찾아 소중히 간직하면서, 내일에의 지표를 보여주고 행동의 모랄을 제시하여, 시대의 증언자가 되든가 교사가 되어야 할 것이 아니었던가. 하르트만(N. Hartman)은,

> 작가는 다른 삶이 본체 만체 하는 것 속으로 침잠하는 것이다. 이리 하여 작가의 눈은 언제든지 숨은 보물로 쏠리는 것이다. 그러므로, 작가의 눈이 발견하고 가르쳐주는 이 보물은 언제든지 일상적인 토사(土砂) 속에 숨어 있는 것이다. 그렇기 때문에 토사에만 집착하고 숙시(熟視)하고 침잠한다는 것은 소용없는 것이다. 이러한 의미에서 문학은 세계를 개시하는 것이다. 따라서, 문학은 실제적인 인간학 이상의 어떤 다른 것을 개발하는 것이다. 사랑의 가치를 개발한다는 것은 인간의 실제생활상에서 중요한 일이 아니지만, 그러나 우리의 인간생활을 윤택하게 하고 풍성하게 하는 뜻이다.

라고 이런 면을 강조하고 있다.

작가는 적어도 우리의 생활을 윤택하게 하고 풍성하게 하기 위하여 새로운 세계를 개시(開示)해야 한다. 김유정의 소설이 새

로운 세계를 개시하려는 역사의식이 없는 패배자로 희화가 되고만 것은, 그의 생활에서 온 소치라고는 해도 작가의식이 투철하지 못한 데서 온 결과이다.

김유정의 소설에서는 그날 그날을 생활하는 숱한 패배자들이 생활 속에 파묻혀 살고 있는 것이다.

김유정은 리얼리즘을 서정적으로 심화한 이효석과 함께 소설기법의 혁신과 강렬한 주제의식으로서의 변혁 등을 제시하면서 이상의 틈바구니에서 반짝하다가 사라졌다. 원숙해진 기법을 역사의식으로 주제화시킬 작가의식이 없어, 패배자의 희화를 남기는 피에로의 곡예만 보인 것이다. 김유정의 원숙한 기법은 황순원, 김동리 등에 와서 전통성 및 역사의식과 결부되어 한국의 현대소설을 보다 높은 차원으로 발전시키게 된다. 황순원의 「학」, 「나무들 비탈에 서다」, 「카인의 후예」, 「움직이는 성(城)」 등과 김동리의 「사반의 십자가」, 「무녀도」, 「황토기(黃土記)」와 같은 작품들은 김유정의 피에로의 곡예를 현실 사회에 투영하여 한국문학의 지표를 마련하고 있는 작품들이다.

소설의 고향인 인생을 울부짖고, 휴머니티가 처참하게 말살되고 있다. 작가는 안이하게 현실을 관조하며 웃음을 띠고 있을 것이 아니라, 시대를 증언하고 개선하려는, 고치를 뚫고 나비가 되려는 시대의식을 가져야 할 것이다.

이상이 자살할지 모르니 잘 살피라고 걱정하던 유정은 가난을 절규하면서 1937년 3월 29일 오전 6시 30분에 30세의 젊은 나이로 광주(廣州) 누님 집에서 영면(永眠)하고 말았다. 조카는 유정의 시체를 서울로 모셔다가 화장(火葬)을 하고 유골을 곱게 빻

아서 그 가루를 한강에 띄웠다.

그렇게 삶을 절규하던 유정은 말없이 흐르는 한강을 따라 고혼(孤魂)이 되고, '무지개와 같이 나타났다가 무지개와 같이 가버린' 그의 작품만 살아 있으니 정말 인생은 허무하고 덧없는 것인가!

일탈과 실험의 이상李箱

19세기 땅에서 20세기를 살려던 귀재 이상, 기사로서의 평탄한 길을 버리고 문학에 투신하여「오감도(烏瞰圖)」로써 세상을 발칵 뒤집어놓고,「날개」로써 현대소설의 기틀을 마련하여 수많

은 작품을 남긴 이상. 인부들이 '이상'이라고 잘못 부른 것을 필명(筆名) 이상(李箱)이라고 한 김해경(金海卿), 각혈로 백천 온천에 간 것이 기연이 되어 만난 금홍(錦紅)이와 뒤에 임(姙)이의 두 여인이 이상의 생애를 가늠해놓는다.

　나태와 사업의 실패로 고민하다가 동경으로 탈출한 이상은 날개를 펴고 날려는 꿈도 사라지고 이국의 하늘 아래서

레몬의 향기를 그리면서 영원히 눈을 감고 말았다.

「오감도」와 「날개」, 「12월 12일」로 문학의 금자탑을 이룬 이상 문학은 전후에 와서야 그 진가를 인정받아 빛을 발하고 있다.

젊은 건축기사

이상은 작가나 시인이기 전에 표지도안 모집에 당선한 것을 비롯하여 선전(鮮展)에 「화상(畵像)」이라는 유화가 입선된 화가요, 경성고공(京城高工)을 졸업하고 조선총독부에서 근무하기도 한 젊은 건축기사였다. 각혈로 총독부를 그만두지 않았더라면, 여가로 그림이나 그리며 생활을 즐기는 멋있는 관리로서 생을 마쳤을지도 모른다.

이상은 1910년 음력 8월 20일 묘시(卯時)에 서울의 사직동에서 태어났다. 부친은 통인동 154번지에서 사는 김병복(金炳福)의 둘째 아들인 연창(演昌)이요, 자그마한 이발소를 경영하고 있었다. 큰아버지 연필(演弼)은 결혼하여 총독부 관리로 나가고 있었으며, 할아버지 학준(學俊)이 고종황제 때 도정(都正)이라는 벼슬을 산 중산계급에 속한 집안이었다. 부친 연창이 박세창(朴世昌)과 결혼하여 사직동에 분가하였다. 이상을 낳기 전 어머니 박세창은 이상한 꿈을 꾸었다.

집안에 대사가 있어서 집안을 정리하다가 괭이로 헛간의 바닥을 고르게 되었다. 그때 괭이 끝에 부딪히는 것이 있었다. 별안간 눈부신 흰 빛이 났다. 자세히 더듬어보니 은항아리가 하나, 은대접·은수저 등이 수없이 나오지 않는가. 기쁘고 놀라

탄성을 지르다가 꿈이 깨었다.

이상이 출생하자 손이 없는 집안에 경사가 일어났다. 사직동의 아버지가 큰집으로 합쳤다. 이상이 다섯 살 때 아버지가 다시 분가해 나갔어도 이상은 줄곧 큰집에서 자라 각혈로 총독부를 그만둘 스물네 살까지 통인동에서 살았다.

이상은 누상동(樓上洞)에 있는 신명학교를 거쳐 동광학교로 진학했고, 그 학교가 보성보고에 병합되어 해당 학년인 4학년에 편입되었다. 중학시절에는 다른 학생들과 별로 어울리지 않고 무슨 생각에 잠기거나 하는 비교적 조용한 성품이었다. 취미는 손장난과 그림 그리기였다.

그 무렵 봉목골(지금의 적선동)로 이사한 양친에게서 동생 운경(雲卿)과 누이동생 옥희(玉姬)가 태어났다. 이상은 화가를 꿈꾸며 5전씩 주어가면서 옥희를 모델로 하여 그림을 그렸다. 이사의 그림솜씨가 차차 두각을 나타내 교내 미술전에 유화 '풍경(風景)'을 출품하여 우수상을 받았다.

이상의 집안은 그 무렵 차차 몰락해가고 있었다. 백부는 노경에 들어 총독부를 그만두고 벌인 사업에 실패했다. 이상은 그런 가운데 경성고공 건축과로 진학하였고, 1920년 졸업 후 총독부 건축과 기사(技師, 그때는 技手)로 근무했다. 기사로 있으면서 이상은 그림도 그리고 시를 발표하기도 했다.

그해 조선건축회 기관지인 〈조선과 건축〉에서 표지도안을 공모할 때 1등과 3등에 당선됐고, 1931년의 선전(鮮展)에 유난히 노란색을 많이 쓴 작품 '화상(畵像)'이 당선되기도 하여 미술에서의 재질을 나타내었다. 또한 그 무렵에 「이상한 가역반응」이란

시를 발표하기 시작하여, 시 「건축육면각체」를 이상이라는 이름
으로 발표했다.

이상의 본명은 김해경이다. 그가 본명 대신에 이상이라고 불
리게 된 데에는 재미있는 일화가 있다. 그가 건축기사로 있을
당시 의주통(義州通) 전매청 공사현장에서 일하던 인부들이 그가
김가인 것을 이씨인 줄 잘못 알고 '리상'(당시 이상이라고 부르
는 말)이라고 불렀던 것을 필명으로 썼다는 얘기다. 이름 석 자
를 위해서 생명도 불사하는 세상에 한 인부가 잘못 알고 부른
것을 보고 본명 김해경을 내던진 것을 보면, 세속적이 아닌 이
상의 독특한 성품을 알 수 있다.

건축기사 당시의 이상은 조타이를 맬 정도의 단정한 신사였
다. 더구나 이상의 귀재(鬼才)는 조금 뒤에 총독부에서도 그 이
름이 나게 되어 이상의 앞길은 양양하게 보였다.

총독부의 내무국 건축과장인 일인 심석은 처음에는 이상을
못마땅하게 여겼다. 이상은 사무실의 깔끔하고 사무적인 분위기
에는 아랑곳없이 과장이 보거나 말거나 먼 산을 쳐다보며 담배
만 피우고 있었다. 과장은 여러 번 주의를 주었지만, 이상은 그
런 말에는 아랑곳없이 무엇을 생각하면서 낙서만 할뿐이었다.
화가 치민 과장은 그렇지 않아도 고공(高工)을 나와서 얄밉게 생
각하던 터에 잘되었다고 생각하여, 그가 도저히 할 수 없는 일
을 맡겼다. 급한 서류라면서 산더미 같은 서류를 빨리 정리하라
고 명령하고는 그 결과를 주시하고 있었다. 저놈의 게으름뱅이
가 무슨 재주로 일주일은 족히 걸릴 일을 해내겠느냐고 빙긋이
미소를 띄우고 있었다. 상관을 잘 모실 줄 모르는 것은 그만두

고라도 과 내의 분위기마저 흐리게 하니 이번 계제에 해직시켜 버리겠다고 벼르고 있었다.

한데, 처음에는 어리둥절하던 이상이 서류를 만지작거리더니 남들은 일주일이나 걸릴 일을 이틀 만에 거뜬하게 해내는 것이 아닌가. 놀란 과장이 다시 서류를 맡기고 살펴보니 이상은 그만이 사용하는 암호 같은 것을 이리저리 맞추어서 답을 얻고, 그리하여 숫자 하나 틀리지 않은 정확한 계산서를 만든 것이었다.

이것을 본 과장은 이상의 귀재(鬼才)에 감탄했다. 그리고 그가 관방회계과(官房會計課)로 가면서도 이상을 데리고 가는 등 신임이 대단해졌다. 하지만 이상은 담배나 피우고 먼 산을 바라보거나 하면서 천하가 태평한 태도였다. 날마다 하는 소리가 '심심해 죽겠다'는 것이니, 귀재인 이상에게는 자기의 능력을 충분히 발휘할 수 있는 곳이 못 되었던 모양이다.

그럴 무렵에 이상은 각혈을 했다. 이상은 평소에 일인 밑에 있는 것이 불만스러웠던 총독부 기사 자리를 내놓고 화우(畵友)인 구본웅(具本雄)과 같이 백천온천으로 요양을 갔다 이 백천온천에서 알게 된 여인이 이상의 생애에 결정적인 영향을 미친 기생 금홍(錦紅)이었다. 금홍을 만나는 장면도 재미있지만 그들의 동거생활은 더욱 이색적이었다.

백천온천과 여인

금홍이 어떤 모습의 여성인지는 잘 알 수 없으나, 「날개」와 「봉별기(逢別記)」, 「지주회시」 등에 그려져 있는 것을 보면, 제법 요염하고 정이 두터운 여인이나, 기생으로서의 생활의 모랄을 그대로 가지고 있는 여인이었던 모양이다. 키는 작은 편이고 갸름한 얼굴에 예쁘장하면서도 매서운 눈매의 여인인 금홍이 이상의 생애에 결정적인 영향을 준 것이다.

각혈로 총독부를 그만둔 이상은 "게서 나는 죽어도 좋다."라는 심정으로 여섯 달 잘 기른 수염을 면도칼로 다듬어 코밑에 나비만큼 남겨 가지고, 약 한 재를 지어 들고 화가 구본웅(具本雄)과 같이 백천온천으로 갔다. 거기에서 운명의 여인 금홍을 만난 것이다. 후일에 발표한 일인칭 소설 「봉별기」에서 금홍과의 봉별(逢別)을 잘 그리고 있다.

<blockquote>

사흘을 못 참고 기어, 나는 여관 주인 영감을 앞장세워 밤에 장고소리 나는 집으로 찾아갔다. 게서 만난 것이 금홍이다.

"몇 살인구?"

체대(體大)가 비록 풋고추 만하나 깡그라진 계집이 제법 맛이 맵다. 열여섯 살? 많아야 열아홉 살이지 하고 있자니까,

"스물한 살이에요."

"그럼 내 나이 몇 살이나 돼 보이지?"

"글쎄, 마흔? 서른아홉?"

나는 그저 흥, 그래버렸다. 그리고, 팔짱을 떡 끼고 앉아서는 더욱 더욱 점잖은 체했다.

</blockquote>

이것이 이상과 금홍이 처음 만난 장면이다. 그날 저녁 이상은 나비 같다면서 달고 다니던 코밑 수염을 밀어버리고 구본웅 화백과 같이 금홍이를 찾아가 술을 먹으면서 어디서 본 분 같다

는 금홍의 말에,

"엊저녁에 왔던 수염난 양반네가 바로 아들이지. 목소리꺼지
닮았지?"
하고 농담을 하고는 구본웅과 여관에 같이 가서 가위바위보로
금홍을 차지하기로 제의했다. 그러나, 구본웅이 변소에 가는 체
하고 가버려 부전승으로 금홍을 차지했다.
그날 밤에 금홍이는 자기가 경산부(經産婦)라는 것을 감추지 않
았다.

> "언제?"
> "열여섯 살에 머리얹어서 열일곱 살에 낳았지."
> "아들?"
> "딸."
> "어딧나?"
> "돌 안에 죽었어."
> 지어 가지고 온 약은 집어치우고 전혀 금홍이를 사랑하는 데
> 만 골몰했다. 못난 소린 듯 하나 사랑의 힘으로 각혈이 멈추었
> 으니까―

이렇게 맺어진 금홍과의 관계는 더욱 깊어져 갔으나 이상은
금홍을 다른 사람에게 권하면서도 서로 곁을 떠나지 않는 뜨거
운 사이가 되었다. 이상은 프랑스 유학생 유야랑(遊冶郎)과 변호
사 C씨에게 금홍을 권하고도 독탕에 든 그들을 보곤 했다. 또한
금홍도 그들이 준 십 원짜리 지폐를 자랑하기도 했다.
이상과 금홍은 이렇게 맺어졌고, 또 이러한 부부생활을 시작

했다. 3년 뒤에 발표한 「날개」에서도 이러한 여인이 그려져 있으나, 정조(貞操)에 대한 준엄성을 가진 이상은 금홍을 왜 그렇게 대했는지는 알 수 없는 일이다. 이상은,

> 이런 경우—즉 '남편만 없었던들', '남편이 용서만 한다면' 하면서 지켜진 아내의 정조(貞操)란 이미 간음(姦淫)이다. 정조는 금제(禁制)가 아니요, 양심이다. 이 경우의 양심이란 도덕성에서 우러나오는 것을 가리키지 않고 '절대의 애정' 그것이다. 만일 내게 아내가 있고 그 아내가 실로 요만 정도의 간음을 범한 때 내가 무슨 어려운 방법으로 곧 그것을 알 때 나는 '간음한 아내'라는 뚜렷한 죄명 아래 아내를 내쫓으리라.
> 나는 내 아내를 버렸다. 아내는 "저를 용서하실 수 없습니까?" 한다. 그러나 한 번도 용서라는 것을 생각해 본 일이 없습니다.

라고 했듯이 정조에 대한 엄격성을 지니고 있었다.

일체의 형식을 떠난 절대적인 애정을 말하는 이상이 금홍에 대한 절대적인 애정을 믿어 그렇게 했는지는 모를 일이다. 어떻든 금홍이 비록 작부 출신이기는 하지만 이상의 첫정의 여인이요, 또 끔찍이 사랑했던 흔적을 그의 작품에서 찾아볼 수 있는 여인이다.

백부의 소상 때문에 금홍에게 10원짜리 지폐를 쥐어주고 서울에 온 이상은 청진동 골목 조선광업소(朝鮮鑛業所) 아래층에 스스로 설계한 '제비'라는 다방을 열어, 뒤따라온 금홍과 주방 옆에 있는 방에서 동거생활을 시작했다. '제비'의 주인은 이상이요, 마담은 금홍이었다. 「봉별기」에서 신접살이의 애정을 다음

과 같이 서술하고 있다.

> 금홍이가 내 아내가 되었으니까 우리 내외는 참 사랑했다. 서로 지나간 일은 묻지 않기로 했다. 과거래야 내 과거가 별로 있을 까닭도 없고 말하자면 내가 금홍의 과거를 묻지 않기로 한 약속이나 다름이 없다.
>
> 금홍이는 겨우 스물한 살인데, 서른한 살 먹은 사람보다 나았다. 서른한 살 먹은 사람보다 나은 금홍이가 내 눈에는 열일곱 살 먹은 소녀로만 보이고, 금홍의 눈에 마흔 살 먹은 사람으로 보인 나는 기실 스물세 살이요, 게다가 주책이 좀 없어서 똑 여남은 살 먹은 아이 같다. 우리 내외는 이렇게 世上에도 없이 현란하고 아기자기했다.

이렇게 스물세 살의 이상과 스물한 살의 금홍의 꿈 같은 생활이 시작되었으나, '제비'는 잘될 리가 없었다.

'제비'에는 구인회(九人會) 동인인 박태원(朴泰遠), 정인택(鄭人澤), 윤태영(尹泰榮) 등이 출입할 뿐 한산했다. 당시 화가 구본웅의 소개로 알게 된 박태원은 이상의 익살과 유머스러운 화풍(話風)에 반했고, 김기림(金起林)은 이상의 시「운동」을 보고 크게 감동했다. 또한 이태준(李泰俊)도 알게 되었다.

'제비'는 그 이듬해 9월에 문을 닫고 말았다. 세(稅)도 변변히 내지 못하여 일인인 주인이 명도소송을 하여 승소(勝訴)함으로써 이상의 첫 사업은 실패로 그치고 말았다. 그때 이상은 일찍 일어나서 나가는 일이 도무지 귀찮아서 자고 있었기에 불리한 궐석재판을 받고 만 것이다.

이상은 그 뒤에 인사동에 있는 카페 '쓰루[鶴]'를 인수 경영하다가 실패하고, 종로1가에서 '69(식스나인)'이라는 다방을 내기도 하고, 명치정(明治町)에서 다방 '무기[麥]'를 설계하다가 양도하기도 하였으나 다 실패하고 말았다.

그러는 사이에 금홍에게는 예전 생활에 대한 향수가 찾아들었다. 불규칙하고 나태한 생활에 실증을 느끼고는 다시 술집에 나가기 시작한 것이다.

이상은 참새와 같이 덥수룩한 수염을 기르고 머리는 더벅머리여서 '봉발(逢髮)의 작소(鵲巢)'라는 별명을 받기도 할 정도의 애브노멀한 생활을 했다. 세수도 며칠 만에 하고 떨어져 가는 코르덴 양복에 언제나 백화(白靴)를 신고 다녔다. 정오가 넘어서 일어난 이상 부부는 아침 겸 점심을 먹는 둥 마는 둥 하고 부부 동반하여 사이좋게 나가는 것이다. 그들은 어디로 같이 가는 것이 아니라 각기 다른 집으로 가, 이상은 술에 취하고 금홍은 노래를 부르면서 작부 노릇을 했다. 그리하여 이상은 「지주회시」의 내용 그대로 피를 빨아먹고 사는 거미와 같이 되어버린 것이다. 금홍은 다른 남자의 품에 안겨서 돈을 벌었고, 「날개」에서의 '나'와 같이 이상은 금홍의 사업을 위해 방을 비켜 주기까지 하는 기이한 동거생활을 한 것이다. 그러면서도,

내게서 버림받은 계집이 매춘부가 되었을 때, 나는 차라리 그 계집에게 은화(銀貨)를 지불하고 다시 매춘할 망정 간음한 계집을 용서하지도 않는 잔인한 악덕은 범하지 말아야 한다고 나는 나 자신에 타이른다.

천하의 여성은 다소간 매춘부의 요소를 품었느니라고 나 혼
자 굳이 신념한다. 그 대신 내가 매춘부에게 은화를 지불하면서
는 한 번도 그네들을 매춘부라고 생각한 일이 없다. 이것은 내
금홍이와의 생활에서 얻은 체험만으로 성립되지 않은 이론같이
생각되나 기실은 내 진담이다.

라고 말하며 괴로워하고 있다.

어느 날 이상은 이유 없이 금홍에게 얻어맞고 집을 나왔다.
나흘째 되는 날 아내의 분도 어지간히 풀렸으려니 하고 돌아와
보니 금홍은 때묻은 버선을 윗목에다 벗어놓은 채 어디론가 가
버린 뒤였다. 금홍은 그 뒤에도 엽서(葉書)처럼 홀연히 나타나기
도 했다가 아주 가버린 것이다. 「봉별기」에서 이상은,

나는 하루 금홍이에게 엽서를 띄웠다.
"중병에 걸려 누웠으니 얼른 오라"고. 금홍이는 와서 보니 참
딱했다. 이대로 두었다가는 역시 며칠이 못 가서 굶어죽을 것만
같이만 보였던가 보다, 두 팔을 부르 걷고 그날부터 나서서 벌
어다가 나를 먹여 살린다는 것이다.
"오―케―"
인간천국(人間天國)―그러나, 날이 좀 추웠다. 그러나, 나는 대
단히 안일하였기 때문에 재채기도 하지 않았다.
이러기를 두 달, 아니 다섯 달이나 되니 금홍이는 홀연히 외
출했다.

라고 금홍이와의 이별을 서술하고 있다.
이렇게 하여 이상과 금홍의 3년 남짓한 동거생활은 끝이 났

다. 금홍은 이상의 운명을 돌려놓았을 뿐 아니라, 깊은 애정의
흔적을 남기고 사라졌다.

그러나 금홍은 이상의 많은 작품에, 특히 대표작 「날개」를 위
시하여 「봉별기」, 「지주회시」, 「종생기(終生記)」, 「실화(失花)」 등
을 낳게 하여 작품 속에서 영원히 살고 있다. 문제의 시 「오감
도」를 비롯한 많은 시와 소설도 금홍과의 동거생활을 소재로
하고 있은, 금홍은 이상 작품의 발상적 동기를 이루고 있다.

「오감도」와 「날개」

다방 '제비'는 경영에는 실패했지만, 구인회를 주로 한 여인
과 화가와 친지들이 모이는 좋은 아지트 구실을 했다.

이상은 1943년에 구인회에 가입했다. 이효석(李孝石), 박태원(朴
泰遠), 정지용(鄭芝溶), 김기림(金起林) 등과 구본웅 화백, 윤태영 등
이 자주 드나들었다.

이상은 '제비'의 주방 옆방의 벽에 수없는 낙서를 하면서 금홍
과 뒹굴면서 소일했다. 그 낙서가 2천 점이 넘는 이상의 시였다.

당시 〈조선중앙일보〉의 문화부장으로 재직하던 상허(尙虛) 이태
준은 이상과 가까운 구보(仇甫) 박태원과 상의하여 이상의 시를
발표하기로 했다. 이 작품이 바로 천하를 발칵 뒤집어놓고 한국
현대문학의 한 전환점을 이룬 「오감도」였다.

이상이 "2천 점에서 30점을 고르는 데 땀을 흘렸다."고 술회하
고 있는 「오감도」는 처음부터 말썽이었다. 원고가 인쇄소로 내려
가자 문선(文選)에서 '오감도(烏瞰圖)'는 사전에도 없는 '조감도(鳥瞰

圖)'의 오자(誤字)가 아니냐고 물으러 온 데서부터 말썽이 시작되
었다. 문화부에서 간신히 사정하여 교정으로 넘어가니, 이것도
시라고 할 수 있느냐, 또 이것은 신문을 버리게 되는 것이니 싣
지 말자고 편집국장에게까지 진정을 하는 법석이 벌어졌다.
   이렇듯 내부의 어려움을 무릅쓰고 발표를 했으나, 이번에는 독
자로부터의 항의가 빗발같이 몰려들었다. "이 시인의 정신상태를
의심한다." "무슨 수작인지 알 수가 없다." "도대체 어쩌자고 이
따위 글을 발표하느냐?" "미친 놈의 잠꼬대냐?" 등 수많은 항의
가 들어왔다. 문화부장인 이태준이 사표를 주머니에 넣고 다니며
버티어 보았지만, 결국 「오감도」는 15편을 연재하다가 중단되고
말았다.
   「오감도」는,

        十三人의 兒孩가 道路로 疾走하오
        (길은막다른골목이 適當하오)

로 시작한 「시제일호(詩第一號)」에서 띄어쓰기를 하지 않거나, 숫
자를 뒤집어놓고, 활자의 크기를 달리하고 초현실(超現實)의 의
식을 그린 작품으로서 그 당시에는 도저히 이해가 될 수 없었
다. 불안과 소외, 고독을 30년 앞서 직감하고 표현한 시를 이해
할 수 없음은 당연한 일이다.
   「오감도」가 중단되었을 때 이상은 발표되지는 않았으나 「오
감도 작자의 말」이라는 짧막한 글을 썼었고, 이것은 친지에 의
해서 전해지고 있다.

「오감도 작자의 말」

　왜 미쳤다고 그러는지, 대체 우리는 남보다 수십 년씩 떨어져도 마음놓고 지낼 작정이냐. 모르는 것은 내 재주도 모자라겠지만, 게을러빠져서 놀고만 지내던 일도 좀 뉘우쳐보아야 아니하느냐. 여남은 개쯤 써보고서 시 만들 줄 안다고 잔뜩 믿고 굴러다니는 패들과는 물건이 다르다. 이천 점에서 삼십 점을 고르는 데 땀을 흘렸다. 31년, 32년 말에서 용대가리를 떡 꺼내어놓고 하도들 야단에 배암꼬랑지커녕 쥐꼬랑지도 못 달고 그만두니 서운하다. 깜빡 신문이라는 답답한 조건을 잊어버린 것도 실수지만 이태준, 박태원 두 형이 끔찍이도 편을 들어준 데는 절한다. 철(鐵)—이것은 내 새 길의 암시요, 앞으로 제 아무에게도 굴하지 않겠지만 호령하여 애코가 없는 무인지경은 딱하다. 다시는 이런—물론 다시는 무슨 다른 방도가 있을 것이고 우선 그만둔다. 한동안 조용하게 공부나 하고 정신병이나 고치겠다.

　세상을 발칵 뒤흔든 「오감도」는 이렇게 해서 중단되고 말았으나, 이상은 중단된 일에 대해서 씻은 듯이 잊어버렸는지 그 뒤에는 다시 입을 열지 않았다.

　금홍이와 헤어지고는 '쓰루'니 '69'와 같은 사업을 걷어치우고 성천으로, 인천으로 방랑했다. 「성천기행(成川紀行)」과 인천에서 이효석에게 보낸 사신(私信)은 그 방랑에서 씌어진 것이다.

　그후 구본웅 화백이 경영하는 인쇄소 겸 도서출판사인 창문사(彰文社)에서 일급(日給) 1원 40전을 받으면서 구인회의 동인지 〈시와 소설〉을 편집했다. 얼마 후 40페이지밖에 안 되는 제1집을 내놓았다. 이상이 잘 나가는 다방 '낙랑'에서 윤태영에게 〈시

와 소설)을 보이면서 거기에 실린 시 「가외가전(街外街傳)」을 주
옥같은 시라고 했다. 윤태영이 구인회를 스타일리스트들의 모임
이라고들 한다고 말하니,

> 그래 내가 다만 스타일(文體)에만 얽맨단 말이오? 물론 문학
> 이 예술의 한 부분인 만치 스타일을 생각지 않을 수 없으되 스
> 타일에 얽매서 문학 내용이 좌우돼서야 되우? 두고 보시오, 괴
> 재(鬼才—일부러 '괴'라고 발음했다.) 이번이 궐작(傑作—이것도
> '궐'작이라고 발음) 소설 하나 썼소. 잡지 〈중앙〉에 주었는데 명
> (名)하여 「지주회시」라 했소. 윤형도 읽어보면 놀랄 것이오.

이런 소리를 하면서, 한 치 넓이쯤 되는 종이 한 조각을 속주
머니에서 뒤적거려서 꺼내더니,
"이것이 소설 원고 중의 원고요."
라고 말했다.
윤태영이 자세히 보니 깨알같은 글씨로 가득 차 있었다. 이상
은 윤태영의 의아해하는 표정을 보면서,
"아니 그것은 원고의 초안이라는 말이오. 나는 버릇이 원고의
첫머리부터 끝까지 계속해서 쓰지를 못 하오. 중간의 한 대목씩
가지고 그것을 다시 이어서 새로 원고를 쓰는 버릇이 있구료."
라고 했다.
1936년 5월 14일 박태원, 정지용과 함께 남산 밑에 있는 민요
시인 김소운(金素雲)의 집에 가서 놀다가 늦게 돌아오면서 이상
이,
"내가 〈중앙〉에 하나 갖다준 것은 모르겠구료. 이제부터는 소

설을 쓰겠소. 〈중앙〉의 것은 말할 나위 없이 걸작이구, 다음은
좀더 걸작인 「날개」라는 소설을 지금 착수하고 있소. 이건 참
대작이오.”
라고 말하면서 남대문통을 활보했다.

이때 착수한 작품이 그해 9월에 〈조광〉에 발표된 「날개」다.
같은 해 〈중앙〉 6월호에 발표됐던 「지주회시」는 어렵고 모를
소설이라고 해서 눈을 끌지 못했지만, 「날개」는 놀라울 정도로
문제시되어 자고로 걸작이라고들 했다. 당시에 최재서(崔載瑞)는
“「날개」는 한국 리얼리즘의 심화(深化)”라며 극구 찬양했다.

33번지의 18가구가 모여 사는 셋집의 ‘나’와 ‘아내’, 일체 외
부와 단절하고 그저 안으로 안으로 칩거해 가는 ‘나’. 아내의 매
음(賣淫)을 위해 자리를 비워 주고 세속적인 가치 기준을 부정하
며 ‘날개야 돋아라’고 절규하는 ‘나’의 생활을 심리적 기법으로
그려놓은 소설이다. 「날개」의 끝 부분에서는 ‘내’가 부르짖는
장면을 이렇게 그리고 있다.

> 나는 불현듯이 겨드랑이가 가렵다. 아하, 그것은 내 인공의
> 날개가 돋았던 자국이다. 오늘은 없는 이 날개, 머리 속에서는
> 희망과 야심이 말쇄된 페이지가 딕셔내리 넘어가듯 번떡였다.
> 나는 걷던 걸음을 멈추고 어디 한 번 이렇게 외치고 싶었다.
> 날개야, 다시 돋아라.
> 날자, 날자, 한 번만 더 날자꾸나. 한 번만 더 날아 보자꾸나.

「날개」에서 아내를 매춘시키는 일에 대해서 비난이 많았다.
계속해서 금홍과의 이야기인 「봉별기」가 〈여성〉 12월호에 발표

되었는데, 이상의 작품이 발표될 때마다 세평(世評)이 자자했다.

이상은 당대에는 받아들여지지 못하는 20세기 정신을 부여잡고 현실을 탈출하려고 했다. 이러한 심적 고뇌를 소설 「실화(失花)」에서 털어놓고 있다.

> 슬퍼? 응— 슬플 밖에— 20세기를 생활하는데 19세기의 도덕성밖에 없으니, 나는 영원한 절름발이로다. 슬퍼야지— 만일 슬프지 않다면 나는 억지로라도 슬퍼해야지……그러나, 이제는 다 틀렸다. 봐라 내 팔, 피골이 상접, 아야아야, 웃어야 할 터인데 근육이 없다. 울려야 할 근육이 없다. 나는 형해(形骸)다. 나—라는 정체는 누가 잉크 짓는 약으로 지워버렸다. 나는 오직 내—흔적일 따름이다.

또한 세평(世評)이 심하게 일어날 때마다 이상은,

"나는 19세기와 20세기 틈바구니에 끼어 졸도하려 드는 무뢰한(無賴漢)인 모양이오."

라고 말하기도 하고, 모두가 허세라고 말할 때는,

"나는 다시 한 번 말하오. 그렇지만 나는 임종할 때 유언까지도 거짓말을 해 줄 결심입니다."

라고 세상을 비웃으며, 홀로 고독하게 살아간다.

서울로부터의 탈출

이 무렵 이상은 남몰래 어떤 여인과 청계천 관수교 다리를 지나서 황금정(지금의 을지로)의 일인들이 사는 어느 셋집에 숨어서 동거생활을 하고 있었다. 그 여인은 이상의 후기 작품에 임(姙)이라고 나오는 변동임(卞東姙). 이화여전 출신으로 용모나 교양으로 보아 당대 일류의 아가씨요, 멋쟁이였다. 게다가 「인맥(人脈)」, 「천맥(天脈)」의 연작 「삼맥(三脈)」의 작가인 최정희(崔貞熙)의 친구였고, 이상과 잘 아는 친구의 누이동생이기도 했다. 그녀는 해방 후 서양화가 김환기(金煥基)의 부인이 되어 김경안(金卿岸)이란 이름으로 수필과 단편을 몇 편 발표했다. 이상은 6월경에 임(姙)과 남몰래 일인의 가옥 뒤에 외따로 떨어져 있는 구옥인 초가에서 살림을 차렸다.

이상은 임(姙)이를 한 번 보자, 백천온천에서 금홍이를 만날 때처럼 열병 환자와 같이 되고 말았다. 이상은 변동임을 직접 만나서 담판 지으려고 어떻게 했는지 모르지만 다방에서 만나기로 약속을 받아내었다.

그러나 약속한 날도 이상은 여전히 늦게 일어나 더벅머리인 '봉발의 작소'를 하고 세수도 하는 둥 마는 둥 하고 약속한 장소에 나갔다. 열이 오를 정도로 그리던 여인을 만나러 가는데 면도를 하고 기름을 바르고 와이셔츠라도 갈아입고 가야 할 일이 아닌가. 그러나 이상은 매사가 귀찮은 관계로 그대로 나가 다방에서 한 10여 분을 기다리고 있었다.

이윽고 오빠와 같이 온 변동임, 제법 세련되고 맵시 있는 여인이었다. 한데 변동임을 보자마자 이상은 얼굴이 붉어지고 어쩔 줄을 몰랐다. 평소에 유머가 풍부하고 유아독존(唯我獨尊)격으로 떠들어대던 이상이 얼굴이 붉어지면서 어찌할 바를 몰라했다. 이상은 어떻게 했으면 좋을지 몰라 차에 넣으라고 가지고

온 각설탕을 만지기 시작했다. 호두를 주무르듯 만지작거리니
씻지 않은 손의 때가 하얀 설탕에 묻어 까맣게 되었다. 그것을
바라보고 서 있던 레지가,
　"선생님, 차가 식기 전에 어서 드세요."
라고 은근히 주의를 환기시켰다.
　그러나 그 말을 들은 이상은 대꾸도 하지 않고, 고개를 숙이
고 여전히 설탕을 만지작거렸다. 하나, 둘, 셋…… 자꾸만 설탕
에 때가 묻어 채색되어 가고 있다.
　처음부터 더벅머리에, 아래위 맞지 않은 양복을 입고 백화를
신은 이상을 빠끔히 쳐다보고 있던 레지인지라, 보다못해 설탕
을 휙 집어가지고 가면서,
　"참 별꼴 다 보겠어. 왜 새까매진 설탕을 누구보고 먹으란 말
이에요."
　한마디 뱉고 가버렸다.
　다른 손님들도 이 기인(奇人)의 행동을 보면서 모두 웃어대고
있었다.
　더 이상 그 자리에 앉아 있을 수 없는 일행은 그 자리에서 일
어섰다. 뒤에서는 레지의 욕설과 손님들의 웃음소리가 들려왔다
변동임은 처음부터 이상을 유심히 바라보고 있을 뿐이었고, 이
상은 사랑한다는 말 한마디 못하고 나온 것이다. 그런 뒷날 뜻
밖에도 한 장의 편지가 날아왔다. 임(姙)이가 곱게 쓴 사연이었
다.

　　먼저 연민의 정이 앞섰습니다. 연민은 사랑의 시초일지도 모

릅니다.

　당당한 시민이 못 되는 선생님을 저도 따르기로 하겠습니다.

　이리하여 음력 9월 3일 금홍에 이은 두 번째 신접살림을 임
(姙)이와 황금정에서 은밀히 시작한 것이다.

　이때의 이상의 심정은 「실화」의 처음과 종말에 나올 분 아니
라, 간주곡처럼 「실화」의 도처에 나오는

　　사람이 비밀이 없다는 것은 재산이 없는 것처럼 허전한 일이
　다.

라는 말과 같았을지도 모른다. 그 은밀한 새 집에 신문기자였던
정인택과 윤태영이 급습했으나, 이상은 별로 당황한 기색은 아
니었고, 단지 방바닥 밑에 극약을 넣고 있을 정도로 자신에 대
해서 고민하고 있었다.

　당시 폐병으로 앓아 누워 있던 김유정을 찾아가 둘이 자살하
자고 얘기했다는 것도 그 무렵이었다. 이상은 그날 밤에 자기의
운명을 종언하는 것을 예기했던지 「종생기」를 구상중이라고 말
했다.

　이상은 변동임과의 동거로써도 고민을 해소할 수는 없었기에,
당시의 비평가인 김문집(金文輯)이 이상의 소설을 59점이라고 낙
제점수를 매긴 것을 위시하여 세인(世人)이 혹평하는, 몇 번의
문제를 일으킨 데 불과한 자기의 작품세계를 한층 비약시키고
생활의 전환을 시키기 위해 동경으로 탈출할 것을 결심한 것도
이 무렵이었다.

이상은 친구들에게,

> 그렇지 않소. 등잔 밑이 어둡다고. 동경이 훨씬 나을 꺼요. 나는 이제 한 삼 년 공부하겠소. 그래서 이 노멀하지 못한 생활의 굴욕에서 탈출해야겠소. 나는 이제는 다른 말을 찾아내지 않으면 안 되게 되었소. 나는 달에 대한 일은 모두 잊어버려야 하오—새로운 달을 발견하기 위하여……나는 엄동(嚴冬)과 같은 천문(天文)과 싸워야겠소.

라고 말했다.

임(姙)이와의 신접살림으로도 이상의 고독과 소외는 해소되지 않았다. 신접살림 3개월 만에 이상은 임이와 윤태영, 박태원, 정인택의 전송을 받으면서 새로운 전환을 위하여 고국을 떠난 것이다. 역(驛) 이층에 있는 식당에서 임이와 함께 윤태영이 사는 저녁을 먹으면서 커피가 나오자,

"동경의 커피는 경성의 커피보다 맛이 있겠지? 그리고 윤군과 하루 종일 열두 잔씩 마시던 커피는 인상적인데, 돌아와서 이번은 스물넉 잔씩 마십시다."

라고 웃으면서 말하였으나, 이것이 최후의 대화가 될 줄을 누가 생각했겠는가.

차가 떠나기 전에 이상은 "휴머니즘은 최후의 승리를 가져온다."는 말을 하면서 손을 흔들었다.

이상을 보내고 플랫폼을 나오는 친구들의 가슴은 숙연했고, 임(姙)이는 어둠 속에서 눈물을 흘리고 있었다.

레몬의 향기

동경으로 건너간 이상은 간다쿠진보조(神田區神保町)의 이시카와 방에 기숙을 정하고, 자기 문학의 새로운 자세를 모색하고 있었다. 경성을 떠난 이상은 수 없는 고뇌의 외로움에 울부짖는 편지를 서울로 수없이 보내왔다.

'양심(良心), 양심 이렇게도 부르짖어도 보오. 비참한 일이오.'

'언제나 서울의 땅을 밟아볼는지 아직은 망연합니다.'

또한 이효석에게 보낸 편지에는 이런 애끓는 사연이 있었다.

> 과거를 돌아보니 회한뿐입니다. 저는 제 자신을 속여왔나 봅니다. 정직하게 살아왔거니 하던 제 생활이 지금 와 보니 비겁한 회피의 생활이었나 봅니다.
>
> 정직하게 살겠습니다. 고독과 싸우면서 오직 그것만을 생각하며 있습니다. 오늘은 음력으로 제야(除夜)입니다. 빈자떡, 수정과, 약주, 너비아니, 이 모든 기갈의 향수가 저를 못살게 굽니다. 생리적입니다. 이길 수가 없습니다.

이 얼마나 피어린 사연이란 말인가. 회한과 환멸에 싸여, 향수에 젖어 절규하는 사연이 아닌가. 작품과 편지가 수없이 날아오다가 1937년 2월부터 소식이 없었다. 이상은 외로울 때면 동경의 명동인 은좌(銀座)를 거닐고, 카페에도 들렀다. 하루는 카페에서 일본의 '어깨'와 말다툼이 됐다. 말라빠져 힘없는 이상과 그 어깨와는 애초에 상대가 안 되었다. 이상은 은좌의 대로에 나가더니 웃옷을 훌훌 벗고 어서 나와 싸우자고 고함을 질렀다.

그 어깨가 뼈만 남은 이상이 불쌍해서 '내가 졌다.'고, 마음에 없는 사과를 했다는 말이 은좌에 퍼지고 있었다.

당시 일본의 군벌들은 중일전쟁을 조작하느라고 한인들을 무섭게 감시했다. 이상도 주목을 받아 니시칸다(西神田) 경찰서에 구금이 되고 말았다. 관식(官食)은 먹지 못하고 사식(私食) 하나 들여주는 이가 없는 이역의 하늘에서 이상은 날로 쇠약해 갔다. 일경(日警)도 더 이상 구금할 수 없도록 병이 악화되자, 동경제대 부속병원에 병보석 입원을 시키게 됐다.

그러나 이미 이상의 건강은 회복할 수 없을 정도로 악화되어 있었다. 그 소식을 듣고 부인 임(姙)이가 동경에 갔지만, 부인의 손으로도 이상의 건강을 돌이킬 수가 없었다. 부인은 피골이 상접한 이상에게 먹고 싶다는 것은 무엇이든지, 심지어 4월에 동경에서 수박까지 사다 주며 간호했지만, 이상은 이미 그 간호조차 소용없는 몸이었다. 「좁은 문」의 앙드레 지드는 부모의 종교 갈등 때문에 프랑스의 식민지인 이집트를 탈출해서 구제되었으나, 이상은 오히려 지배국의 그늘에 들어가 더욱 뜻을 펼치지 못했다.

이상 문학의 향훈香薰

이상은 갔지만 그의 실험적이면서 20년을 앞선 심리주의 소설인 「날개」, 초현실주의 시인 「오감도」에서 보여 준 현대문학의 선구적인 경향은 전후소설에 계승되어 그 문학적 향훈을 더하고 있다. 그 향훈의 특징은 여러 면에서 볼 수 있다.

1. 플롯의 부정

'박제가 되어버린 천재'를 아시오? 나는 유쾌하오. 이런 때 연애까지 유쾌하오.

육신이 <u>흐느적흐느적</u> 하도록 피로했을 때만 정신이 은화(銀貨)처럼 맑소. 니코틴이 내 회(蛔)배 앓는 뱃 속으로 스미면, 머리 속에 으레 백지가 준비되는 법이오. 그 위에다 나는 위트와 패러독스를 바둑 포석(布石)처럼 늘어놓소. 가증할 상식의 병이오.

나는 또 여인과 생활을 설계하오. 연애기법에마저 서먹서먹해진 지성의 극치를 흘깃 좀 들여다본 일이 있는, 말하자면 일종의 정신분일자(精神奔逸者) 말이오. 이런 여인의 반—그것은 온갖 것의 반이오—만을 영수(領收)하는 생활을 설계한단 말이오. 그런 생활 속에 한 발만 들여놓고 흡사 두 개의 태양처럼 마주쳐다보면서 낄낄거리는 것이오. 나는 아마 어지간히도 일생의 제행(諸行)이 싱거워서 견딜 수가 없게끔 되고 그만둔 모양이오. 굿빠이.

—「날개」

묘지명(墓地銘)이라. 일세(一世)의 귀재(鬼才) 이상은 통생(通生)의 대작 「종생기」 일편을 남기고 서역(西歷) 기원후 일천구백삼십칠 년 정축(丁丑) 삼월 삼일 미시(未時) 여기 백일(白日) 아래서 그 파란만장(?)의 생애를 끝맺고 문득 졸(卒)하다. 향년 만 이십오 세와 십일 개월. 오호라! 상심커다. 허탈이야 잔생(殘生)하는 또 하나의 이상. 구천을 우러러 호곡(號哭)하고 이 한산(寒山) 일편 석을 세우노라. 애인 정희(貞熙)는 그대의 잔후(殘後) 수삼인(數三人)의 비첩(秘妾)된 바 있고 오히려 장수하니 지하의 이상(李箱) 아! 바라건대 명목(瞑目)

하라.

— 「종생기」

  슬퍼? 응— 슬플 밖에— 20세기를 생활하는데 19세기의 도덕
성밖에 없으니 나는 영원한 절름발이로다. 슬퍼야지—만일 슬프
지 않다면 나는 억지로라도 슬퍼해야지— 슬픈 포즈라도 해 보
여야지— 왜 안 죽지, 이따가 죽을 것만 같이 그렇게 중속을 속
여주기만 하는 거야. 아— 그러나, 이제는 다 틀렸다. 봐라 내
팔, 피골이 상접, 아야야야, 웃어야 할 터인데 근육이 없다. 울려
야 할 근육이 없다. 나는 형해(形骸)다. 나—라는 정체는 누가 잉
크 짓는 약으로 지워버렸다. 나는 오직 내— 흔적일 따름이다.

— 「실화」

  '박제가 되어버린 천재', '근육이 없는 형해(形骸)'인 '귀재 이
상'이 이러한 의식과 상황에서 2천 편에 가까운 작품을 낙서했
으나, 그 중에 발표된 것은 소설 9편, 수필 31편, 시 76편, 유고
23편 모두 139편이다. 이 중에서 소설 9편을 중심으로 기법적인
접근을 해본다.

  ('테이프'가 끊어지면 피가 나오. 상(傷)채기도 머지않아 완치
될 줄 믿소. '굿빠이')
  감정은 어떤 '포즈', 그 '포즈'의 원소만을 지적하는 것이 아
닌지 나도 모르겠소. 그 '포즈'가 부동자세에까지 고도화할 때
감정은 딱 공급을 정지합네다.
  나는 내 비범한 발육을 회고하여 세상을 보는 안목을 규정하
였소.
  여인봉(女人峰)과 미망인 일세하(一世下)의 하고많은 여인이

본질적으로 이미 미망인 아닌 이가 있으리까? 아어! 여인의 전
부가 그 일상에 있어서 대개 '미망인'이라는 내 논리가 뜻밖에
도 여성에 대한 모독이 되오! 굿빠이.

— 「날개」

　'박제가 되어버린 천재'와 같이 「날개」의 서두에 나오는 독백
이다. 이 독백은 장용학(張龍鶴)의 「요한 시집」의 우화적인 서두
와는 다른 성질의 것이다. 그의 「동해(童骸)」, 「종생기」, 「봉별기」
등의, 도처에서 볼 수 있는 이러한 독백은 플롯을 부정하는 큰
요소를 이룬다.

　　거울을 향하여 면도질을 한다. 잘못해서 나는 상채기를 내인
다. 나는 골을 벌컥 내인다.
　　그러나 와글와글 들끓고 있는 여러 '나'와 '나'는 정면으로 충
돌하기 때문에 그들은 제각기 '베스트'를 다하여 제 자신만을
변호하는 때문에 나는 좀처럼 범인을 찾아내기는 어렵다는 것이
다.
　　그러기에 대저 어리석은 민중들은 '원숭이가 사람 흉내를 내
이네'하고 마음을 놓고 지내는 모양이지만 사실 사람이 원숭이
흉내를 내이고 지내는 가짜 지당한 전고(典故)를 이해하지 못하
는 탓이리라.

— 「종생기」

　이것은 소설이 가지는 사실성을 부정하는 내적 의식을 고백
의 형태로 서술한 것이다.
　이상은 「날개」의 서두에 나오는 독백, 「환시기(幻視記)」의 상

징적인 경구(驚句), 일인칭 관찰자 시점, 사건 진행의 무시, 「실
화」의 일인칭 시점에 의한 평행적 구성, 위치강조법 등 플롯을
부정하는 구성적 기법을 쓰고 있다. 그의 강렬한 의식은 안이하
게 리얼리즘의 소설미학을 그대로 받아들일 수는 없었다. 그는
플롯에서의 리얼리티까지도 무시하고 자아의식의 독백이나 현
상의 파편들을 조합시키고 있다. 더구나 단편적이고 불연속적인
지적 편린과 세련되지 않은 감정이나 의식의 고백으로, 의식의
흐름에 의한 전 경험의 세계를 형상화하고 있다. 그것은 정리되
어 있지 않은 지성과 감성의 토로이며, 눈이나 의식에 비친 현
상의 표현인 까닭에 소설의 미학에 의한 플롯에 의해서 주제를
형상화할 수가 없었다.

따라서 필연적인 인과관계에 의한 소설의 리얼리티조차 부정
하게 되어 스토리도 없고 플롯이 없는 플롯이 되고 만다.

대체로 일인칭 시점에 의한 고백(confession)과 해부(anatomy)가
주로 된 입체적·평행적·병렬적 구성법인 것을 알 수 있다. 그
것은 구성적 기법의 혁신이며, 플롯의 부정(否定)이기도 하다. 작
가의 자의식이 주로 나타나는 고백과 비평의식이 가해지는 해
부의 작용을 하기 위해서 일인칭 시점을 많이 쓰고, 플롯의 단
계를 무시하고, 심지어 띄어쓰기를 안 해서까지 일체의 기성에
반항한 것이다.

이러한 이상의 구성적 기법의 특색을 비교해 보기 위해서는
반드시 동일하게 볼 수는 없지만 현대작가의 대표작을 한 편씩
분석해 보면 그 연계성을 알 수 있을 것이다.

조금 이색적으로 장용학(張龍鶴)과 손창섭(孫昌涉)이 일인칭 시

점을 쓰고 있으마, 이상과 같이 극단적인 플롯의 부정에까지는
이르지 않고 있다. 이러한 의미에서도 이상은 소설의 현실이 목
적이 아니고 주제(의식)를 나타내는 수단으로 사용되고 있음을
알 수 있다. 알베레스(R. M. Alberes)는 『소설의 변모』에서 소설
의 현실을 지배하는 것은 그 자체가 아니고 주인공의 의식이라
고,

> 19세기의 얘기 형식, 소설의 인물 등 주인공들이 그 자체로서
> 어떤 흥미를 일으키는 것이라고 하더라도 그들은 전부 결정되어
> 있고 체스의 반상에 놓여져 있던 것이다. 그들을 둘러싸고 있는
> 세계보다 그들이 우리의 흥미를 끈다는 것이다. 그들은 이 세계
> 가 없이는 존재할 수가 없다.
> 이에 반하여 프루스트, 무지르, 카프카 또는 아마 조이스와
> 버지니아울프에 있어서는(더욱 내려와서 펠트르와 아랭 로뷰그
> 리에 있어서) 무엇인지 모르게 어질러져 있었다. 벌써 주인공은
> 자기가 살고 있는 세계 속에 자리잡히고 있는 것은 아니다. '현
> 실(現實)' 세계의 비전이 주인공과 세계와의 사이에 제관계에 종
> 속되어 있는 것이다. '그림의 배경'은 벌써 '현실'(인물의 실루엣
> 이 그 위에 떠오르는 객관적 현실)이 아니고, 소설을 지배하는
> 것은 소설의 주인공의 의식이며, '현실세계'는 이 의식에 반영되
> 는 정도에 따라서만 존재하는 것이 될 것이다.

와 같이 말하고 있다.

따라서 이상이 그리는 세계는 연속적이고 합리적이며 질서정
연한 리얼리티가 있는 현실이 아니라, 단편적이고 불합리하며
불연속적인 편린들이 결합되어 이루어지는 새로운 현실인 것이

다. 거기에는 스토리가 있을 수 없고, 재래의 플롯이 용인될 리가 없다. 리얼리즘의 구성적 기법으로, 무질서하고 혼돈한 이상의 의식을 수용하기에는 너무나 벅차 '근육이 없는 형해(形骸)'를 '박제가 되어버린 천재'가 갈구하는 신이 없는 사구(砂丘)에서 발버둥치는 인간의 작희(作戱)가 플롯 없는 플롯에서 쓰디쓴 자의식의 고백과 해부로 나타난 것이다.

2. 내적 독백과 솔리로키

이상의 소설에서 주의를 끄는 것은 '의식의 흐름'을 연상법(聯想法)에 의해서 전개하는 내적 독백(monologue intérieur)과 솔리로키(soliloquy)이다.

이러한 심리주의적 경향은 「오감도」나 「건축무한육면각체」 등에 나타나고, 쉬르리얼리즘과 같이 현대문학의 혁신적인 기법으로 이상의 현대적 기법의 자각을 나타내는 것이다.

원래 리얼리즘은 직감적이며, 불연속적이고 비합리적인 인간의 의식이나 감정에 의한 전 경험을 형상화할 수 없다. 또한 인간의 참다운 존재는 외적 사건에서 나타나는 것이 아니고, 내면적인 세계에 있다. 이 인간의 의식을 그리기 위해서 '의식의 흐름'을 연상법에 의한 내적 독백이나 솔로로키 기법으로 나타낸다. 이러한 심리주의의 경향은 프로이트와 융에 기반을 둔 제임스에 의해서 이론화하고, 프루스트, 조이스, 리처드슨, 포크너에 의해 심화된 새로운 기법인 것이다. 이러한 기법에 의한 내적 현실의 발굴은 인간생활의 영토를 확대한 것이기도 하다. 이상

(李箱)은 외적 현상이 아니고, 개인의 내면의 드라마를 순수하게 분석하고 의식의 내적 세계와 현실을 보여준다. 현실적 원인에 의해서 일어나는 가장 큰 내적 세계를 제시하여 한 사람에 의해서 체험된 전 세계를 포함하게 된다. 「실화」는 의식 흐름의 연상을 내적 독백과 솔로로키로 잘 나타내고 있다.

> 사람이 비밀이 없다는 것은 재산 없는 것처럼 가난하고 허전한 셈이다. (soliloquy)
>
> 꿈— 꿈이면 좋겠다. 그러나 나는 자는 것이 아니다. 누운 것도 아니다. 앉아서 나는 듣는다. (12월 23일)
>
> "언더—더 워치— 시계 아래서 말예요— 파이브 타운스— 다섯 개의 동리(洞里)란 말이지요.— 이 청년은요 세상에서 담배를 제일 좋아합니다.— 기다랗게 구부러진 파이프에다가 향기가 아주 높은 담배를 피워 빽빽 연기를 풍기고 앉았는 것이 무엇보다도 약이었답니다."
>
> (내야말로 동경(東京)에 와서 쓸데없이 담배만 늘었지. 울화가 푹 치밀 때지—폐(肺)까지 쭉— 연기나 들이켜지 않고 이 발광할 것 같은 심정을 억제하는 도리가 없다.) (내적 독백)
>
> "연애를 했어요! 고상한 취미! 우아한 성격— 이런 것이 좋았다는 여자의 유서(遺書)예요—죽기는 왜 죽어—선생님— 저 같으면 죽지 않겠습니다— 죽도록 사랑할 수 있나요— 있다지요—그렇지만 저는 모르겠어요."
>
> (나는 일찍? 어리석었느니라. 모르고 임(姙)이와 죽기를 약속했더니라. 죽도록 사랑했건만 면회가 끝난 뒤 대략 20분이나 30분만 지나면, 임(姙)이는 '설마' 하고 여기던 S의 품안에 있었다.) (내적 독백)
>
> — 「실화」

이렇게 " "로 표시되는 대화와 ( )로 표시한 내적 독백이 평행적으로 진행한다. 발레리(P. Valéry)는 "프루스트의 소설은 보통 소설과 같이 1, 2분에 생각하는 것이 아니라 초로 움직인다."고 말했지만, 이상의 소설에서는 연상작용이 빨리 움직이고 있다. 「날개」는 이러한 사실을 더욱 입증한다. 일인칭 시점으로 나의 의식의 반추 속에서 내적 독백과 솔리로키가 난무한다. 거기에는 플롯이나 스토리는 없다. 오직 '의식의 흐름' 속에 '나'가 명멸할 뿐이다.

내적 독백은 험프리의 설명대로 듣는 사람을 염두에 두지 않고 하는 독백, 말하자면 내향적인 의식이며, 솔리로키는 작중인물의 심적 내용과 경과를 작자의 개재 없이 인물에서 독자를 향하여 직접 말하려는 기법으로 외향적인 의식이다. 프라이(N. Frye)의 고백은 내적 독백이 되고, 해부가 솔리로키로 결과되는 셈이다. 프라이는 현대소설은 로망(romance), 노블(novel), 고백(confession), 해부(anatomy)의 네 요소로 이루어진다고 하였고, 제임스 조이스의 「율리시스」가 그 대표적인 예라고 했다.

이상은 '의식의 흐름'을 초(秒)와 같이 빠르게 연상작용하는 데 있어 반짝이는 고백과 해부에서 이루어지는 내적 독백과 솔리로키를 마음껏 구사하고 있다. 이 고백과 해부는 소설의 픽션을 침식하면서도 소설의 영역을 수필적인 영역에까지 확대하게 된다. 이러한 것은 「날개」, 「동해(童骸)」, 「지도의 암실」, 「종생기」에 더 강하게 나타나 있다. 이상을 두고 더 지적인 작가라는 의미는 이러한 데 있으며, 수필에서 더 문학적 향취를

맛볼 수 있는 것도 그 고백과 해부의 형태가, 해부의 지적 의식
이 수필의 무형식성과 알맞게 배합되어 있기 때문일 것이다.

> 이상! 당신은 세상을 경영할 줄 모르는 말하자면 병신이오.
> 그다지도 '미혹(迷惑)'하단 말씀이오? 건너다보니 절터지요? 그렇
> 다 하더라도 「카라마조프 형제」나 「40년」을 좀 구경삼아 둘러보
> 시지요.
> 아니지! 정희(貞熙)! 그게 뭐냐 하면 나도 살고 있어야 하겠으
> 니 너도 살라는 사기, 속임수, 일부러 만들어내어 놓고 미신 중
> 에도 가장 우수한 무서운 주문(呪文)이요.
> 이상 그러지 말고 시험 삼아 한 발만 한 발자국만 저 개흙 밭
> 에다 들여놓아 보시지요.
> 이 악보같이 스무—스한 담소(談笑) 속에서 비질비질하노라면
> 나는 내게 필적(匹敵)하는 천의무봉(天衣無縫)의 탕아(蕩兒)가 이
> 목건(目腱)간에 있는 것을 느낀다.
>
> — 「종생기」

이 끝이 없는 무의식의 방황, 내적 독백과 솔리로키는 소설의
어는 곳에나 충일(充溢)되어 있다. 이상의 소설은 프라이가 말한
대로 프루스트의 「잃어버린 시간을 찾아서」와 같은 노블, 고백,
해부의 요소로 이루어져 있다.

3. 시간과 공간의 몽타주

이상의 소설에서 '의식의 흐름'을 그리기 위해서 시간과 공간
을 몽타주하는 영화적 기법을 사용하고 있다. 현대소설에서 카

메라 아이(camera eye), 뉴스 릴(news - reel)이나 전기(biographies)
등의 영화적 기법을 쓰지만, 영화의 기본적 기법은 몽타주이다.

몽타주는 관념의 상호관계 또는 연합(聯合)을 나타내기 위하여
여러 가지 영상을 빠르게 연결시키기도 하고, 하나의 영상에 다
른 영상을 중복시키기도 하며, 하나의 영상에 초점을 맞추어놓
고, 그 주위를 관련이 있는 다른 영상으로 둘러싸는 등의 방법
이다. 그것도 본질적으로는 한 주제의 구성적 요소의 방법, 또
는 여러 가지 다른 것의 관점을 나타내는—말하자면 다양성의
통일을 나타내려는 방법이다. '의식의 흐름'을 고백에 의한 내
적 독백과 해부에 의한 솔리로키로 나타내는 이상의 소설에서
시간과 공간의 몽타주로 인상과 환영을 새롭게 하는 경우가 많
다.

국화 한 송이도 없는 방안을 휘— 한 번 둘러보았다. 잘하면
나는 이 추악한 다시 보지 않아도 좋을 수—도 있을까 싶었기
때문에 내 눈에는 눈물이 고일 밖에—
나는 썼다 벗은 모자를 다시 쓰고 나니까 그만하면 내 임(姙)
에 대한 인사도 별로 유루(遺漏) 없이 다 된 것 같았다.
임(姙)이는 내 뒤를 서너 발자국 따라왔는가 싶다. 그러나 나
는 예년 10월 24일경에는 사체(死體)가 며칠 만이면 상하기 시작
하는지 그것이 더 급하다.
"상(箱) 어디 가세요?"
나는 얼떨결에 되는 대로,
"동경(東京)."
몰론 이것은 허언(虛言)이다. 그러나 임(姙)이는 나를 만류하
지 않는다. 나는 밖으로 나왔다.

나왔으니, 자— 어디로 어떻게 가서 무엇을 해야 되누,

해가 서산에 지기 전에 나는 2, 3일 내로는 반드시 썩기 시작해야 할 '사체'가 되어야 하겠는데, 도리는?

도리는 막연하다. 나는 10년 긴— 세월을 두고 세수할 때마다 자살을 생각하여 왔다. 그러나 나는 결심하는 방법도 결행하는 방법도 아무 것도 모르는 채다.

나는 온갖 유행약(流行藥)을 암용(暗用)하여 보았다.

그리고 나서는 인도교, 변전소, 화신상회 옥상, 경원선 이런 것들을 생각하여 보았다.

나는 그렇다고—정말 온갖 명사(名詞)의 나열도 가소롭다.— 아직 웃을 수도 없다.

웃을 수는 없다. 해가 저물었다. 급하다. 나는 어딘지도 모를 교외(郊外)에 있다. 나는 어쨌든 시내로 들어가야만 할 것 같다. 시내—사람들은 여전히 그 알아볼 수 없는 낯짝을 쳐들고 와글와글 야단이다. 가등(街燈)이 안개 속에서 축축해진다. 영경(英京) 륜돈(倫敦)이 이렇다지.

「실화」의 5장의 부분이다. C양의 방에서 C양이 주는 국화 한 송이를 왼편의 깃에다 꽂고 나오는 장면이다. 나는 "썼다 벗은 모자를 다시 쓰고", 즉 C양에게 하직하는 것이지만, 머리 속에는 임(姙)의 생각만이 떠올라, "그만하면 내 임(姙)이에게 대한 인사도 별로 유루 없이 다 된 것 같았다."고 하며 C양의 얼굴 위에 임의 얼굴이 겹쳐 나타나다가 C양이 사라진다. 뿐만 아니라 "내 뒤를 서너 발자국 따라왔던가 싶은" 사람도, "상(箱) ! 어디 가세요."라고 한 사람도 그리고, "나를 만유(晩留)하지 않은 사람"도 사실은 C양이라야 하지만, 작품에서는 그 대신 모조리 임

(姬)이로 되어 시간과 공간을 넘어서 몽타주하고 있다. 더구나 C
양의 방을 나서는 '나'이건마는 '어딘지도 모를 교외(郊外)'를 방
황하면서 어쨌든 시내로 들어가야 한다는 것을 겨우 의식할 따
름인 것은 공간을 팬터지한 것이다.

> 일모(日暮) 청상 —
> 날은 저물었다. 아차! 아직 저물지 않은 것으로 하는 것이 좋
> 을까보다.
> 날은 아직 저물지 않았다.
> 그러면 아까 장만해둔 세간 기구(器具)를 내세워 어디 차근차
> 근 생활살이를 한 번 이뤄본 천우(天佑)의 호기(好氣)가 내 앞에
> 다달았나 보다. 자 —
>
> — 「종생기」

이것은 의식에 의한 시간의 몽타주이다. 모든 영화적 기법,
특히 몽타주의 주요기능은 동작과 동시, 존재를 표현하는 일이
다. 의식흐름의 작가들의 근본 목적인 인간생활의 이면을 묘출
(描出)하는 것, 곧 내적 생활과 외적 생활을 묘출하는 데 있어서
유익하다고 여겨진 이 비정적이면서도 외각적인 것을 표현하기
위해서 영화적 기법을 차용한 것이다. 험프리는 울프의 「델러웨
이 부인」에 나타나 있는 몽타주를 자세히 분석해 보여주고 있
다.

4. 패러독스의 미학

　육신이 흐느적흐느적 하도록 피로했을 때만 정신이 은화처럼 맑소. 니코틴이 내 회(蛔)배 앓는 뱃 속으로 스미면, 머리 속은 으레 백지가 준비되는 법이오. 그 위에다 나는 위트와 패러독스를 바둑 포석(布石)처럼 늘어놓소. 가증할 상식의 병이오.

　　　　　　　　　　　　　　　　　　　　　　　— 「날개」

　담배를 피워 물고 사색에 잠기면서 위트와 패러독스를 늘어놓는 자화상이 「날개」 서두의 독백에 그려져 있다.

　19세기에 묶여 있으면서 20세기를 살려는 이상, 일체의 기성적인 것을 거부하고(심지어 띄어쓰기까지도) 의식의 카오스 속에서 비약하려는 이상은 "날개야 돋아라." 하고 외치면서 '묘지명(墓地銘)'을 그리고, 보편적인 생활을 거부한다. 그러니 심각하게 인생을 대할 수가 없게 되어 '인색한 맵시의 조절법'으로서 위트, 새타이어, 패러독스를 토해갈 수밖에 없는 패러독스의 미학을 마련하게 되는 것이다. 9편의 소설의 도처에 깔려 있는 이 패러독스의 미학은 그의 의식의 방랑을 단층적으로 표현하면서 고백을 해부로 표현하는 역수의 비법을 사용하고 있다. 때로는 아이러니컬하게, 또는 시니컬하게 표현하면서 대상을 즉물적으로 대하지 않고 우회적으로 대하여 짐짓 여유가 있는 듯하나, 실은 웃을 수도 없는 강박한 의식과 생활에서 방황하는 것이다.

　나는 또 여인과 생활을 설계하오. 연애기법에마저 서먹서먹해진 지성의 극치를 흘깃 좀 들여다본 일이 있는 말하자면 일종의

정신분일자(精神奔逸者) 말이오. 이런 여인의 반—그것은 온갖
것의 반이오—만을 영수(領收)하는 생활을 설계한단 말이오. 그
런 생활 속에 한 발만 들여놓고 흡사 두 개의 태양처럼 마주 쳐
다보면서 낄낄거리는 것이오. 나는 아마 어지간히도 인생의 제
행(諸行)이 싱거워서 견딜 수가 없게끔 되고 그만둔 모양이오.
굿빠이.

— 「날개」

　　사람이 비밀이 없다는 것은 재산이 없는 것처럼 가난하고 허
전한 일이다.

— 「실화」

앞의 말은 패러독스의 표현이요, 뒤의 말은 「실화」의 주제곡
을 이루어 간주곡으로 변주(變奏)되는 아이러니컬한 말이다. 얼
마나 현상을 정시할 수 없기에 이런 역설적인 표현을 즐기는
것일까? 여인에게 배반당하고 '나와 아버지와 아버지의 아버지
의 몫까지 해야 하는' 질식할 19세기에서 짐짓 벗어나려고 먼저
진지하게 대하기보다는 웃어넘기고 비꼴 수 있어야 했는지도
모른다.

　　계집의 얼굴은 다마네기다. 암만 벗겨 보려므나, 마지막에 아
주 없어질지언정 정체(正體)는 안 내놓느니.

— 「실화」

　　암만봐두 여편네 얼굴이 왼쪽으로 좀 비뚤어진 것 같단 말야
시?

— 「환시기」

불의(不義)는 귀인답고 즐겁다. 간음한 처녀—이는 불의 중에
도 가장 즐겁지 않을 수 없는 영원의 밀림(密林)이다.
— 「종생기」

나는 물론 그 자리에 혼도(昏倒)하여 버렸다. 나는 죽었다. 나
는 황천(黃泉)을 헤매었다. 명부(冥府)에는 달이 밝다. 나는 또 다
시 눈을 감았다. 태고에 소리 있어 가로되, 너는 몇 살이뇨? 만
25세 11개월이올시다. 요사(夭死)로구나. 아니올시다. 노사(老死)
올시다.
— 「종생기」

아차! 나는 T가 월급이군 그려 잊어버렸구나!(하건만 날 덜 배
앓아 놓는 것이 혀에 미꾸라지처럼 걸려서 근질근질하다. 윤(尹)
은 혹은 고물(故物)과 같이 인문을 떠나 방탄조끼를 입었다.) 그
러나 윤! 들어보게, 자네가 모쭈리 핥았다는 임(姙)의 나체는 그
건 임(姙)이가 목욕할 때 입는 비누드레스나 마찬가질세! 지금
아니! 전무후무하게 임(姙)이 벌거숭이고 내게 독점된 걸세. 그러
게 자넨 그만큼 해두구 그 병정구두 같은 교만을 버리란 말일
세, 알아듣겠나.
— 「동해」

이루 다 열거할 수 없는 패러독스의 미학이 작품에 미만되어
있다. 이러한 새타이어, 아이러니, 패러독스 등의 비꼬고 역설하
는 것은 웃을 수밖에 없는 현실에 대한 권태어린 표현이라고
할 수 있다. 이에 대하여 크랭크(A.M. Kranke)는,

　　풍자는 악행의 적발과 악덕의 징발이라는 이정점(二定點)을
　그 공간의 초점으로 하여 타원형의 궤도를 그린다. 그 중 경배
　정박(輕俳淨薄)한 것은 있지만 진지한 것도 있다. 아주 평범한
　것이 있는가 하면, 날카로운 교훈적인 것도 있다. 노골적이고 잔
　혹한 것에서 섬세 우아한 것에 이르고 있다. 풍자는 독백, 대화,
　서간, 연설, 설화, 풍물묘사, 알레고리, 패러디, 기타의 표현 수단
　을 단독으로, 또는 둘 이상 조합해서 씌어진다. 더구나 풍자는
　스펙트탈로 변동하는 위트, 조소, 아이러니, 사키아즘, 냉소, 조
　롱, 통매(痛罵)의 여러 가지 톤을 써서 그 표면을 변환자재(變幻
　自在)를 만든다.

라고 하였다. 현실과 맞부딪칠 수 없을 때 역설적으로 통매(痛罵)
하고 쓰디쓴 웃음을 웃는 것이다. 이상의 소설은 패러독스의 미
학이 그 본질인 것같이 불연속적인 사념의 편린을 냉소적·알
레고리적으로 표현하기도 하며, 패러독스에 담아 밀착할 수 없
는 19세기적인 현실을 20세기의 형해(形骸)만이 있는 '박제가 되
어버린 천재'로 매도하는 것이다.

　이상(李箱)은 일체를 부정하는 의식을 플롯 없는 플롯에 담아
그 의식의 흐름을 고백·해부에 의한 내적 독백과 솔리로키로
써 전개하고 패러독스의 미학으로 표현하면서, 청중 없는 사구
(砂丘)의 무대에서 방황하는 인간상을 그려내고 있다.

　조잡하고 무질서한 문체라는 비난으로 시작에 그친 것은 이
상 문학의 가능성을 박탈하고 만 것이기에, 그의 문학이 현대문
학의 전환에 신호를 올리는 정도로 그치고 말게 하였다. 하지만
그의 문학정신은 50년대의 전후 문학에 계승되어 한국현대문학
의 새로운 기틀이 되어 오고 있다. 그러나, 이상 문학은 좀 다각

적인 면에서 접근할 때에만이 그의 전모를 이해할 수 있고 또 문학적 가치로 규명되어질 것이다.

그리하여 「오감도」와 「날개」로 세상을 격동케 한 귀재 이상은 1937년 4월 17일 4시경 부인 동임과 김소운, 몇몇 친지가 지켜보는 가운데 레몬의 향기를 맡고 싶다면서 마지막 숨을 거두었다. 조우식(趙宇植)이 데드마스크를 뜨자 부인은 목메어 울고 친지들은 말없이 눈물을 흘렸다.

이상의 유골은 5월 4일 서울의 미아리 공동묘지에 묻혔으나, 그 모든 것과 같이 산일(散逸)되고 말았다. 이상이 죽기 하루 전인 4월 16일에 서울에서는 이상의 부친과 모친이 한꺼번에 세상을 뜨니, 결국 이틀 동안에 3대가 몰(沒)한 셈이다.

이상이 죽은 뒤 윤태영, 정인택, 박태원이 가장 슬퍼했고, 술을 먹을 때는 반드시 이상의 자리를 만들어 술을 따라놓고 먹었다고 한다.

이상이 동경에 가기 전 구상한 「종생기」와 「권태(倦怠)」는 동경에서 집필하고 죽은 뒤에 발표되었다.

> 이리하여 나의 종생(終生)은 끝났으되 나의 종생기(終生記)는 끝나지 않았다.

라는 「종생기」의 한 구절처럼 이상은 갔지만 그가 남긴 문학은 많은 문제를 제기하면서 영원히 살아 있을 것이다.

성숙과 시정의 조화, 박태원朴泰遠

　명문가에서 태어나 유복한 학창시절을 거쳐 30년대 한국문학의 한 중추로서 활동한 작가인 구보(仇甫) 박태원(朴泰遠), 재기발랄한 소년 박태원은 중학 때부터 글을 발표하여 이른바 기교파라는 문학적 경향을 띠면서 단편 70여 편, 장편 10여 편, 수필 44편, 평론 13편, 시 22편 등 많은 작품을 발표하였다.

　그러나 8·15 이후 월북하여 「갑오농민전쟁」이라는 대하소설을 남기고는 망향의 아픔 속에서 세상을 떠난 박태원은 그의 생애가 문학의 해금(解禁)과 개방정책의 확대로 인해 그 진면목을 총체적으로 조명할 수 있는 열

린 시대의 각광 속에서 재조명을 받게 되었다.

채만식이나 이효석, 김유정 등과 동시대 작가이면서 그 진면목을 알 수 없었던 박태원의 그 문학적 유산을 정리하여 새로운 의미를 조명함으로써 한국문학의 확대와 심화를 꾀할 수 있게 된 것은 우리 문학사로 볼 때 매우 다행스런 일이라 할 것이다.

숙명의 재원과 결혼하여 2남 3녀의 다복한 가정을 이루었으면서도 결국은 가족과 헤어져 망향의 한을 품고 타계하였으니, 그의 일생은 분단 비극의 한 표본이라 하겠으며, 그것은 박태원의 생애와 문학에 한 회오리를 이루고 있다. 최근 강남에 무역회사(Daniel Trading Co.)를 세운 박재영(朴再英, 50) 씨가 그늘에 갇혀 있던 아버지의 해금을 무척이나 반가워하면서, "뒤늦게나마 부친의 작품이 해금되었으니 많은 독자에게 읽히기 바란다."라고 목메인 소리를 하는 것을 봐도, 박태원을 위시한 월북작가들이 분단의 비극적 현실에 속죄양이 되고 있다는 것을 알 수 있다. 더구나 소설가 박태원과 부자관계로 연관되었다는 사실을 아는 사람이 없을 정도로 숨어살다시피 하여,

"그래서 해금발표 후에야 비로소 가까운 친구들조차 제가 박태원의 아들이라는 사실을 알고 놀라기도 했지요."
라고 쓸쓸히 웃는 재영씨의 표정만 봐도 그 비극적 현실이 어떠한가를 짐작할 수 있다(〈문학과 의식〉, 1989, 봄호 참조). 아들 재영 씨에 의해서 아버지 결혼식 때의 하객들의 사인북을 비롯한 여러 가지 자료도 비교적 잘 보관되어 있어서 박태원의 삶의 흔적은 누수 없이 제대로 추적할 수 있게 되었다.

따라서 우리는 구보 박태원이 민족의 격동기를 살아온 생애와 문학의 변모와 발현이 어떻게 점철되었는가를 알아보고, 30년대 한국문학의 거목이 겪어온 도정(途程)을 추적하여 그의 인간과 문학의 향훈(香薰)을 맡아보는 것도 의미있는 일일 것이다.

명문가의 후예

구보 박태원(1909~1986)은 양가에서 태어난 수재로 평온하고도 순탄한 일생을 보낸다. 월북한 후 북한에서의 생활을 아직 추적하기 어렵지만, 「갑오농민전쟁」이라는 10권짜리 대하소설을 발표한 것으로 봐서는 상당한 업적을 남긴 것으로 짐작된다. 그러나 그것은 자유롭게 북한을 왕래할 수 있게 되거나 통일이 되는 날로 미룰 수밖에 없어, 분단의 한을 다시금 느끼게 된다.

박태원은 1909년 12월 7일(양력 1월 6일) 서울 주중박골에서 부친 밀양박씨 용환(容桓)과 모친 남양홍씨 사이에서 4남 2녀 중 차남으로 태어났다. 아명은 등의 한쪽에 커다란 점이 있다고 하여 '점성(點星)'이라고 불렀다가, 1918년 8월 14일 열 살 때 태원으로 개명을 했다.

일곱 살(1915)을 전후하여 큰댁 할아버지 박규병(朴圭秉)씨에게서 『천자문(千字文)』과 『통감(通鑑)』을 배우면서 글과 접한 박태원은 옛날이야기 듣기를 좋아할 뿐만 아니라, 들은 이야기를 재구성하여 다른 사람에게 전할만큼 글에 대한 소질이 꽤 있었다. 아홉 살(1917)경에는 소설에 심취하여 「춘향전」이나 「심청전」 등 많은 책들을 하인을 시켜 사다가 읽음으로써 후일 작가로서의 소질을 키웠다.

11세(1919) 때 명문 경성사범보통학교에 입학하여 15세(1923) 때 보통학교 4학년을 수료하고, 4월 22일에 경성 제일고등보통학교(지금의 서울고등학교)에 입학하였는데, 일인 학생들 속에서도 그는 뛰어난 재능을 발휘하여 〈동명〉지 제33호(1923.4.15)의 '소년 칼럼'에 「입학」이란 제목의 작문이 뽑힐 정도로 주위의 관심을 받기도 하였다. 최초의 글이 발표되었을 때 박태원은 푸른 하늘을 보면서 후일 문학의 대가가 되는 꿈을 꾸었을지도 모른다.

박태원은 어느 누구보다 좋은 문학적 환경 속에서 자라나 일찍부터 유명한 문인과 접하고 지도를 받을 수 있었다. 의사인 숙부 박용남(朴容南)과 이화여고 교사인 고모 박용일(朴容日)이 문인들과 교분이 깊어 이들의 영향을 받았으며, 특히 춘원 이광수에게 문학수업을 받음으로써 제일고보 재학 중에도 많은 작품을 발표한다.

〈조선문단〉 3월호에 시 「누님」이 당선되고, 〈동아일보〉(1926. 8.21)에 「묵상록을 읽고」라는 평론을 발표하며, 〈신민(新民)〉 12월호에는 시 「떠나기 전」을 발표하였다. 또한 〈현대평론〉 5월호에 시 「아들이 부르는 노래」와 〈조선문단〉에 수필 「병상잡설」 등을 발표하여, 그의 문학적 재능의 깊이를 보여주고 있다.

그가 20세 때인 1928년 3월 15일 1시. 다실정(茶室町) 7번지에서 부친 박용환이 세상을 떠났다. 이 일로 박태원은 큰 충격을 받아 신경쇠약에 걸릴 정도로 독서에 몰입케 되었다. 학교를 한 해 쉰 박태원은 21세(1929)에 제일보고를 졸업하고, 다음해 일본으로 건너가 법정대학 예과에 입학함으로써 동경의 넓은 땅에서 새로운 문물을 접하며 그의 푸른 뜻을 펼쳐가게 되었다.

그해 〈동아일보〉에 소설 「해하의 일야(一夜)」(12.17~12.24)와 평론 「초하창작평(初夏創作評)」(6.12~6. 19)을 발표하고, 〈신생〉 10월호에 단편 「수염」을 발표함으로써 본격적으로 문단에 데뷔하게 된다.

박태원은 박태원(泊太苑)이란 필명으로 〈신생〉 12월호에 시 「외로움」을 발표하고, 필명 몽포(夢浦)로 수필 「초하풍경(初夏風景)」을 발표하였으나, 후에 「소설가 구보씨의 일일」(1934)을 발표한 뒤 구보(仇甫)를 그의 호로 사용하였다.

비교적 키가 크면서 말쑥한 신사 타입인 박태원은 평소에는 별로 말이 없으면서도 냉철하고 호탕한 면이 있었다. 상허(尚虛) 이태준(李泰俊)과 가장 가까운 사이인 것을 봐도 그 성격을 짐작할 수 있다. 둘째 아들 재영씨가 아버지와 헤어진 것이 국민학교 3학년 때였으니, 잘은 모르지만 이태준과 가까운 사이였고, 친구들을 무척 좋아했었다고 회고한다.

동경에서의 박태원의 생활에 대해선 별로 알려진 것이 없다. 당시 동경 유학생 이하윤(異河潤), 김보섭(金普燮), 이헌구(李軒求), 정인섭(鄭寅燮) 등이 중심이 되어 '해외문학연구회'(1926)라는 모임을 만들어 〈해외문학〉(1927)이 나오고 있었으므로 그들과 교분이 있었던 것으로 보여진다. 그의 결혼식 축하 사인 메모에 이하윤의 사인이 있는 것으로 보아 그들과 동경에서 가끔 만나 문학과 젊음과 낭만을 구가하면서 술잔을 들었을 것으로 보여진다.

박태원은 23세가 되던 1931년 법정대학 예과 2년을 중퇴하고 귀국하여 작품활동에만 전념했다. 이 무렵에 이태준 등과 교분이 있어서 1933년 이태준, 정지용, 이효석, 이상 등과 문학친목 단체인 구인회(九人會)를 결성하며, 주로 인간의 0.1의 시각과 내면세계를 투시하는 소설을 발표했다.

박태원의 본격적인 문학활동은 상허 이태준과의 만남에서부터 비롯된다. 1933년 경성 문단에서는 전위적인 문인단체가 생겨났는데, 그것은 다름아닌 구인회였다. 박태원은 이태준의 권유로 구인회에 가입하게 되었고, 구인회의 비호 아래 정력적으로 작품활동을 했다. 박태원의 작품 중 「방란장 주인」은 구인회의 동인지 〈시와 소설〉에 발표한 작품으로, 눈에 거슬릴 만큼의 과다한 한자 사용과 전 작품을 하나의 문장으로 써 내려가는 등 무리한 기교의 실험을 보이고 있다. 이것은 구인회의 동인적 분위기가 박태원의 창작에 미친 구속력의 정도를 보여주는 하나의 증거다.

박태원의 데뷔작 「수염」(〈신생〉 1930.10)으로부터 시작하여 해방 전까지 그가 창작했던 작품 수를 살펴보면 대략 60여 편에 이르는데, 대부분이 중·단편이다. 이들을 유형별로 분류해 보면 시정(市井)에 흐르는 여러 가지 소시민적인 사건을 소재로 한 작품군, 흔히 세태소설이라고 불리어진 것과, 심리주의적인 기법을 사용하여 당대의 무기력한 인텔리들의 생태를 그리고 있는 작품군 등으로 크게 대별된다. 박태원이 가장 정력적으로 활동했던 시기는 구인회 시절 전후이므로, 그 시기를 중심으로 하여 그의 소설들을 검토해 보면, 박태원의 현실인식 태도와 작품의 특질이 잘 드러날 것이다.

구인회와 구보

　작가가 해결하려고 고심하는 문제들은 그 시대가 그에게 부과하는 것이고, 마찬가지로 그가 이러한 문제들을 해결하려는 방법도 결국은 그의 감수성이나 기질에 의해서가 아니라 그가 활동하고 있는 문학 전통의 특성 또는 이 전통을 수정하고자 하는 우선적인 필요성에 의해 결정되어진다(Victor Erlich, 박거용 역, 『러시아 형식주의』, 문학과지성사, 1983, pp.326~327)는 견해는 타당하다.

　따라서 30년대 모더니스트들과 마찬가지로 박태원의 작품활동의 기반 내지 배경의 설명에서 30년대 경성문단(京城文壇)이 논의되어야 할 필요가 있고, 이는 당시의 문학상황이 작가들에게 미쳤던 영향들을 검토하는 데 있어 필수적이다.

　1930년대 문학이 그 이전의 문학과 질적인 차이가 있다고 할 때, 그것은 두 가지 측면에서 검토될 수 있다. 그 하나는 1920년대 중반 이후부터 1930년대 초반까지 문단에서 세력을 떨치던 프로문학이 객관적 정세의 악화로 인하여 쇠퇴하게 된 상황이고, 다른 하나는 문인 내지 문단적 상황의 대량화 및 전문화 현상이다. 김윤식이 『한국 근대문학사상 비평』에서 말한 대로 전자는 프로문학이 하나의 이데올로기적 기반에 의한 것이고, 따라서 그것의 퇴조는 문학에 있어서 지도원리로서의 이데올로기가 소멸 내지 내재화되는 상황을 야기했다는 점에서 문제가 되며, 후자는 한국 사회의 구조적 확산 및 성숙이라는 기반에 관련하여, 문인 자체의 입장에서 볼 때 일종의 '운동가'적 차원에서 개별적 전문인으로서의 '직인(職人)'적 차원으로 전환되었음을 의미한다.

이렇게 볼 때 박태원이 애초부터 이데올로기와 무관한 입장에서 출발했다는 것은 시대적 상황과의 대결방식이 다분히 수용적인 입장이었다는 것을 의미하는 것이고, 또한 그의 탈이데올로기적 입장은 프로문학 퇴조 이후의 평단의 동향과 관련지어 생각할 때, 문학을 이데올로기와 분리해서 보려는 예술과 세력의 권내에서 타당성을 인정받았다는 것이다.

또한 새로운 문학세대로서 박태원은 철저하게 창작에만 몰두했던 직업적인 작가였는데, 박태원의 문학이 이전 세대의 것보다 일층 세련된 예술적 의장을 지니고 있었던 것은 예술작품으로써만 평가를 받고자 했던 새로운 문학세대의 태도를 대변하고 있다고 할 수 있다.

이러한 문학상황의 변화 속에서 경성문단이 지니는 의미는 사실상 구인회 및 예술파 문인들의 저널리즘과의 연계성 확보인데, 박태원의 문학을 논할 때 이것은 그가 서울 토박이 중산층 출신의 작가라는 계층의식보다 훨씬 본질적인 것으로, 그는 '구인회'의 비호 속에서 활동을 하면서 또한 구인회의 동인적 성격에 보조를 같이했다. 그러므로 박태원의 문학을 이해하려면 구인회와의 관계와 함께 구인회 자체의 성격을 살펴보는 것이 중요하다.

골드만(L. Goldmann)이 그의 『소설사회학을 위하여』에서 말한 대로 한 작품의 창작주체를 작가 일개인으로 파악하는 입장에서는 대부분의 작품은 우연적이 것으로 남게 되고 어느 정도 기발하면서도 재능있는 코멘트 이상의 차원을 넘어서기가 힘들다. 또한 골드만이 「숨은 꽃」에서 지적한 대로 어떤 작품의 객관적 의미를 추출하기 위해서는 작가가 속한 사회집단의 총체적 의식과 작품을 결부시켜서 고찰해야 한다. 따라서 구인회의 동인적 성격을 살펴보는 것은 동인적 분위기에서 작품활동을 했던 박태원의 문학세계를 보다 객관적으로 고찰할 수 있게 한다.

지금까지 구인회에 대한 논의는 김시태의 「구인회 연구」가 가장 본격적인 것인데, 그는 구인회의 결성에 근저를 이루는 문인들의 현실인식태도와 그러한 것들이 어떠한 문학적 외피를 쓰고 나타나고 있는가에 대한 본질적인 내용을 결하고 있다. 따라서 위의 문제에 대한 진전된 논의가 필요하다.

구인회는 1933년 8월 15일 창립된 문학단체로서, 이종명과 김유영의 발기로 조직되어 몇 명의 탈퇴와 가입의 과정을 거친 후 이태준, 김기림, 정지용, 박태원, 이상, 김유정, 김환태(金煥泰) 등에 의해 실질적인 활동이 이루어진 단체다. 이 단체의 발기인은 이종명과 김유영이지만 단체의 체질과 성격을 드러내주는 것은 후기 동인들에 의해서이다.

구인회의 성격은 일단 모더니즘 운동의 매개체로 규정할 수 있다. 카프와 같은 강력한 조직적 단체는 아니었지만, 현실을 인정하는 최소의 것을 합의한 테두리 안에서 여러 다양한 문학을 수용했던, 당대로서는 가장 전위적인 문학운동 단체였다.

구인회 회원들의 현실인식태도는 식민 안정기에 접어든 식민 한국 현실을 일제에 대항하여 투쟁해야 할 단계로 보지 않고, 일본의 경우와 동일시하여 자본주의의 난숙기로 파악한 김기림의 「인텔리의 장래」라는 글에서 엿볼 수 있다. 따라서 그들의 대부분은 도시를 문제삼고 문명을 예찬하고, 그러한 것들을 문학적으로 형상화하려 노력했다. 모더니스트들 거의가 서울이라는 도시의 실체를 인정하고 그 속에서 겪은 자신들의 체험 내용에 형식상의 새로운 감각을 결합하려고 시도했던 것은 도시화, 즉 근대화가 일본의 식민주의화를 뜻한다는 것을 인식했음에도 불구하고 그것을 전적으로 억압적인 것으로 보지 않은 데 기인한다. 당시 경성문단의 분위기를 지배했고, 그러한 분위기를 가장 첨예하게 간직하고 있던 단체가 바로 구인회이다.

구인회는 결성된 후 카프로부터 즉각적인 비판을 받는다. 백철은 구인회를 가리켜 '무의지파'로, 홍효민은 '새로운 반동시대의 제2기적 필연의 정세 밑에서 산출되는 새로운 반동시대의 전위파'로 구인회를 규정짓고, 사회적·역사적으로 보아 정당성을 가질 수 없는 지극히 반동적인 단체라고 비판한다

그러나 이상과 같은 카프측의 비난공격에 대하여 구인회측에서는 단 한 번도 응답해 본 일이 없다. 구인회의 동인지인 〈시와 소설〉의 후기에서 드러나듯이, 구인회 동인들에게는 작품의 창작만이 최대의 과제이자 유일한 답변이었기 때문이다. 또한 그들은 카프측의 '계급'의 관념을 '예술'이라는 관념으로 대치하고 있었기에, 그들의 계급적 성격 내지 사회적 의무에 대해 가해지는 비판에 대해 굳이 답변할 의무를 느끼지 않았기 때문이기도 하다.

하지만 구인회가 조직되었을 때 이미 카프는 문단의 주도권을 잃고 있었고, 이것은 구인회로 하여금 그들의 창작논리를 펴기에 좋은 조건으로 작용했다. 구인회가 카프의 반응에 초연할 수 있었음도 그 때문일 것이다. 그리고 이러한 조건 형성에 일본문단에서의 변화도 크게 작용했으리라 생각된다.

구인회의 동인 형성과 발족 취지 및 그들의 활동상에 대해 구인회의 동인이 직접 들려주는 것으로는 「구인회 만들 무렵」, 「이상시대, 젊은 예술가의 초상」과 같은 조용만의 회고담이 유일의 것이다. 그의 글과 과거 사실들에 대한 기억의 파편들을 산만하게 모아놓고 있어서 많은 오류를 드러내고 있지만, 그럼에도 불구하고 여전히 유의미한 자료이다.

조용만에 의하면 구인회 결성의 첫 발의자는 이종명과 김유영인데, 이들은 동인의 후보 대상으로 각 신문사의 학예부 관계자들을 선택하게 된다. 이것은 이 모임이 문학적인 조건과 아울러 현실적인 조건을 동시에 감안하였음을 보여주는 것이다. 즉 그들은 순수문학을 전개시킬 지면의 확보와 동인활동의 폭넓은 전개를 위해서 어느 한정된 신문사에 국한할 것이 아니라 모든 지면을 골고루 확보할 필요성을 느꼈다. 따라서 조용만(〈매일신보〉), 이무영(〈동아일보〉), 김기림(〈조선일보〉), 이태준(〈중앙일보〉) 등이 우선 대상에 올랐고, 여기에 정지용, 이효석이 추가되는데, 이것은 그들이 이태준, 김기림과 더불어 순수문학측에서 가장 촉망받는 작가였기 때문이다.

그러나 첫 발의자인 이종명, 김유영과 그들에 동조했던 이태준이나 정지용, 김기림 등이 처음부터 견해상의 차이로 대립하는데, 이로 인해서 결국 발의자들이 모두 탈퇴를 하게 된다.

이들에게 있어서 가장 본질적인 견해 차이는 집단의 성격 규정에 관한 것으로 보이는데, 발의자 측이 프로문학에 대한 비판의식을 전면으로 내세워 적극적인 집단적 원칙 하에서 활동을 하고자 한 것에 대해, 이태준 측은 문인 친목단체나 구락부 형식의 모임을 고집했던 것이다. 결국에는 이태준 중심으로 구인회 구성이나 운영방향이 결정되는데, 이것은 이태준 측의 의견이 구인회의 근본성격과 시대적 상황에 더 합당했기 때문이라 생각된다. 따라서 구인회의 친목적 단체로서의 성격은 표면적인 이유에 불과한 것이고, 친목단체로 고집하는 의도 밑에는 사회운동 차원으로 문학을 밀고 나갔던 이데올로기 문학에서 탈피하여 문학 내적인 문제로만 관심을 집중하고자 했던 그들의 현실대응 태도가 놓여 있는 것이다.

한편 구인회의 출현은 이 시기의 문단이 모두 직·간접적으로 일본의 동경문단의 영향을 받고 있었듯이, 1929년 일본에서 조직된 13인 구락부의 결성과 이후의 신흥예술파의 영향을 받았던 것으로 보인다. 우선 '13인 구락부'의 발족 취지와 구인회의 그것을 비교해 보는 것만으로도 족히 짐작할 수 있다. 두 단체 모두 조리 있는 강령이나 취지를 제시한 일이 없었고, 또한 회원들이 예술작품을 중심으로 연구·토의하는 것을 목적으로 하였다.

안회남(安懷南)은 당시의 문단을 소개한 「일본문단 신흥예술파 논고—프로파 기성파와의 대립」에서 당시의 일본문단에서의 예술파의 출현을 소개하고 있는데, 그는 "신흥예술의 대두는 예술에 대한 진정한 인식과 그 자체의 진보를 위한 투쟁"이라며, 신흥예술은 재래의 것과 단절하여 문학상의 여러 요소를 새롭게 하려는 문학의 혁명이라고 말한다.

이 글은 신흥예술파의 출현이 다분히 프로문학을 문학 내적으로만 부정하기 위한 것이었음에 국한시키고 있다. 또 문학이 자기모순에 의해서만 변화되어 가는 실체가 아닌 이상, 문학 주체들의 문학하는 태도와 그것을 가능케 한 역사·사회적 조건들이 고려되어야 함을 몰각하고 있다.

예술파의 출현은 카프의 퇴조 이후 혹독한 탄압으로 이념과 사상이 제거된, 문학을 강요당하던 30년대 사회적 상황에 부응하면서, 식민 상황을 극복해야 할 대상으로만 볼 수 없었던 새로운 문학세대들의 현실수용태도와 기교 위주의 문학이 만나는 접점에서 가능했던 것이다. 구인회의 결성은 1930년대의 역사·사회·문화적 현실과 밀접하게 연결된 것이었고, 그것의 문학적 지향과 분위기는 당시 문단을 지배했던 논리의 일면을 대변하고 있는 것이다.

박태원은 이런 상황에서 구인회의 중심 멤버로서 주로 세정의 인심과 세태를 심리적인 표출의 기법으로 형상화하여 30년대 문학의 한 주류를 이루어나갔다

「천변풍경」과 시정 및 내면세계

박태원은 구인회의 중추역할을 하던 26세 때 결혼을 하게 됨으로써 삶의 새로운 변화를 가져오게 된다. 박태원은 1934년 12

월 27일 숙명여자고등보통학교를 1등으로 졸업하고 보통학교 교원을 하고 있던, 경주김씨 김중하(金重夏)의 무남독녀 외동딸인 김정애(金貞愛)와 결혼하여 다옥정 7번지에서 신접살림을 시작하여 인생의 새로운 측면에 접어들게 되었다.

이 결혼식에서 축하 사인을 한 것을 둘째 아들인 재영씨가 지금도 가지고 있는데, 그 중 재미있는 것을 골라보면, 박태원의 결혼의 의미를 음미해 볼 수 있을 것이다.

> 얼마나 더 깊은 인생을
> 이해하시라
> — 유흑향(柳黑鄕)

> 내 귀는 바닷가의 조개 껍데기
> 물결치는
> 소리가 그립습니다.
> — 이(理河潤)

> 태화(太和)
> — 이무영(李無影)

> 작가 한 번 장가가면
> 귀가(歸家)치 않을
> 우리 문단(文壇) 비관 말자
> — 무영(李無影)

> Bon Voyage!
> 너의 Ami
> — 기림(金起林)

결혼생활은 이밥 같소
맛은 없어도
일생을 즐기는 것이오니
　　　　　　　　　― 조벽암(趙碧岩)

연애(戀愛)는 결혼의 전제(前提)가 아니요,
결혼(結婚)은 연애의 결과(結果)가 아니다.
결혼하기 위하여 연애하는 것이 아니라
사랑하는 그이를 일생(一生) 두고
연애하기 위하여 결혼하는 것이다.
　　　　　　　×
저는 이러케 생각합니다.
신랑(新郎)께서는?
　　　　　　　　　― 안회남(安懷南)

태화(太和)

　　　　　　　　　― 정지용(鄭芝溶)

꽃피었으니 열매 열고
뿌리는 다시
깊히!
　　　　　　　　　― 지용

　1＋1＝1

　　　　　　　　　― 상허(李泰俊)

결혼은 후무자(後無子)

유여계(猶女界)는 무태양무(無太陽無) 태양생(太陽生)

　　　　— 태양 정인택(鄭人澤)

　당시 문인들의 치기에 넘치는 속삭임들은 결혼의 의미가 무엇인가를 일깨워주고도 남는 내용들이다.

　박태원은 이미 〈조선중앙일보〉에 「소설가 구보씨의 일일」(1934.8.1〜9.19)을 발표하고 같은 신문에 장편소설 「청춘송(靑春頌)」(2.7〜5.18)을 발표하여 신문 연재의 기반을 굳히고 있었다. 그리고 「소설가 구보씨의 일일」을 발표한 뒤 '구보'라는 호를 쓰게 되었고, 〈조광〉에 「속 천변풍경」의 연재를 시작하면서 결혼을 전후하여 박태원의 본격적인 문학활동이 전개되고 있다.

　이 시기에 특기할 것은 박태원이 「결혼 5년의 감상」에서 술회하고 있듯이, 동대문부인병원에서 맏딸 설영이 출생하자 아버지가 되어 가슴 설레며 소설을 쓰고 있다는 사실이다.

　　이 날은 눈(雪)이 제법 오고 매섭게 추운 날인데, 어버이가 되는 시간에 다방 '낙랑(落浪)'에서 이상(李箱)과 차를 마시며 가슴 설레고 있었다.
　　"오늘은 구보가 이상한데……."
　　봉발의 작소라고 수필 「권태」에 씌어 있는 대로 수염이 덥수룩한 이상이 말했다.
　　"뭐 눈이 오는 탓이겠지."
　　나는 웬지 아내가 진통이 나서 동대문부인병원에 갔다는 말을 하고 싶지는 않았다.
　　그 말에 구인회 중 달변가인 이상은 말문을 닫고 커피잔을 들었다.

— 아버지가 된다. 한 생명이 탄생한다. 그것은 인간이 창조
주를 닮는 일이다.

그러니 생명의 외경으로만 넘길 수만은 없지 않은가.

이런 술회로 보아 결혼과 맏딸 설영의 탄생은 박태원의 생
애와 문학이 한결 더 활력을 띠고 성숙해져 가게 했다는 것을
알 수 있다. 〈조선일보〉에 장편 「우맹」을 연재하고, 〈매일신
보〉에 장편 「명랑한 전망」을 발표하고, 박문서관(博文書館)에서
장편 「천변풍경(川邊風景)」을 펴내며, 1938년 12월 18일 금각원
(金閣園)에서 「소설가 구보씨의 일일」의 출판기념회가 열려 일제
의 문화말살정책으로 얼어붙은 문단에 훈훈한 기운을 불어넣었
다.

이런 사이에 1937년 7월 30일 관동정 12번지 4호에서 박태원
의 둘째 딸 소영이 태어나고, 1939년 9월 27일(음력 8월 15일)에
예지동 12번지에서 맏아들 일영이 태어났다. 1940년 32세 때 새
로 지어 이사간 돈암동 487번지 22호에서는 1942년 1월 15일에
둘째 아들 재영이 태어났고, 1947년 7월 24일에는 셋째 딸 은영
이가 태어나 3녀 2남의 아버지가 되어, 세상을 유복하게 살면서
창작에 전념했다.

박태원이 42세 되던 6·25 때 월북할 때까지의 문학활동을
「천변풍경」과 주요 단편들을 중심으로 살펴 박태원의 문학적
의미와 문학세계를 조명하는 것은 그의 생애와 문학을 이해하
는 지름길이 될 것이다.

프로문학의 이데올로기가 제거된 문단에서 모색된 것, 그것은 프로문학의 이데올로기의 강도와 반비례로, 래디컬한 탈이데올로기 문학을 낳았고, 박태원은 그 대표적 작가이다.

박태원의 문학이 새로운 것으로 인식되어지는 이유는 이전 문학 세대와의 차이에서 비롯되는 것으로, 즉 기존문학에 대한 부정의 정도에 의한 것이다.

대부분의 모더니스트들과 마찬가지로 박태원이 우선 염두에 두었던 부정의 대상은 프로문학파의 강한 이데올로기적 문학이었다. 구인회의 비호 아래 작품활동을 해온 박태원은 문학상의 제요소들을 새롭게 변화시키려 했던 문학혁명의 선두주자였다. 그의 문학세계를 살펴봄에 있어 「천변풍경」의 존재는 실로 중요하다.

「천변풍경」은 소설적 기법의 면에서 1930년대 문단이 거두어들인 하나의 중요한 수확이다.

1930년대 이전까지 한국소설은 이렇다 할 만한 장편을 가져보지 못하였고, 프로문학에서의 단편소설은 장편지향의 특성으로 말미암아 장르 선택의 한계를 노정한 바 있다. 따라서 1930년대의 문학적 과제는 단편다운 단편, 장편다운 장편을 산출하기 위한 모색기였다.

1930년대의 이광수의 「흙」, 이기영의 「고향」, 염상섭의 「삼대」, 채만식의 「태평천하」, 한설야의 「탑」, 김남천의 「대하(大河)」 등, 몇 편 되지 않는 장편소설 중에서도 특히 주목을 받았던 「천변풍경」은 매우 색다른 특징을 지닌 것이었다. 따라서 「천변풍경」은 발표 직후부터 평단의 관심사가 되었으며, 소설의 새로운 경향을 대변하고 있는 것으로 화제에 올랐다.

이 작품이 발표된 직후, 당시 문단에 주지주의 문학론을 전개
하여 평단을 이끌어가던 최재서(崔載瑞)는 「리얼리즘의 확대와
심화」에서 「천변풍경」을 리얼리즘의 확대라 평하고, 「날개」를
그 심화라고 하여 문단 내에 리얼리즘 논의를 촉발시킨다. 그가
「천변풍경」을 리얼리즘의 확대로 평한 이유는 '객관적 태도를
가지고 대상에 접근하여 진실하게 관찰하고 정확하게 표현'하
는 데에 성공하고 있음에 주목한 때문이다. 묘사의 객관성을 들
어 리얼리즘의 확대 운운했던 최재서의 비평적 태도가 리얼리
즘의 기법적 차원만을 염두에 둔 것이었음은 당연히 지적해야
할 오류였지만, 「천변풍경」의 소설적 특징이 기법의 영역에서
주목되었던 것은 부인할 수 없는 사실이다.

이에 대해 임화(林和)는 최재서의 리얼리즘 개념을 비판한
후 「천변풍경」은 리얼리즘의 확대가 아니라, 작가의 사상이 결
여된 채 외부현실의 세밀한 묘사에만 의거한 자연주의 소설에
불과하다고 평한다. 그리고 이러한 경향을 드러내는 소설을 총
괄하여 '세태소설(世態小說)'이라 명명한다.

이른바 세태소설이라 불리어지는 임화의 논리에 의하면, 경
향문학의 퇴조 이후 한국소설은 세태묘사의 소설과 내성심리의
소설로 분열되었는데, 그것은 "작가의 내부에 있어서 말하려는
것과 그리려는 것과의 분열" 때문이라는 것이다. 이것은 "우리
가 사는 시대의 이상과 현실이 너무나 큰 거리로 떨어져 있는"
때문인데, 이러한 점은 "현대작가들의 한계인 동시에 우리 시대
의 특색"이라고 말한다. 그리고 "성격과 환경과의 하모니가 본

시 소설의 원망임에도 불구하고 작가들이 이런 조화를 단념한 데서 내성에 살든가 묘사에 살든가의 어느 일방을 자연히 택하게” 되었다고 본다. 임화에 의하면 성격과 환경과의 조화가 이루어져 있는 상태이어야 정상적이고 훌륭한 소설이 가능한 것이고, 또한 성격과 환경의 간격을 극복하는 형식이 바로 소설이라는 것이다.

임화는 세태소설이 묘사기술의 성장을 기대할 수 있게 해준다는 점에서는 그 가치를 인정했지만, “세부묘사에 국한하고 소설을 시추에이션의 집합물로 쪼개버리는 결과를 반성”해야 한다고 했다. “소설의 구조가 시추에이션으로 분리되어 버리면, 세태소설적인 의미의 묘사란 결국 모래와 같은 세부묘사의 집합에 불과”하기 대문인 것이다. 또한 임화는 “세태소설은 합리적 구조와 소설구조의 내적 필요성에 의하여 장편을 구성한 것이 아니라, 명백한 비장편적인 억지의 구성이나 그렇지 않으면 인위적 연결이나, 비예술적 구성으로 겨우 장편이 된 것이다.” 라고 말한다.

결국 임화가 말한 세태소설은 ‘사상성의 감퇴’, ‘전형적 성격의 결여’, ‘그 필연의 결과로서 플롯의 미약’이라는 중대한 결함을 지닌 ‘비장편적’인 장편소설인 것이다.

이 같은 임화의 논리는 서구 소설사를 전범(典範)으로 하여 우리 소설을 전적으로 이에 준하여 규정한 것이지만, 장편소설의 역사적 성격을 규명하고 있는 다음의 정의를 함께 참고한다면 「천변풍경」이 전통적인 장편소설과 얼마나 다른 모습인가를 파악하는 데 많은 도움을 받을 것이다.

‘신으로부터 버림받은 세계의 영웅서사시’인 장편소설은, 총
체성을 지향하나 그것을 완벽하게 달성하는 것이 불가능해져버
린 시대, 자아와 세계간의 간극을 극복하고자 하나 이를 완전무
결하게 극복하는 것은 이미 불가능해져버린 시대의 영웅서사시
이다. 따라서 자아와 세계 사이에 간극이 생긴 시대에 살고 있
는, 신으로부터 버림받은 세계에 살고 있는 장편소설의 주인공
은 마성의 심리를 지니며, 간극을 두고 대치해 있는 세계 또한
마성의 양성을 띠고 있다.

그러나 그 마성을 지닌 문제적 개인(das problematischs individuum)
은 자아와 세계간의 심연을 극복하고자 하며, 상실한 총체성을
회복하고자 하며, 걸어나갈 길을 찾고자 한다. 그리고 그 결과
는 추상적이고 관념적인 의미에서나마 주인공에게 일종의 전환
을 가져온다. 그러므로, 장편소설은 마성을 띤 세계 속에서 진
정한 가치를 찾고자 하는 악마적인 모색의 이야기라 정의될 수
있다.

이러한 장편소설의 역사적 성격 규명에 「천변풍경」은 부합되
지 않는다. 「천변풍경」에는 일관된 이야기도 인물의 성격묘사도
진정한 모험이나 낭만적 이야기도 더 나아가 전해줄 도덕적 가
치나 의미있는 철학도 없다.

「천변풍경」이 소설에 있어서 주요 요소인 인물의 행동과 사
건의 전개를 중시하지 않고 관찰자의 시각으로 현상적인 사실
만을 그리고 있음은 확실히 고전적 소설의 정석(定石)에서 벗어
난 것이다.

다음의 예문은 최재서가 「천변풍경」의 문학적 방법론을 지적

해낸 것인데, 그의 리얼리즘 개념에 오류가 있음에도 불구하고
그의 지적은 매우 적절한 것으로 평가된다.

> 「천변풍경」이 우리에게 주는 흥미는 흘러가는 스토리나 혹은
> 작자 자신의 다채한 개성이 주는 흥미는 아니다. 이 작품에서
> 우리가 작자를 의식한다면 그것은 실로 부재의식뿐이다. 즉 우
> 리가 키네마를 보면서 카메라의 존재를 의식치 않는 거와 마찬
> 가지로 우리는 이 작품을 읽으면서 작자를 의식치 않는다. 작자
> 의 위치는 이 작품 안에 있지 않고 그 밖에 있다. 그는 자기의사
> 에 의하여 어떤 가작적 스토리를 따라가며 인물을 조종치 않고
> 그 대신 인물이 움직이는 대로 그의 카메라를 회전 내지 이동하
> 였다.

최재서의 이와 같은 지적은 인식적 기능이 철저히 배제된 방
법론, 기술의 비인칭화에 의해 디테일 자체만을 드러내고자 하
는 방법론이 바로 「천변풍경」이 지니고 있는 세태소설의 의미
이자, 탈이데올로기적 발상의 내용이라는 것을 말해 주고 있다.
문학본질적 차원에서 리얼리즘이 바로 삶의 현상과 그 본질
의 반영으로서의 문학, 즉 디테일의 진실성뿐만 아니라 전형적
정세에 있어서의 전형적 성격의 정확한 표현을 의미한다는 점
을 감안할 때 「천변풍경」이 이러한 리얼리즘의 의미를 수용하
고 있는가라는 질문에 대해 그 평가는 부정적일 수밖에 없다.

> 창수를 꾸짖어 들여보낸 다음에도 약국 주인은 천변에 남아
> 있어, 이른 아침의 맑은 공기를 제법 즐길 줄 아는 사람같이 잠
> 깐 그곳을 거닐었다. 다리 밑에서는 깍정이들이 차차 거적 위에

서 거동들을 하는 모양이다. 이윽이 그 꼴을 보고 있다 배다리 편으로 시선을 준 그는 마침 이리로 걸어오는 민주사를 발견하고

　　"아, 일찍이 웬일이십니까?"

　　창수놈을 꾸짖을 때와는 딴판으로 그 주름잡힌 얼굴에 웃음이 넘친다.

　　(…중략…)

　　약국 주인은 양약, 한약에서 두루 강장제를 구하며, 또 아침마다 남산으로 운동을 다니며, 그보다는 색을 좀 삼가는 게 무엇보다도 몸에는 좋으리라고, 그러한 것을 생각하며, 집에서는 모처럼 일찍허니 기동을 하여 운동을 다녀도, 관철동에 가서는 꼭 늦잠만 잔다는 그를 잠깐 딱하게 바래고 나서, 아무데나 대고 또 가래침을 탁 뱉은 다음 안으로 걸어 들어갔다.

— 「천변풍경」

위의 예문에서 볼 수 있듯이, 특별한 사건이나 인물의 성격이 두드러지지 않고 있다. 인물의 행동을 세세하게 묘사하고는 있지만 그 행동의 의미가 중요한 것은 아니다. 따라서 관찰에 의존하여 외부세계를 폭넓게 묘사하고 있다 하더라도 이와 같은 방법으로는 리얼리즘과 보조를 같이할 수는 없을 것이다.

　「천변풍경」은 탈이데올로기적 문학방법론으로 창작된 작품이다. 따라서 그것은 장편임에도 불구하고 비장편적이 모습을 띠고 있으며, 장편이 가지는 여러 요소들이 없거나 또는 약화되어 있다. 「천변풍경」은 2월초부터 정월 말까지 1년 동안 천변을 중심으로 일어나는 사건들을 그 내용으로 하고 있다. 카페 여급의 생활(하나코, 기미코) 가난한 집 여자들의 시집살이의 애환(이쁜

이, 금순이), 가난한 사람들의 애달픈 삶(만돌어멈, 아나코 어머니)이 중산층 인물들의 도덕적 타락(민주사), 권력에 대한 집착과 허세(민주사, 포목점 주인) 등과 교차되면서 전개된다.

「천변풍경」은 50개의 삽화(挿話)로 구성되어 전체 내용이 행위와 사건의 긴밀한 연결에 의해 이루어지고 있지 않다. 이러한 구조적 특질은 「천변풍경」이 장편임에도 불구하고 일관된 이야기를 이루지 못하고, 또한 작가의 메시지를 약화시키는 원인이 되고 있다.

「천변풍경」에는 이렇다 할 주인공이 없다. 각기 역을 맡게 하여 작가가 등장시킨 모든 인물들이 각 에피소드의 주인공들이다. 소설에 있어서 인물이란 매우 중요한 요소로서, 특히 주인공은 이야기를 이끌어가고 주제를 드러내는 가장 중심적인 요소이다. 한 작가의 인물유형 설정은 그 작가의 특질을 본질적으로 드러내는데, 박태원이 창조하고 있는 인물은 실제로 살아 숨쉬는 것 같은, 곧 거리에 나가면 마주칠 수 있을 것 같은 인물이다. 그는 이러한 인물을 산 인물로, 리얼한 전형적 인물로 생각한다. 그에 의하면 이기영 및 카프의 작가들이 그려놓은 '투사'나 '지사'형의 인물은 산 인물이 아닌 관념적 인물이어서, 그들을 통해 그려지는 삶 역시 참다운 삶의 모습이 될 수 없다고 말한다.

박태원의 견해는 소설미학적 차원에서 논하기보다는 프로문학을 해왔던 작가들의 현실인식 태도와 비교해 볼 때 더욱 선명히 해명될 수 있다.

인물의 적극적 행위를 통해 삶을 개척해 나가는 동적인 소설을 추구했던 이기영 및 카프측 작가들은, 현실을 부정해야 할 대상으로 놓고 그것을 극복하려 한다. 따라서 그들의 목적의식은 사회의 모순을 극복해 나가는 강한 의지를 가진 '투사형'을 주인공으로 취하게 만들었다. 이렇게 볼 때 박태원의 인물설정 방식에의 역의 논리가 적용됨을 짐작할 수 있다.

박태원에게 있어 '전형'이란 평균적인, 일상적인 인물이어서 리얼리즘에서의 전형과는 거리가 있다. 따라서 「천변풍경」에서는 한 인물이 시험적인 환경을 거치면서 드러나는 성격묘사나 인물의 잠재력이 완성되어 생기는 변화가 있을 수 없다.

임화는 『문학의 이론』에 실린 「최근 소설의 주인공」에서 다음과 같이 말하고 있다.

> 만일 주인공이 없다든가 혹은 주인공이 분명치 않다든가 하다면 곧 소설의 중심이 없다든가 분명치 않다든가 하는 말과 동일한 의미가 된다. 인물, 더욱이 중요한 인물, 그 중에도 주인공을 통하여 운명이 표현되고, 운명 가운데 관념이 함축될 때, 운명을 타고난 주인공이 결여하거나 분명치 않다는 것은 따라서 곧 관념의 결여와 무력을 의미하게 된다.

위에서의 임화의 논리에 의하면 주인공의 부재 혹은 약화는 작가의 현실인식 태도와 관련을 가진 것으로, 현실에 대한 적극적 비판의 자세를 지니지 못한 작가의식의 산물인 것이다. 따라서 「천변풍경」 역시 이상과 현실의 분열을 노정한 시기에, 그 분열을 극복하고자 하는 적극적 의지를 포기한 박태원의 작가의식을 보여주고 있는 것이다.

그러면 작가의 사상을 전달해 주는 매개체인 주인공이 부재한 상태에서 작가가 표현하고자 하는 객관적 진실은 어떻게 전달될 수 있는 것인가?

이 물음은 「천변풍경」의 구조적 특질을 살펴봄으로써 해결가능한 것인데, 박태원은 여러 등장인물 각각의 시점을 통해, 즉 시점의 자유로운 이동을 통해 그것을 가능케 했다.

> "아 아니 요새 웬 비웃이 그리 비싸우?"
> 죽은깨 투성이 얼굴에 눈, 코, 입이 그의 몸매나 한가지로 모다 조그맣게 생긴 이쁜이 어머니가, 왜 목 요잇을 물에 흔들며, 옆에 앉은 빨래꾼들을 둘러보았다.
> "아 아니 얼말 주셨게요?"
> 그보다는 한 십 년이나 젊은 듯 갓 서른이나 그 밖에는 더 안 되어 보이는 귀돌어멈이 빨랫돌 위에 놓인 자색 바지를 기운차게 방망이로 두드리며 되물었다.
>
> — 「천변풍경」

위의 글은 '1. 청계천의 빨래터'의 서두 부분인데, 고정된 시점 없이 동네 아낙네들의 대화를 통해 청계천 빨래터 풍경을 드러내고 있다. 이후 각 절마다는 그 절의 에피소드를 이끌어 가는 등장인물의 시선을 통해 이야기를 전개시킨다.

이렇게 시점을 이동시키면서 삶의 모습을 드러내는 것을 최재서는 카메라의 눈에 비유한 바 있는데, 박태원은 각 에피소드의 등장인물에게 차례로 시점을 이동시키면서 서민들의 삶을 다채롭게 그려내었다.

　외부세계로 향한 카메라의 눈은 박태원이 장편으로서의 「천변풍경」을 완성시킬 수 있었던 주요한 기법이다. 작가의 주관이 극도로 배제된 상태에서 외부세계의 풍부한 삶의 모습이 세밀하게 묘사되어 있는 「천변풍경」이 작가의 사상이나 모랄에 미학적 문제가 걸려 있는 장르인 장편소설의 요건에 미치지 못함에도 불구하고 장편의 형태를 갖추고 있는 까닭은 카메라 눈의 이동(시점 이동) 때문인 것이다. 최재서는 특정한 주인공 없이 여러 인물을 통해 사건을 진행시켜 나가는 방식을 시점의 확산으로서의 카메라의 눈에 비유한 것이고, 이러한 방식으로 인해 반영되어지는 현실의 폭이 넓어진 것을 리얼리즘의 확대로 보았다.

　「천변풍경」에서는 주인공의 부재로 인해 박태원이 전달하려 한 메시지는 미약하지만, 시점의 다양한 이동으로 어느 정도 작가의 생각이 전달되고 있다. 더욱이 작가의 시선이 긍정적으로 머무는 인물을 통해 그의 생각을 더듬어볼 수도 있는데, 박태원이 가장 신뢰하고 긍정적으로 표현하고 있는 인물은 재봉이라는 이발소 소년이다.

　재봉이는 등장인물의 성격은 물론 기법적으로도 작가를 대리하는 관찰자로서의 뚜렷한 기능을 수행하는 소년이다. 재봉이는 순진하면서도 남달리 왕성한 호기심을 가진 소년이기 때문에 언제나 이발소의 창 밖 천변에서 움직이고 있는 사람들과 일어나고 있는 사건들을 열심히 관찰한다.

　「천변풍경」의 제2절은 재봉이의 눈을 통한 관찰이 주요 부분을 이루고 있는데, 소년의 관찰은 작가의 눈과 밀접하게 관련되어 있다.

　　소년의 관찰에 의하면 그의 중산모는 그의 머리둘레에 비하
여 크도 적도 않은 것임에 틀림없었다. 그러나 신사는, 결코 그
것을 보는 사람의 마음이 편안할 수 있도록 깊이 쓰는 일이 없
었다. 그는 문자 그대로 그것을 사뿐 얹어놓은 채 걸어다녔다.
어느 때고 갑자기 바람이라도 세차게 분다면, 그의 모자가 그곳
에 가 안정되어 있을 수 없을 것은 분명한 일이다. 소년은 그것
에 적잖이 명랑한 기대를 걸었다.

— 「천변풍경」

　소년의 관찰에 의한 중산모의 불안정한 모습은 소년으로 하
여금 그것의 떨어짐을 기대케 하고, 결국 작품의 결말에 가서
중산모는 개천에 떨어지고 만다. 여기서 중산모가 지니고 있는
상징적 의미는 음미해 볼 만한데, 도시화되어 가는 가운데서 발
생하는 불안정하고 경박한 어떤 것을 표현한 것으로 보인다. 이
러한 중산모의 의미와 함께 작가는 세태에 물들어 가는 것, 특
히 도시화에 대해 부정적인 시선을 보이고 있고, 또한 도시화에
따라 발생한 소외된 계층에 대해 무한한 동정을 보내고 있다.
이것은 시골서 온 소년인 한약방의 창수와 재봉을 비교하면서
드러내는 작가의 태도에 의해 알 수 있다.
　재봉과는 달리 창수는 도시의 경이와 영향력에 재빨리 휘말
려 들어감으로써 순진의 상태에서 도시의 깍쟁이가 되어 재빨
리 자기조정의 변화를 일으킨다. 그러나 작가의 시선은 창수가
변화하는 모습에 대해 전혀 긍정적이지 않다.

박태원의 도시취재의 소설 「천변풍경」이 무조건적인 도시예찬, 문명예찬의 소설이 아님을 우리는 알 수 있다. 새로운 것이라 무조건 수용하는 경박성을 부정하는 한편, 전근대적인 요소를 불식시켜 줄 근대적인 것에 대한 동경의 모습이 박태원의 소설 속에서 드러나고 있는 것이다. 「천변풍경」이 가장 한국적인 정서를 불러일으켰다는 점에서 찬사를 받은 소이가 여기에 있다.

결국 「천변풍경」은 시점의 다양한 이동을 통해 객관적 현실이 반영되고, 또한 작가의 메시지는 미약하지만 간접적으로 제시되고 있다.

서사적 자아, 즉 주인공의 부재는 박태원의 현실인식 태도가 작품 내적으로 반영된 결과로서, 그것은 작가 자신의 목소리를 내면화시킨 후 관찰에로만 향하게 한 결과와 궤를 같이하고 있는 것이기도 하다.

한편 작품 속에서의 주인공의 부재가 박태원의 현실인식의 태도를 작품 내적으로 반영한 것과 만찬가지로 「천변풍경」의 몽타주식 구성 또한 작가의 현실인식 태도를 반영하고 있다.

이 몽타주식 구성은 미학적으로 모더니즘적인 모습을 가장 잘 드러내는 것인데, 이것은 천변을 중심으로 벌어지는 사건들을 최대한 동시적으로 표현하려고 한 작가의 의도에 말미암은 것이다.

정이월에 대독 터진다는 말이 있다. 딴은 간간이 부는 천변바람이 제법 쌀쌀하기는 하다. 그래도 이곳 빨래터에는, 대낮에 볕

도 잘 들어, 물 속에 잠근 빨래꾼들의 손도 과히들 시리지는 않
은 모양이다.
　입춘이 내일 모레라서, 그렇게 생각하여 그런지는 몰라도, 대
낮의 햇살이 바루 따뜻한 것 같기도 하다.

　위 예문은 「천변풍경」의 서두의 예문에서 보듯이 「천변풍경」
은 1년이라는 물리적 시간을 배경으로 하고 있다. 그러나 작품
에서 연대기적 시간의 의미는 거의 없다. 시간의 흐름이 사물을
변화시킨다는 것에 대해 박태원은 긍정적이든 혹은 부정적이든
간에 기대를 가지지 않는다. 시간의 흐름은 단순한 순환을 의미
할 뿐이어서 등장인물에게서는 어떠한 역사의식도 찾아볼 수
없다.
　박태원은 지금 순간에 일어나는 사건만을 진실한 것으로 생
각하였다. 그것은 그의 미래에 대한 불확실함, 불안함을 보여주
는 것이기도 한데, 이러한 역사의식이 작품 속에 투영되고 있
다.
　몽타주는 근본적으로 한 대상에 대한 복합적인 혹은 다양한
관점을 보여주는 하나의 방법이다. 소설에서 몽타주를 재현하는
것에 대해 데이비드 데이셔스(David Daiches)는 두 가지 방법으로
나누고 있는데, 하나는 대상이 공간 속에서 고정된 상태로 머물
러 있고 그 의식이 시간 속에서 움직일 수 있는 방법으로, 그
결과는 시간 몽타주다. 또 하나의 가능성은 험프리(R. Humprey)
가 「현대소설과 의식의 흐름」에서 말한 대로 시간이 고정되고
공간적 요소가 변화하는 것으로 그 결과는 공간 몽타주다.

성숙과 시정의 조화, 박태원朴泰遠 —— 259

몽타주란 원래는 영화의 기본적인 방법을 가리키는 것인데, 현대의 '의식의 흐름'식 소설에서 여러 영화기법들을 수용하고 있기에 소설에서도 똑같은 용어를 사용하고 있다.

「천변풍경」에서 문제가 되는 것은 작품 전체를 일관하고 있는 구성상의 몽타주다. 천변이라는 일정한 공간 설정을 통해 그곳에서 일어나는 사건들을 최대한 동시적으로 표현함으로써 각각의 에피소드를 조합한 구성을 만들어내고 있는 것이다.

「천변풍경」은 1년이라는 물리적 시간을 배경으로 하고는 있지만, 각 에피소드들은 시간의 순서에 의해 배치되어 있지 않고 천변을 중심으로 하여 거의 동시적으로 일어난 사건들이 몇 개씩 묶여지면서 서술되고 있다. 따라서 「천변풍경」에서는 사건의 현재성, 동시성이 강조되어 있다.

현대소설에서 현재가 강조되는 까닭은 미래에 대한 불확실성으로 인하여 작가가 어떠한 신념도 가질 수 없기 때문인데, 박태원의 경우에도 신념 부재 및 미래에 대한 전망 부재로 인해 작품 속에서 현재성이 강조되기에 이르렀다. 즉 몽타주에 의한 현재성의 강조가 작가의 전망 부재와 통한다는 것이다.

리얼리즘 소설에서 전망은, 작품 전체를 위해 본질적인 것과 피상적인 것, 결정적인 것과 삽화적인 것, 중요한 것과 중요하지 않은 것을 궁극적으로 선정하는 원칙이다.

「천변풍경」 가운데도, 「탁류」 가운데도, 「남생이」 가운데도, 김유정의 소설 가운데도, 탁마된 성격이 우리는 끄는 힘은 없으며 그 성격과 환경이 어우러져 만들어내는 줄기찬 플롯이 우리

를 끄는 힘도 없으며, 따라서 작가의 사상이나 정열이 우리를
매료해버리지도 못한다.

　조밀하고 세련된 세부묘사가 활동사진 필름처럼 전개하는 세
속생활의 재현이 우리를 즐겁게 하는 것이다. 그러므로 세태소
설 가운데 선 작가는 주의를 한 군데 집중시키는 법이 없다. 현
실의 어느 것이 중요하고 어느 것이 중요치 않은가―이것을 구
별하는 것이 진정한 리얼리즘이다―가 일체로 배려되지 않고,
소여의 현실을 작가는 단지 그 일체의 세부를 통하여 예술적으
로 표현코자 한다.

― 임화

　임화의 말대로 리얼리즘은 선별의 원칙에 의해 중요한 것을
선정하는 것이다. 이것은 전망이 있을 때에만 가능한데, 전망은
작품 결말의 형태와 내용을 직접적으로 규정한다. 그리고 문학
적으로 형상화된 인간은 전망에 의해서 결정된 방향으로 발전
한다.

　그런데 「천변풍경」은 앞서 지적했듯이 작가의 전망이 부재함
으로 인해 구성상의 몽타주를 나타내고 있으며, 또한 선정의 원
칙이 없음으로 해서 여러 에피소드들이 위계 없이 다채롭게 펼
쳐지고 있다.

　작품에 나타난 작가의 발상법은 단순히 내적 구조로만 완결
되어 존재하지 않는다. 거기에는 항상 상황과의 대응이라는 의
미가 내재하게 마련이다. 박태원의 문학적 태도는 이데올로기와
무관한 입장에 서 있는 것이고, 따라서 이러한 이데올로기적 입
장은 작품 속에서 전망의 부재를 드러내고 있다.

「천변풍경」은 관찰에 의존한 탈이데올로기적 방법론이 산출한 하나의 산물이다. 따라서 그것은 1930년대 소설의 경향과 수준, 그리고 시대적 의미를 모두 포괄하고 있다고 해도 과언이 아니라 할 것이다. 이런 「천변풍경」에 못지 않게 박태원의 문학의 주축을 이루고 있는 것은 단편소설이다.

새로운 양식樣式 탐구와 풍자

1930년대에 발표된 박태원의 작품은 단편과 중편이 그 대다수를 차지한다. 구인회의 동인 대개가 단편소설에서 예술성을 확보하고 있는데, 이러한 현상은 단편이란 양식(樣式)이 가지는 특수성 때문인 것으로 이해된다. 삶의 총체성에 대한 인식을 전제로 하는 장편소설과는 달리 단편소설은 작가의 기지에 의해 여러 다양한 예술적 기법들이 운용되며, 그러한 것들을 통해 독자에게 단일한 인상을 강렬하게 전달하는 것을 특징으로 한다.

앞서 얘기한 바대로 박태원의 소설은 이념성(理念性)이 철저하게 배제되어 있는 탈이데올로기적 방법론으로 창작되었다. 따라서 그의 소설에서 활용되는 기법은 단순히 소설의 형식을 치장하도록 고안된 의장이 아니라, 대상에 대한 인식의 방법이며, 소설의 장르적 규범을 새로이 정립해보고자 하는 노력이다.

물론 박태원의 전 소설에 걸쳐 위의 논리가 적용되는 것은 아니지만, 적어도 박태원 문학을 대표하는 소설에서는, 그리고 박태원의 문학세계의 정립과정은 위에서 말한 논리의 실현 과정이었다.

박태원의 단편소설에서 나타나는 특징을 살펴보면, 우선 등장인물의 성격이 기존소설의 경우와 다름을 발견하게 된다. 박태원의 소설에 등장하는 주인공의 유형을 분류해 보면, 룸펜, 인텔리, 카페 여급, 몰락한 서민 등을 들 수 있다. 이들은 「천변풍경」에서 보여지는 등장인물의 유형과도 같은 것으로, 대부분이 사회에서 소외되어 있는 왜소한 일상인들이다.

이들 모두는 도시적 공간을 삶의 무대로 삼고 있고, 사회로부터 끊임없는 소외를 경험한다. 그러나 그들은 그 소외의 근원을 파헤쳐 그것을 극복하려 하지 않는다.

계급문학에서의 등장인물이 대개 집단의식(集團意識)의 소설적 구현을 위해 소영웅적인 인물로 치장되고 있었던 점을 생각한다면, 박태원의 소설적 주인공들이 왜소한 일상인의 모습으로 현실의 공간에 배치되어 있다는 것은 그의 소설이 당시 계급문단의 소설과 확연히 구별되는 특징이라고 할 수 있다.

한 작가가 어떤 유형의 인물을 설정하는가, 또 인물의 어떤 문제에 초점을 맞추는가 하는 문제는 단순히 기교상의 차원에서 논의되어질 수 없다. 이러한 문제는 기교상의 문제라는 차원을 넘어서 한 작가의 특질을 본질적으로 가늠해볼 수 있는 근거가 된다.

다음의 예문은 박태원 소설에서의 인물의 특징을 잘 보여주고 있다.

토요일 오후—
멋 없도록이나 맑게 개인 날이다.

누구나 그대로 집안에 붙박혀 있지 못할 날이다.
볼일도 없건만 공연스레 거리를 휘돌아 다니고 싶은 날이다.
철수는 양말을 두 켤레 사서, 그것을 아무렇게나 양복주머니
에 처넣고 화신상회를 나왔다.

— 「5월의 훈풍」

그는 신문을 뒤적거리다 말고 벌떡 일어나 세수를 하고 옷을
입고 그리고 그 자고 있는 사람의 불결한 육체며 의복이며 침구
며, 그런 것들을 증오와 모멸을 가져 노려보고 다음에 돌아서
그 방을 나왔다. 그러나 거리에 나와 그는 갈 곳을 갖지 못한다.

— 「딱한 사람들」

거리 위에서 나는 언제든 갈 곳을 몰라한다. 내가 아무런 볼
일도 갖는 일 없이 그냥 찾아가 만나줄 벗이란 다섯 손가락에도
차지 못하였고, 물론 같은 이를 매일같이 찾아보는 수는 없었다.

— 「거리」

구보는 마침내 다리 모퉁이에까지 이르렀다. 그의 일 있는 듯
싶게 꾸미는 걸음걸이는 그곳에서 멈추어진다. 그는 어딜 갈까,
생각하여 본다, 모두가 그의 갈 곳이었다. 한 군데라도 그가 갈
곳은 없었다.

— 「소설가 구보씨의 일일」

이상의 예문에서 보듯이 철수, 진수, 나, 구보 모두는 일정한
직업이 없는 사람들로서 아무런 이유 없이 거리를 방황한다. 이
들 모두는 직업이 없기에 가난함에도 불구하고 가난을 극복하
려 한다든가 직업을 구한다든가 하는 현실적 의욕을 보이지 않

는다. 이들은 자신을 둘러싼 근본적인 삶의 문제를 심각하게 고민하거나 개척하려 하지 않고, 그의 생활과 무관한 회상의 세계로 도피하거나 아니면 자신의 생활에서 오는 고달픔과 피로감에서 탈피하여 우울이라는 정서적 세계로 침잠해버린다.

그렇기 때문에, 이런 유형의 인물들이 이끌어가는 소설은 평범한, 아니 넌센스에 가까운 일상이야기에 머물고 만다.

> 영이는 생각난 듯이 곁에 드러누운 어머니와 또 아버지의 얼굴을 차례로 바라보았다. 그들은 물론 지금 건넌방에서 순이의 몸 위에 일어나고 있는 일을 알고 있을 게다. 그러나 그들은 이미 놀라지 않고 또 슬퍼하지 않는다.
> — 이것이 인생이란 것이냐? 갑자기 몸이 으스스 추웠다. 영이는 베개를 고쳐 베고 눈을 감았다. 어인 까닭도 없이 운동회 날 본 순이의 모양이 눈앞에 서언하다. 이윽히 그것을 보고 있다. 영이는 한숨을 쉬었다.
> — 너마저 집안식구에게 짜장면을 해다 주게 됐니? 너마저 너마저…….
> 영이의 좀 야윈 뺨 위를 뜨거운 눈물이 주울줄 흘러내렸다.
> — 「성탄제」

위의 예문은 박태원 소설에서 자주 등장하는 인물인 여급(女給)의 삶을 다룬 것이다. 이 인물의 설정은 1930년대 중반의 한국사회, 특히 도시사회의 구조적 모순과 관련을 가지는 것으로, 이러한 인물들을 바라보는 작가의 눈은 연민에 가득 차 있다. 도시화에 따른 환락화의 부산물로서의 여급은 물질주의가 낳은 고통의 대표자로 나타나고 있는데, 그들을 통해 인간관계의 상실을 보여주고 있다.

> 최노인은 매약행상을 다니기도 이미 삼십 년이 가까웁다. 스스로 경오생이라 일컬으니까 올해 예순아홉이 분명하거니와, 그 얼굴은 별과 바람에 까맣게 타고 또 가난과 고생으로 하여 주름살은 깊고 굵었으므로 모르는 이들은 그가 자기네들 곁을 지나도 그저 세상에 흔하디 흔한 그러한 약장수거니—하여, 별 흥미를 느끼지 않는 모양이나, 한 번 알고 보면, 분명히 그들은 신기하게 놀라고 말 것이, 이 최 노인은 정녕한 한국시대 관비 유학생의 한 명이었던 것이다.
>
> — 「최노인 전초록」

> 순이 아버지는 집주름 영감으로 계유생이라니까 올해 예순일곱이 분명하다. 현재 칠백 원 전세로 들어 있는 함석지붕의 일각대문집—, 방 한 칸, 마루 한 칸, 부엌 한 칸의 매 한 칸 집으로 오기 전에는 참말이지 남부럽지 않게 살았었노라고, 이것은 영감보다 두 살 위인 그의 마나님이 툭하면 뇌이는 소리다.
>
> — 「골목안」

위 예문에서의 최노인과 순이 아버지는 세상이 변천함에 따라 몰락해 간 계층의 사람들로서, 그들이 몰락하게 된 경위에 대한 해명은 없지만, 작가는 그들의 몰락과 지금의 상태에 대하여 연민과 동정을 보내고 있다. 작가가 말하지 않더라도 이러한 인물군은 구시대적인 서울이 자본주의화 함에 따라 근대적인 도시로 확대되면서 발생하게 된 인물들이다.

　　이상에서 보여지고 있는 인물들은 1930년대의 서울이라는 도시생활의 면모와 함께 쉽게 발견할 수 있는 유형이다. 이들은, 지식인의 경우에는 자의식에 탐닉하고 있고, 카페 여급, 몰락한 계층의 인물들은 자신이 처한 비극적 상황에서 체념하거나 현실을 숙명적인 것으로 받아들여 무거운 삶의 무게를 끝없이 지고 간다.

　　이러한 인물유형들을 통해 박태원이 드러낼 수 있는 것은 무엇일까? 자본주의하에서 끊임없이 소외당하는 개별화·왜소화된 인간들의 무력함만이 표현될 뿐이다. 그 자신 이러한 인물들이야말로 진정한 산 인물이라고 말한 바 있거니와, 이러한 그의 인물설정 및 인간의 본질해명에 있어 우리는 다음의 사실을 추정해 볼 수 있다.

　　인간의 본질은 어디까지나 개인의 존재를 근거로 한다. 따라서 무연고성에 놓이는 세계관에 서느냐, 인간의 본질이 사회적·공동체적 존재로 규정되느냐의 선택에 따라 작가의 세계관이 드러난다고 볼 때, 박태원의 경우는 다분히 전자에 가깝다. 전자의 세계관을 가질 때 인간이란 자기 소외의 인간 소외를 철저하게 맛보는 존재로서 이는 자본주의가 낳은 현상이다.

　　식민 지식인 박태원이 가진 현실인식의 태도가 자본주의의 긍정 내지 수용이었다고 볼 때, 자본주의 현실 속에서 집단적인 계급의식을 가진 소영웅적인 인물이 존재할 수 있다는 것은 오히려 황당무계한 공상에 불과한 것이다.

　　결국 박태원이 표현한 인물이야말로 자본주의하에서 나타날 수 있는 가장 생생한 인물에 다름아닌 것이다. 박태원을 통해 모더니즘의 정신적 지향을 엿볼 수 있다는 근거가 여기에 있다.

이상의 인물유형의 특징을 통해 박태원의 소설에서는 기교의 사용이 다채롭고 그것이 그의 작품을 형상화시키는 결정적 요소이기도 하다.

「불」의 작가 안회남은 그것을 다음과 같이 지적하고 있다.

> 우리 문단에서 보통 기교하면 그것을 소설작법상 어떠한 합리화의 수단으로 해석하지만 내가 말하는 작가 박태원 씨의 기교란 이러한 성질의 것이 아니다. 전자를 문학의 기교라고 일컫는다면 박태원 씨의 세계는 정히 기교의 문학이다. 다시 말하면 부분적 합리화의 수단이 아니라 전체적으로 이미 기교화한 세계이다.
>
> 장편소설 「천변풍경」을 별견하더라도 용이히 알게 될 것이다. 다른 작가 같으면 한 작품을 소설화하는 도중에서 기교라는 것이 생겨나지만 박태원 씨에게 있어서는 그러한 것이 아니라 이야기하고 쓰기 이전 어떠한 세계를 목도할 때부터 벌써 있는 것이다. 그렇기 때문에 박태원씨의 기교란 거의 현실과 동체이다.
>
> ─「작가 박태원론」

안회남의 지적은 박태원의 기교적 문학세계가 얼마나 강렬했던가를 보여주고 있다. 하지만 앞서 말한 대로 박태원의 기교는 단순히 소설의 형식을 치장하도록 고안된 의장이 아니라 대상에 대한 인식의 방법이다. 현실이 제거된 자리에 기교가 들어섬은 박태원의 탈이데올로기의 문학적 방법론을 말해주는 것이다.

박태원의 작품에서 가장 중요한 기법실험으로는 「소설가 구보씨의 일일」에서의 '의식의 흐름'의 기법이다. 이른바 '의식의 흐름'이라는 심리주의 소설 기법은 개인 의식의 내면적 공간을 확대하기 위한 방법의 천착으로 이해할 수 있다. 인간의 존재와 그 삶의 양상이 현실적인 공간 위에서만 의미 있게 규정되는 것이 아니라, 내면 의식의 흐름 속에서 보다 본질적으로 자리잡는 것임을 박태원은 인식하고 있다.

박태원의 작품 중에서 의식의 흐름 수법을 사용하거나 혹은 주인공의 내면적 세계에 초점을 맞춘 심리주의 소설에 속하는 것은 보통 무력한 인텔리를 주인공으로 삼고 있는 작품들인데, 그 속에는 박태원 자신의 생활체험이 직·간접으로 투영되어 있다. 「오월의 훈풍」, 「사흘 굶은 봄ㅅ달」, 「피로」, 「딱한 사람들」, 「거리」, 「소설가 구보씨의 일일」 등이 이 유형에 속한다.

20세기 초에 프루스트, 조이스, 리차드슨, 포크너, 울프 등은 현대문학에 있어 획기적인 작품을 발표한다. 영문학에서는 이것을 의식의 흐름(stream of consciousness) 소설, 침묵의 소설 혹은 내적 독백(internal monologue)의 소설이라 부르고, 불문학에서는 이것이 유동적인 사상 그 자체를 묘사했다고까지 할 수는 없어도 마음의 분위기를 포착한 현대 심리분석소설이라 불리어지게 된다. 이 소설들은 외부세계의 묘사로부터 의식의 생명과 지각작용이 부단히 작용하는 환상과 몽상의 세계로 소설의 방향을 돌렸다.

1930년대 한국문학에서도 이러한 소설기법의 변화가 이론적으로 받아들여진다. 최재서는 이상의 「날개」를 심리주의 소설의 맥락하에서 호평한 바 있다. 최재서는 심리주의 소설이 가지는 인간내면의 관찰에 주목하여 심리주의 소설을 현대주의(모더니즘)라 부를 것을 주장한다.

심리주의 소설이 가지는 모더니즘적 특질이란 현대인의 파편화된 자아의 영역을 과학적 방법으로 그려냄을 말하는 것으로, 박태원의 심리주의 소설에도 무력하고 파편화된 도시 인텔리의 모습이 그려져 있다. 「소설가 구보씨의 일일」은 그 대표적인 작품으로, 발표 직후부터 새로운 소설로 주목을 받는다.

소설에서의 사건의 극적 전개, 인물의 대립과 갈등에 익숙해 있던 독자들에게 「소설가 구보씨의 일일」이 던진 충격은 적지 않다.

「소설가 구보씨의 일일」은 주인공이 집을 나와 도시의 구석구석을 배회하다 집으로 돌아오는 하루 동안의 일상적 생활 공간이 주요내용이다. 이러한 유형의 작품 모두에서도 이와 비슷한 이야기 구조가 나타나는데, 주인공들은 모두 아무런 의도 없이 거리를 방황한다. 이들이 거리를 방황하는 이유는 무력한 일상적 삶에서 잠시 벗어나기 위함이지만, 그 벗어남에서도 그들은 소외를 맛보게 된다. 그들이 방황하는 동안 그들의 의식도 방황을 거듭하는데, 그 방황의 내용은 과거에 대한 회상으로 처리된다.

「소설가 구보씨의 일일」의 주인공 역시 방황을 하는데, 그는 거리를 방황하면서, 헤어진 옛날의 여인을 떠올리고 사소한 일상의 일들을 생각한다.

다음의 예문을 통해 심리주의 소설로서의 「소설가 구보씨의 일일」의 면모를 살펴보고, 그 서술방식에 주목해 보자.

차료(茶寮)에서

　나와 벗과 대창옥으로 향하며, 구보는 문득 대학노트 틈에 끼어 있었던 한 장의 엽서를 생각하여 본다. 물론 처음에 그는 망살거렸었다. 그러나 여자의 숙소까지를 알 수 있었으면서도 그 한 기회에서 몸을 피할 수는 없었다. 그는 우선 젊었고, 또 그것은 흥미있는 일이었다. 소설가다운 온갖 망상을 즐기며, 이튿날 아침 구보는 이내 여자을 찾았다. 우입구시래정(牛込區矢來町). 주인집은 그의 신조사(新潮社) 근처에 있었다. 인품 좋은 주인 여편네가 나왔다 들어간 뒤, 현관에 나온 노트 주인은 분명히……그들이 걸어가고 있는 쪽에서 미인이 왔다. 그들을 보고 빙그레 웃고, 그리고 지났다. 벗의 다료 옆, 카페 여급, 벗이 돌아보고 구보의 의견을 청하였다. 어때 예쁘지. 사실 여자는, 이러한 종류의 계집으로서는 드물게도 어여뻤다. 그러나 그는 이 여자보다 좀더 아름다웠던 것임에 틀림없었다.

　어서 옵쇼. 설렁탕 두 그릇만 주―구보가 노트를 내어놓고, 자기의 실례에 가까운 심방에 대한 변해를 하였을 때, 여자는 순간에 얼굴이 붉어졌었다. 모르는 남자에게 정중한 인사를 받은 까닭만이 아닐 게다. 어제 어디 갔었니. 길거신자(吉居信子). 구보는 문득 그런 것들을 생각해내고, 여자 모르게 빙그레 웃었다. 맞은편에 앉아, 벗은 숟가락 든 손을 멈추고 빠안히 구보를 바라보았다. 그 눈은, 무슨 생각을 하고 있느냐, 물었는지도 모른다. 구보는 생각의 비밀을 감추기 위하여 의미 없이 웃어보였다. 좀 올러오세요. 여자는 그렇게 말하였다. 말로는 태연하게, 그러면서도 그의 볼은 역시 처녀다웁게 붉어졌다. 구보는 그의 말을 쫓으려다 말고, 불쑥, 같이 산책이라도 안 하시렵니까, 볼 일 없으시면. 그날은 일요일이었고, 여자는 마악 어디 나가려던 차인지 나들이옷을 입고 있었다. 통속소설은 템포가 빨라야 한다. 그 전날, 윤리학 노트를 집어들었을 때부터 이미 구보는 한

개 통속소설 작가였고, 동시에 주인공이었던 것임에 틀림없었다. 그는 여자가 기독교 신자인 경우에는 저 자신 목사의 졸음 오는 설교를 들어도 좋다고까지 생각하고 있었다. 여자는 또 한 번 얼굴을 붉히고, 그러나 구보가 만약 볼일이 계시다면, 하고 말하였을 때, 당황하게, 아니에요. 그럼 잠깐 기다려 주세요, 그리고 여자는 핸드백을 들고 나왔다. 분명히 자기를 믿고 있는 듯 싶은 여자 태도에 구보는 자신을 갖고, 참, 이번 주일에 무장야관(武藏野館) 구경하셨습니까. 그리고 그와 함께 그러한 자기가 할 일 없는 불량소년같이 생각되고, 또 만약 여자가 그렇게도 쉽사리 그의 유인에 빠진다면, 그것은 아무리 통속소설이라도 독자는 응당 작가를 신용하지 않을 게라고 속으로 싱거웁게 웃었다. 그러나 설혹 그렇게도 쉽사리 여자가 그를 쫓더라도 구보는 그것을 경박하다고 생각하고 싶지 않았다. 그것에는 경박이란 문자는 맞지 않을 게다. 구보의 자부심으로서는 여자가 초면임에도 불구하고 자기를 족히 믿을 만한 남자라 알아볼 수 있도록 그렇게 총명하다고 생각하고 싶었다.

여자는 총명하였다. 그들이 무장야관(武藏野館) 앞에서 자동차를 내렸을 때, 그러나 구보는 잠시 그곳에 우뚝 서 있을 수밖에 없었다. 그것은 뒤에서 내리는 여자를 기다리기 위하여서가 아니다. 그의 앞에 외국부인이 빙그레 웃으며 서 있었던 까닭이다. 구보의 영어교사는 남녀를 번갈아보고, 새로이 의미심장한 웃음을 웃고, 오늘 행복을 비오, 그리고 제 길을 걸었다. 그것에는 혹은 삼십 독신녀의 젊은 남녀에게 대한 빈정거림이 있었는지도 모른다. 구보는 소년과 같이 이마에 콧잔등이에 무수한 땀방울을 깨달았다. 그래 구보는 바지주머니에서 수건을 꺼내어 그것을 씻지 않으면 안 되었다. 여름 저녁에 먹은 한 그릇의 설렁탕은 그렇게도 더웠다.

— 「소설가 구보씨의 일일」

이 예문의 내용은 친구를 만나기 위해 들른 다방에서 어떤 남녀의 정다운 모습을 보고 난 구보가 동경에서 사귀었던 여자를 생각하게 되고, 여자와의 사이에서 일어난 일을 회상하면서 벗과 함께 다방을 나와 대창옥이라는 설렁탕집에 가서 식사를 한 일이다. 외부적으로 일어난 사건은 결국 친구를 만나 식사를 했다는 지극히 사소한 일이다. 그리고 그러한 사소한 사건의 사이에 과거와 현재가 교차되는 긴 회상의 삽입부가 들어가 있다.

주제나 소재의 문제성에서 우선 가치판단 기준을 찾고자 했던 기존 소설에서 본다면, 「소설가 구보씨의 일일」에서의 사건들은 아무런 가치가 없는 것으로 느껴진다. 그러나 이러한 사소한 사건, 즉 일상사에 대한 박태원의 관심은 그의 모든 소설에 걸쳐 나타나고 있다. 그렇다면 박태원은 왜 그러한 일상적인 일들에 관심을 기울였을까? 이 물음에 대한 대답은 박태원의 주인공 설정방식과 관련지어 생각해 보면 어느 정도 해답을 얻을 수 있다.

박태원의 소설의 주인공들이 계급적 이념이나 사회적 의식을 집단적으로 대변하는 사회적 인물이 아님을 앞서 살펴보았다. 그리고 주인공들은 주변생활에서 소외되어 있는 왜소한 인물들임도 살펴보았다. 주인공의 설정이 이러할 때, 이들 왜소화된 인물들을 중심으로 전개될 사건이 문제적인 사회적 사건이 될 수 없음은 짐작하기에 어렵지 않다. 따라서 박태원의 소설에서는 일상적인 사건, 즉 일상성의 의미가 크게 부각될 수밖에 없게 된다. 그리고 일상성도 그 자체에 의미가 주어지는 것이 아니고, 일상성 속에서 촉발되어진 주인공의 의식세계가 중심이 되는 것이다. 사회적 현실과 단절된 상태로 개체화되어 버린 인간에게서 그 존재 의미를 확인할 수 있는 것은 의식뿐이다.

의식의 흐름을 따라가는 심리주의 소설기법의 단편이 「소설가 구보씨의 일일」에 나타나는 것은 박태원이 의의를 부여하고 있는 것이 바로 개체화된 인간의 내면의식의 추이이기 때문인 것이다.

위의 예문에서 볼 수 있듯이, 박태원은 의식의 자유로운 흐름을 보여주기 위해 과거·현재의 끊임없는 교차를 시도하고 있다. 이때 그는 이것을 표현하기 위해 영화기법의 하나인 오버랩을 차용하여 등장인물의 의식세계를 자유롭게 드러내 보이고 있다.

「소설가 구보씨의 일일」은 당대의 문단 내에서, 문학의 혁신을 기대하던 문학계에 큰 충격을 준 작품이다. 일상성(日常性)의 의미, 그것을 통해 문단의 대상에 대한 전환을 꾀했던 그는, 현대소설에서 획기적인 기법이었던 의식흐름의 소설을 시도하여 현대적 의미의 심리소설 창작의 선편을 잡았다고 하겠다.

주인공의 설정, 일상성을 따라서 방황하는 인간의 내면의식을 드러내기 위한 의식흐름의 소설기법의 사용과 더불어, 박태원의 소설의 특징으로 볼 수 있는 것은 그의 세련된 문장력이다. 박태원은 이태준이 누구보다도 아낀 작가였다. 그 이유는 작가로서의 예민한 감수성과 그것을 뒷받침하는 세련된 문장력 때문이다.

다음의 예문은 한국문학에서 뛰어난 스타일리스트의 한 사람인 이태준이 박태원의 문장을 평한 것이다.

더구나 구보는 누구보다도 선각한 스타일리스트다. 그의 독특한 끈기 있는 치렁치렁한 장거리 문장, 심리이고 사건이고 무어든 한 번 이 문장에 걸리기만 하면 일사를 가리지 못하고 적나라하게 노출이 된다.

— 「소설가 구보씨의 일일」 발문

이러한 문장력을 지니고 있었던 박태원은 이무영, 안회남 등과 함께 문장면에서 창작평을 시도하고, 카프의 강권적이고 이데올로기적인 내용비평에서 탈피하여 월평의 방향 전환을 시도했다.

이들의 소설론, 특히 박태원의 '문예감상은 문장의 감상'이라는 태도로 행해진 월평류는 프로비평의 특징인 전통성 우위의 비평 경향을 해석적인 방향으로 기울게 했다는 데 의의가 있다.

비평이 단편의 창작 해설이나 기교분석에만 머물 수는 없겠지만, 이러한 비평태도는 과학적인 준거를 가지고 소설미학적 규준을 세워보려 했다는 점에서 시사하는 바 크다.

그들은 '무엇을'과 함께—혹은 보다도—'어떻게' 썼나 하는 것에 감상욕의 대상을 구하려 하는 것입니다.

문예감상이란 구경 문장의 감상입니다. '발자크'나 '졸라'의 노력도 결코 무의미한 것이 아니었습니다. 작가들은 얼마든지 문장도에 정진하여야 하겠습니다.

— 「표현 · 묘사 · 기교」

문장에 대하여 무관심하기 조선사람 만한 자 없을 것이요, 문장에 대한 수련을 게을리하기 조선작가 만한 자 또한 없을 것이

다. 이것에는 주견없는 어린 작가들에게도 허물이 있거니와 그
들의 작품을 평함에 있어 일에도 '내용', 이에도 '내용' 하고 전
혀 그 표현에 대한 논박은 할 줄 몰랐던 이른바 평론자들에게
더욱이 그 죄의 큰 자가 있을 것이다.

— 「1934년의 조선문단」

또한 박태원은 한 개의 우수한 내용이 오직 그것만으로 예술
품일 수 있나를 회의하며 내용 위주로 작품평을 하는 비평가들
에게 다음과 같이 말한다.

'내용'이니 '형식'이니 '수법'이니 '문장'이니 하고 온갖 것을
논할 수 있는 것은 오직 참말로 우수한 작가, 평론가에게만 허
용되는 일이요, 중등학교 2년생 정도의 졸렬한 문장을 가져 사
상을 표현하는 재주밖에 없는 자들의 감히 참여할 바가 아니다.

이것은 다분히 내용 위주로 평을 했던 카프측 비평가들을 겨
냥한 것으로, 작가가 창작할 때 고려할 점이나 또는 평론가가
비평을 할 때의 기준점은 작품의 내용성이 아니라 얼마나 올바
른 문장, 정확한 표현을 쓰느냐, 혹은 그러한 표현이 얼마만큼
작품 내에서 효과를 거두고 있느냐는 점에 있다고 보는 것이다.
박태원은 문학의 매체인 언어에 대하여 확고한 자의식과 자
부심을 가지고 창작 및 비평에 임했다. 언어와 표현기교에 대한
박태원의 의미부여는 매우 강렬한 것이다. 그의 언어는 서술을
위한 것이기보다는 상황적 구체성에 집착하여 최대한 상황을
그려내기 위한 수단으로 사용된다. 따라서 그의 대화는 생동감

이 넘치고, 묘사의 상황은 구체성을 띠고, 심지어는 언어의 유희가 지나쳐 요설(饒舌)적인 것처럼 느껴지기도 한다.

　　제법 가을다웁게 하늘이 맑고 또 높다. 더구나 오늘은 시월 들어서 첫 공일—

　　그야 봄철같이 마음이 들뜰 턱이 없어도 그냥 이 하루를 집 속에서 보내기는 참말 아까워 그렇길래 삼복더위에도 딴말 없이 지낸 한약국집 며느리가 조반을 치르고 나서

　　"참, 어디 좀 갔으면……."

　　옆에 앉은 남편이 들으라고 한 말이다.

　　"어디?"

　　물어주는 것을 기회로 그러나 원래 어디라 꼭 작정은 없던 것이라 되는 대로

　　"인천—"

　　한 것을 의외에도 남편은 앞으로 나앉으며

　　"인천?……그것두 준 말이야. 인천 가본 지두 참 오랜데……."

　　남편이 그러니까 젊은 아내도 참말 소녀와 같이 마음이 들떠

　　"돈 뭐 그렇게 많인 안 들죠?"

　　"돈이야 몇 푼 드나?……허지만 여행을 해두 괜찮을까?"

　　"뭐?……"

　　"이거 말야."

　　그의 약간 나올까 말까 한 배를 손가락질하는 것이 우스워

　　"아이 참 당신두……달 차구두 돌아댕기는 사람은 으떡허우?"

　　"으떡허긴 그런 사람들은 그럭허구 댕기다 기차 속에서두 낳구 전차 속에서두 낳구 그래 신문에 나구 법석이지."

　　"어이 참 당신두……."

"책에두 삼사 개월 됐을 때 조심허라지 않어?"

"글세 괜찮어요. 어디 먼 데 가는 것두 아니고……기차를 탄
대야 그저 한 시간밖에 안 되는걸……."

그래 두 사람은 어디 요 앞에 물건이라두 살 듯이 가든하게
차리고 경성역으로 나갔다.

— 「천변풍경」

'참'이니 '아이 참'이니 하고, 비사고적인 감탄 감정에서 나오
는 말을 많이 쓰고, 또 '인천', '뭐?' 이런 한 개 단어만을 쓰
기도 하고, '돈 뭐 그렇게 많인 안 들죠?'니 '참, 어디 좀 갔
으면……' 하고, 목적에 급해 토가 나올 새 없이 단어만 연
달아 나오게 하는 것은, 돌발적으로 마음 솟는 대로 말하는,
아직도 소녀성이 가시지 않은, 젊은 여인의 성격을 훌륭하게
드러내 보이고 있다. 대화를 그대로 끌어올리는 것은 인물이
의지와 감정과 성격의 실면모를 보이기 위함이다. 따라서 대
화의 내용은 의미의 전달만이 아니라 인물의 성격까지 간접
적으로 나타내야 한다. 예문에서 볼 수 있듯이, 이러한 목적
에 적확하도록 박태원은 소설 속에서 능숙하게 대화를 구사
하고 있다.

다음의 작품에서도 박태원의 언어의식이 강렬하게 드러나고
있다.

토요일 오후—
멋없도록 맑게 개인 날이다.
누구나 그대로 집안에 붙박혀 있지 못할 날이다.

볼일도 없건만 공연스리 거리를 휘돌아다니고 싶은 날이다.
— 「5월의 훈풍」

위의 예문은 「5월의 훈풍」의 서두 부분인데, 각 구절을 별행으로 옮겨 쓰고 있다. 상식적인 의미의 산문은 각 문장마다 별행을 쓰지 않는 것인데, 이러한 별행을 작품 서두에서 사용하고 있는 것은 상투적인 어법과 문장에서 탈피해 보려는 그의 의도에서 비롯된 것으로 보이며, 또한 작품이 풍기는 서정적인 느낌을 서두에서부터 강조하고 있는 것으로 보인다. 이상이 「날개」에서 고백으로 서두를 시작하고 있는 것과 같은 효과를 이 작품에서도 겨냥하고 있는 것으로 보인다.

이와 함께 「딱한 사람들」, 「피로」 등의 작품에서는 숫자, 기호, 광고문 등을 직접 사용하여 모더니즘 시에서의 회화적인 활자배열과 같은 공간적 형식을 나타내고 있다. 이러한 방식은 신문의 표제나 뉴스의 단편, 유행가, 정치가의 연설을 이야기 사이에 삽입해서 시대적 분위기를 풍겨주기 위한 기법인데, 이것은 당시 문단에 호기심을 불러일으키기에 충분할 정도로 전위적인 것이었다.

자리 속에 그대로 누운 채 손을 내밀어 신물을 펴들고 우선 눈을 주는 것은 '삼행 광고'의 '고입난'. 언제부터 시작이 되었는지 그것도 이제는 한 개의 습관이다. 활판. 건축. 기술. ラチ. 선반. ミシ. 화복(和服). 화복. 화복. 가로 쭈—ㄱ, 대강 잇자만 훑어가다가 잠깐 시선을 멈춘 곳이

```
助手募集住込有給 ?乘車
運轉手 甲乙臨住込 多電四谷一八四三
四谷大木戸停留橫 東京運轉手會
```

— 「딱한 사람들」

또한 「거리」, 「비량」, 「방란장 주인」에서는 언어의 유희가 지나쳐 요설적인 것처럼 느껴지기도 하는데, 이것은 박태원에게서만 볼 수 있는 우리 소설사에서 보기 드문 장거리 문장이다. 「방란장 주인」에서는 이러한 실험의식이 극단적으로 되어 작품 전체가 하나의 문장으로 이루어져 있기도 하다.

> 일 있는 이는 일에 시달렸고 한가한 이는 또 한가함에 지쳤고, 온 집안 식구가 단칸방 속에 서로 너무나 가까이 모여 있었으므로 도리어 마음들은 서로 멀어지고 아침저녁으로 대하는 늘 한모양인 그 핏기 없는 얼굴들은 서로 남의 마음을 어둡게 하여 그래 우리들은 그렇게 가까이서도 서로 마주 대하기를 꺼리고 어린 조카도 쉽사리 어른들의 풍속에 젖어 우리 가족들은 모두 방의 네 벽과 같이 말이 없었다.

— 「거리」

확실히 이 장거리 문장은 우리 소설사에서 드물게 보는 특이한 문체로서, 긴 문장에 콤마 사용을 적절하게 함으로써 내용의 산만함을 피하고 있다. 원래 장거리 문장은 내적 독백, 즉 의식의 흐름을 표현하기 위해 사용되고 있는데, 박태원의 경우도 그러한 기법적 영향과 더불어 그의 문장력이 교묘히 일치하여 독특한 그의 문체를 드러내게 된 것으로 보인다.

이상을 통해 볼 수 있었듯이 박태원 작품 속에서 차지하는 문장의 기법의 역할은 매우 큰 것이다. 이것은 그의 소설이 주제나 소재에서의 의미심장함을 포기하고 있기에, 즉 소설적 내용이 축소 내지 약화되어 있기에, 발생된 자연스러운 현상으로 볼 수 있다.

박태원 소설은 기교 위주의 탈이데올로기적 문학방법론에 의해 창작된 것이다. 하지만 그의 탈이데올로기적 문학방법론의 의미는 단순한 예술적 의장으로서가 아닌, 즉 인간조건을 규정하고 있는 제반상황과 아무런 관련을 맺지 않고 오직 아름다움만을 추구하는 예술지상주의와는 구별되는 것이다.

자칫 그의 예술은 당시 식민 현실과 끊임없이 유리되어 있는 듯이 보이지만, 그것은 그가 소극적인 자세로 식민현실을 수용했던 것에 기인하는 것이고, 더 나아가 식민현실을 자본주의의 확대화 과정으로 파악한 때문이기도 하다. 그렇기에 그는 자본주의화 과정에서 발생하는 인간소외의 문제를 거침없이 그의 소설의 중심에 위치시킬 수 있었다.

1930년대에 이른바 예술파로 지칭되었던 모더니스트들이 행한 모더니즘 운동이 역사적인 의미를 지닐 수 있는 까닭이 위의 사실들에서 연유하기 때문인 것이다.

박태원의 모더니즘은 철저하게 상황적이었다고 보여지는데, 그것은 식민 상황에서 생활해야 했던 지식인의 비애에 해당하는 것으로 그의 창작동기가 다분히 시류적이었음이 이에 관련된다. 해방 후의 박태원 문학까지 총체적으로 다룰 때만이 위의 사실이 밝혀질 수 있겠지만, 해방 후의 그의 행적이 1930년대 활동만큼이나 상황적이었음이 이 사실을 뒷받침하고 있다.

탈이데올로기적 방법론을 표방하면서 표나게 독특한 작품세계를 보여주었던 박태원이 일제 말기에는 통속소설을 쓰기에 이르고, 「삼국지」, 「수호지」 등의 번역작업을 생활수단으로 삼은 것은 단순히 그의 작품세계가 한계에 부딪혔기 때문이라고 볼 수만은 없다.

그의 작품세계를 뒷받침하던 그의 세계관이 위기에 봉착한 것, 그가 소극적이나마 수용하고자 했던 일본의 자본주의가 식민 지식인의 환상이었음을 깨달은 것, 그것이 그를 더 이상 전위적일 수 없게 만든 것이다.

삶의 현실과 내일에의 지향

박태원은 한문에 뛰어난 작가로도 유명했다. 일찍 『지나소설집(支那小說集)』을 인문사(1939)에서 펴낸 바 있는 그는 「신역삼국지(新譯三國志)」를 〈신시대〉(1941)에 연재하고, 1942년부터 〈조광〉에 중국소설 「수호전(水滸傳)」을 3년간 연재하고, 해방 뒤에도 『중국소설선』Ⅰ, Ⅱ(정음사)를 출간하여 중국문학의 전파에 힘썼다. 그는 40세가 되던 1948년 가족과 같이 성북동 39번지로 이사하여 해방문단의 중추역할을 한다. 문학가 동맹의 중앙집행위원으로 피선되어 민중문학운동에 전념하여 6·25 후 월북하게 된 것이 박태원의 또 하나의 전기라고 할 수 있다. 그는 대하소설 『갑오농민전쟁』(10권)을 발표하는 등 왕성한 창작활동

을 펼쳤으나 이태준과 같이 고난의 여정을 겪게 됨으로써 문학
계로 봐서는 큰 손실을 가져온 듯이 보인다.

우리는 1930년대의 대표적인 모더니스트인 박태원의 소설을
중심으로 하여 한국근대문학의 전개과정에서의 박태원 삶의 의
미와 그의 소설이 지니는 의미를 추출해보려고 했다.

지금까지의 모더니즘 논의는 대체로 시를 중심으로 하여 되
어왔었고, 또한 그 논의조차도 단지 외국의 모더니즘과 비교하
여 같은 점, 다른 점 등을 찾는, 즉 우리의 모더니즘 문학의 외
면적 특징을 되풀이해서 언급하는 식의 논의가 주류를 이루어
왔다. 하지만 1930년대 모더니즘에 대한 평가는 서구 모더니즘
과의 비교보다는 국문학 자체의 발전과정 속에서, 즉 국문학 자
체 내에서의 변화의 축을 중심으로 하여 그 의미를 규명해야만
한다고 생각된다.

이에 한국 모더니즘 문학의 의미 내지 본질 규명을 위한 하
나의 디딤돌로서, 박태원 소설의 의미를 논의한 것을 바탕으로
다음과 같이 요약할 수 있다.

■ 1930년대 모더니스트들은 일제의 식민체제 확립기에 살았던
  문단세대들로서, 식민현실을 자본주의로 파악하고 그에 부
  응하는 예술을 창조했다. 그들이 도시를 문제삼고, 문명을
  예찬하고, 그러한 것들을 문학적으로 형상화하려 했던 것은
  그들이 당대의 식민 현실을 자본주의의 난숙기로 파악하고
  그것에 관심을 기울였던 결과이다. 그들은 일제의 한국식민
  체제의 확립기에 살고 있었기에 문단 제1세대인 이광수처럼

계몽주의자로 나설 수도 없었고, 제2세대인 이기영 등처럼 혁명의 문학을 시도할 수도 없었다. 그들은 눈앞에 전개되는 현실을 인정하는 지식인의 처지에서 문학의 개혁만을 시도할 수 있을 뿐이었다.

문단 제3세대의 기수였던 박태원의 소설도 위의 문단적 내지 문학적 변화의 맥락하에서 이해해야 한다.

■ 박태원의 문학세계를 보다 객관적으로 고찰하기 위해서는 구인회의 동인적 성격을 살펴보아야 한다. 구인회는 한국 모더니즘 운동의 매개체로 규정할 수 있는데, 구인회는 카프와 같이 강력한 조직적 문학단체는 아니었지만 현실을 수용하는 최소의 것을 합의함에 한해서 여러 다양한 문학을 수용했고, 또한 당대로서는 가장 전위적인 문학운동을 추진했다. 구인회를 실질적으로 이끌어간 후기 동인들은 소시민적 자유주의 경향의 작가들로서, 발기 동인 및 초기 동인들의 작품 경향에 반해 대체로 이념성이 적고 기교가 뛰어난 작품들을 썼다.

구인회는 문학적 방향을 표면적으로 표나게 내세운 바는 없지만, 프로문학 퇴조 후 위축기로 접어든 문단상황에서 문단의 부진을 타개하기 위하여 여러 다양한 모습의 문학을 시도한다. 따라서 구인회는 다양한 관심, 취향에 근거한 개성 있는 문학활동을 중시하였고, 그렇기에 동인들 개개인의 자유스러운 문학활동을 인정해 주었다.

문학을 하나의 이념으로 보았던 이전의 문단세대의 독단적 태도를 거부했던 구인회 구성원들은 20세기 서구문학 체험을 바탕으로 기교 위주의 창작에 몰두하게 된다.

■ 구인회를 통해 문학활동을 해온 모더니스트들은 예술에 대한 새로운 인식으로 기존의 예술을 비판하고 새로운 예술 정립을 모색하였다. 이러한 상황에서 박태원은 새로운 예술 정립의 수준을 가늠케 하는 탈이데올로기적인 방법론을 구축하게 되었는데, 그의 장편소설 「천변풍경」에서 우리는 관찰에 의한 문학적 방법론을 발견하게 된다.

1930년대 중반, 최재서의 「리얼리즘의 확대와 심화」와 임화의 「세태소설론」의 주요 논의대상이었던 「천변풍경」은 1930년대 몇 편 되지 않는 장편소설 중에서 주목에 값하는 문제적 작품이다. 「천변풍경」은 서구 소설사적 관점에서 볼 때 본격적인 장편이라 볼 수는 없다. 오히려 20세기 서구 모더니스트들에 의해 제작된 작품에서 보이는 장편 해체의 경향을 보이고 있다. 따라서 「천변풍경」은 전통적인 장편소설과 비교해 볼 때 서사적 성격이 매우 약화되어 나타나고 있다. 이것은 박태원의 창작방법론인 관찰 위주의 서술방식이 주인공, 즉 서사적 자아를 부재케 하였고, 몽타주화된 구성과 그에 따른 작가의 전망 부재라는 결과를 야기 시켰기 때문이다.

■ 박태원의 문학의 또 하나의 새로움은 일상성의 의미를 포착하기 위한 최대한의 기법을 사용했다는 점이다. 이것은 주로 단편소설에서 두드러지고 있다.

프로문학에서의 단편소설이 장편지향적인 것을 특징으로 했다면 구인회 중심의 작가의 단편들은 실로 단편의 면모에 걸맞은 것이었다고 볼 수 있다. 박태원의 단편소설도 이러한 맥락에서 파악할 수 있는데, 그의 단편은 표현기교가 뛰어난 것이 특징이다. 그런데 그의 소설에서 활용되는 기법은 단지 형식적 의장으로서의 의미가 아니며, 일상성의 의미를 소설의 중심부에 위치시키기 위한 하나의 인식의 도구이다.

경향파, 즉 프로문학이 추구해 온 집단적 이념 구현의 문학을 거부해 온 박태원에게 있어서는 진실은 집단에 있는 것이 아니라 하나하나의 평범한 개인에게 있는 것으로 인식되어진다. 그러한 일상성이 그에게 의미 있는 것으로 느껴지자 그는 일상성의 의미를 드러내는 기법을 수용하게 되는데, 그것이 이른바 의식의 흐름이라는 심리주의 소설의 기법이다. 「소설가 구보씨의 일일」을 비롯한 그의 대부분의 단편들이 위의 기법을 통하여 평범한 일상적인 삶을 재현하고 있다.

한편 박태원의 전 작품을 통해 볼 수 있는 것은 그의 능숙하고 세련된 문장력이다. 이것은 그의 소설이 주제나 소재에서의 의미심장함을 포기하고 있기에, 즉 소설적 내용이 약화되어 있기에 그것을 대치하는 것으로 더욱 의미를 지니는 것이다.

일상성의 강조는 작품에서 주인공의 개성적 사건을 약화시키고 또한 뚜렷한 사건이 없게 하는 요인이다.

주인공의 왜소화나 뚜렷한 사건의 부재는 소설적 재미를 반감시키는 요인이 됨에 틀림없는 것이다. 이것을 대치할 수 있는 것이 박태원에게 있어서는 기교, 기법, 문장력이다. 이것은 그의 작품에서 일상성이 지닌 의미가 강조되는 것과 표리의 관계를 이루는 것이다.

이 글에서는 박태원의 생애와 그의 작품을 통해 1930년대 모더니즘 문학의 특징과 문학사적 의미를 밝혀보는 것을 목적으로 하였다.

한국에서의 모더니즘은 서구에서의 그것과는 달리 문명사적 위기의식이 드러나 있지는 않다. 그것은 서구와 우리의 전통이 다른 것에서 말미암은 것이다. 우리의 모더니즘은 식민 현실을 자본주의로 인식한 새로운 문학세대들에 의해서 추진되어진 문학운동이다. 따라서 그들의 문학에서는 자본주의 사회에서의 인간의 소외와 개별화 현상, 집단적인 이념추구보다는 일상적 삶 등이 형상화되었다.

박태원은 이러한 내용들을 자각적으로 형상화시켰던 작가의 한 사람이다. 그의 기법에의 집착과 변혁의 시도는 식민지 시대의 삶에 대한 새로운 인식을 전제로 한 것이다.

박태원의 기교적 문학방법론에 주목하여, 그것을 1930년대 상황과 구인회와, 그리고 그들의 현실인식 태도와 함께 살펴보고자 한 것은 박태원의 문학이 인식의 변혁을 전제로 한 것임을 밝혀보고자 함이었다. 이것은 박태원 한 사람에 국한되는 것이 아니라, 다른 모더니스트들과의 비교 연구를 통해 더욱 구체화될 것이다. 모더니즘 연구는 개별 작품의 연결 내지 집적이 아닌 그것 모두를 관류하고 있는 하나의 정신사적 체계이어야 한다.

명문가에서 수재로 태어나 유복한 생활 속에서 자라났고, 구인회의 중심멤버로서 「소설가 구보씨의 일일」, 「천변풍경」과 같은 작품을 발표하여 우리 근대소설사의 금자탑을 이루었던 작가 박태원. 숙명 출신의 일등 규수와 결혼하여 2남 3녀의 다복한 가정을 이루면서 한국의 모더니스트의 상징처럼 불리우던 구보 박태원은 분단된 북쪽에서 36년을 살다가 타계했다. 42세까지의 그의 삶과 문학을 살펴보면 북쪽에서의 36년의 삶과 문학활동이 몹시 궁금해진다. 그 부분을 보완하여야 박태원의 생애라는 문학의 총체상을 정립할 수 있기에, 분단은 한 작가의 생애와 문학을 가운데서 잘라버려 놓은 비극적 현실임을 통감하게 된다.

언제쯤이면 박태원의 묘비를 세우면서 그의 삶과 지향적 미래의 의미를 애기하고, 박태원전을 총체적으로 보완하여 한국문학사에서 박태원 문학의 총체적 의미가 정립되고 그 위상을 가늠할 수 있을지……. 분단의 비극적 현실 속에서 하루 빨리 그날이 오기를 두 손 모아 빌면서 기다려 볼 수밖에 없다. 그날이 오기까지 박태원은 유명을 달리한 그곳에서도 치열한 삶과 문학을 그리며 자기 문학을 지켜 빛을 더하게 할 것이다.

제2부
삶의 체험과 문학적 승화

문학과 체험
한국근대문학의 맥락

문학과 체험

　　문학은 인생의 예술적 승화요, 그 삶의 현실과 내일을 지향하는 인간상상을 창조하는 것이다. 거기에는 역사적 현실 속에서 그날의 행복을 위해 집요하게 살아가는 인간의 갈등과 절규와 좌절이 있고 피안(彼岸)의 지평을 찾아가는 피어린 삶의 도정(途程)이 부각되어 있다. 그러기에 인생은 문학의 고향이면서도 그 뿌리를 박고 있는 토양이며, 수확의 황금이 넘실대는 들판이기도 하다.

　　김동환의 「국경의 밤」은 식민치하에서 국경에 얽힌 삶의 여울을 그려 짓눌리면서도 한(恨)어린 삶을 위해 처절하게 살아가는 역경의 생활을 표출하고, 염상섭의 「삼대」에서는 한말의 봉건적인 의식과 갈 길 몰라 방황하는 개화기의 삶, 그리고 직접 역사적 현실과 대응해나가는 식민시대의 인간상을 신분상승과 현실도피적 적응, 그리고 현실의 적극적 대응의 세 시각으로 조부(祖父), 부(父), 손(孫)이라는 가부장의 계보가 한데 얽힌 한 가족을 통해서 형상화하고 있다. 또한 「국화 옆에서」는 사십대 원숙기의 한 여인의 삶의 여정과 그 한을 국화에 의탁해서 메타포하고 있고, 심훈의 시 「그날이 오면」에서는 식민치하에서 나라의 빛을 회복하려고 전신을 내던진 투지와 열망이 그려져 있다. 역사의식에 의한 미래지향적인 삶의 지향성을 볼 수 있다. 그러므로, 문학은 작가의 체험과 그 역사적인 현실이 잘 반영되어 있다.

중세 카톨릭 사상이 집대성되어 있는 단테의 「신곡」은 단테가 아홉 살 때 처음 만나 17살 때에 죽은 이상적인 여인인 베아트리체를 찾아 지옥과 연옥, 그리고 천당을 두루 다니면서 그 구도를 그린 것이고, 「부활」은 톨스토이가 가정부를 희롱해서 타락시켰던 체험을 바탕으로 창작되었으며, 한국에서 회자되고 널리 알려진 헤세의 「지성과 사랑」이나 「싯타르타」는 어렸을 때 외교관인 조부를 따라 갔던 인도의 체험이 근저가 되어 나온 작품이다.

문학은 작가의 체험이 그 중요한 모티프가 되고 또 주요 스토리(main story)가 되며, 배경의 사실성을 나타나게 한다. 시베리아를 거쳐 미국으로 건너가려던 이광수의 바이칼호 체험은 「유정」을 낳고, 염상섭의 동경 유학의 희비는 「만세전」을 생산하는 데 결정적인 역할을 하였으며, 「신의 희작(戲作)」은 손창섭의 성장기 체험이 그대로 나타나 있다. 또한 간접 경험에 의한 소설의 수용은 많은 작품에 나타나 있는 현상이다.

  한국 근대작가들은 식민 치하의 탄압과 갈등과 좌절의 격동기를 살면서 그 현실을 반영하고 광복 여명의 지평을 추구하고 있다. 그 작가들은 격동기에 대응하면서 지성인으로서, 작가로서 생활하면서 그것을 작품에 응집시키고 있다. 작가들의 현실에 대응하는 자세는 주로 서너 가지 경향으로 나타난다.

  첫 번째 경향은 작품의 세계가 작가의 삶과 거의 비슷한 경우다. 이런 작가에게는 자신의 체험이 곧 문학이요, 문학이 바로 생활과 관계를 가진다. 이상이나 손창섭과 같이 이런 작가들은 일상적인 관습이나 질서를 도외시하고 소설의 주인공과 같이 가장 소중한 것을 위해 전력을 다하여 그것이 바로 작품으로 재현된다. 이상의 「실화」나 「지주회시」, 손창섭의 「신의 희작」이나 「낙서족」, 이외수의 「사부님, 사부님」이 그런 예에 들어간다.

  둘째 경향으로는 작가의 체험이 그 작가의 체험이 그 작가의 작품에 반영되는 경우다. 이것은 많은 작가가 구사하는 것으로, 작가는 자기의 체험을 적절하게 작품에 여과시켜 반영한다. 톨스토이의 「부활」이나 염상섭의 「만세전」, 김동리의 「인간동의」와 같이 작가의 체험을 주로 한 작품일 경우도 있지만, 대개의 경우는 그 어느 부분에 반영되는 것을 볼 수 있다. 바이칼호 체험이 「유정」에 나타나고 있고, 전쟁 중 부산 피난 때의 지성인들의 갈등을 드러낸 김동리의 「밀차원시대」, 피난살이의 애환이 그려진 황순원의 「곡예사」 등이 그런 예이다.

  셋째는 간접 경험의 문학적 반영의 경향이다. 이 경향은 문학의 가장 중요한 속성이 되는 문학이 작가의 체험의 반영이라는 기본 입장을 전제로 한다. 가령 다른 사람이 겪은 이야기나 역사나 인물의 애기일 경우도 자기가 직접 겪은 것과 같이 체험화해서 표현해야 함을 말한다. 이를테면 대행적(代行的) 체험의 표현이라 할 수 있다. 이광수의 「무정」이나 이기영의 「고향」, 최인훈의 「광장」, 이청춘의 「이어도」가 모두 이런 체험의 작품화라고 할 수 있다.

　문학, 특히 소설은 작가 체험의 반영이다. 한국 근대작가들의 생애와 그 문학을 조명해보는 것은 바로 이러한 작가의 체험을 문학적으로 승화하는 것으로, 독자들은 근대문학의 감상과 이해의 넓은 광장으로 인도할 것이다.

한국근대문학의 맥락

문학은 영원한 인생의 고향이다. 문학에는 인간생활의 호흡이 있고, 인생의 절규가 있으며, 원초적 삶의 생동적인 리듬이 담겨져 있다.

「가시리」나 「청산별곡」과 같은 고려속요는 고려청자로 상징되는 고려인의 생활감정이 소박하고 운율적으로 형상화되어 있다. 파란 하늘같은 청자에 아로새겨진 섬세한 삶의 호흡이, 그들이 즐기는 장르에 수용되어 주옥같은 문학의 유산을 남기고 있다. 이러한 한국문학은 소월의 「진달래꽃」이나 서정주의 「춘향유문(春香遺文)」과 같은 작품에서 그 정서와 기법이 계승되어 문학의 현대성을 가지는 데 계승적 의미가 있다.[1] 찬연한 문학

1) 여기에서 전통의 계승이 문제가 된다. 1950년대에 전통의 단절론이 논의되었으나, 이는 임화의 「신문학사」의 그것을 답습한 데 지나지 않고, 60년대에 와서 계승론의 입장에 서게 된다. 특히 조선문학과 개화

이라고 할지라도 만일 그 문학이 계승적 의미를 가지지 못할 경우에는 동시적(同時的) 의미로 한정되어, 현재성에 바탕을 두고 지향하는 생명 있는 문학은 되지 못할 것이다.

여기에 한국문학의 과거와 장래라는 관점에서 한국문학을 진단해보는 것도 의미가 있으며, 한국문학을 이해하는 데 있어 새로운 측면으로의 접근도 시도될 수 있을 것이다.

여기서는 근대소설을 중심으로 하여 그 동시적 의미를 탐색해 보면서 생명이 약동하는 문학의 흐름 속에서 그 계승적 의미를 가늠하여 한국문학의 지향성을 찾아보려고 한다.

근대소설의 맥락

한국의 근대문학의 기점을 최남선이 「海에게서 少年에게」를 발표한 1908년으로 잡는다면 한국의 근대소설도 100년에 가까운 역사를 가진다고 볼 수 있다. 반세기 이상의 격동하는 근대화 과정에서 현대소설로 변모하면서도, 근대소설은 한국소설의 새로운 전형(典型)을 형성하면서 소설문학의 유산을 남기고 있다. 그것은 왕조의 미몽(迷夢)에서 깨어난 한민족의 생활의식과 정서의 새로운 기법에 의한 수용이고, 식민지치하에서의 끈기

기문학에서 근대문학으로 이어지는 전통을 규명함은 근대문학이 서구문학의 이입으로 이루어졌다는 단절론을 부정하는 결정적인 논거가 된다. 이러한 전통의 계승을 작품의 본질적인 면에서 밝히려는 작업이 많이 진행되고 있으며, 정한모의 『한국현대시문학사』(일지사, 1974)와 「한국에 있어서의 전통이란 무엇인가?」(〈心象〉, 1976.10)는 그 진지한 작업이다.

있는 민족의 삶의 지표이며, 영원을 추구하는 예술에의 귀의이기도 하다. 말하자면 근대소설은 개인의 자각과 그 자각을 민족적 자아로 확대시키는 근대의식을 수영하고 있으며, 플로벨(G. Flaubert)의 일물일어설(一物一語說, single word theory)에 의한 사실주의적 기법에 의해 보는 문학 또는 풍속사(風俗史)나 인생도(人生圖)의 문학을 형성하고 있다. 그것은 이광수의 「무정」이나 김동인의 「감자」, 염상섭의 「만세전」, 이기영의 「봄」, 이효석의 「메밀꽃 필 무렵」, 채만식의 「탁류」, 김유정의 「동백꽃」 등으로 나타나 근대소설의 실재성을 보여주고 있다.

이러한 근대소설은 첫째, 역사의식의 자각에 의한 사상성을 강조하여 삶의 지표를 제시하려는 경향, 둘째, 생활의 미화(美化)와 예술을 추구하는 경향, 셋째, 기법의 부정과 혁신 등 새로운 기법에 의한 현대의식을 수용하여 새로운 문학을 지향하려는 경향 등의 세 가지 경향으로 나누어 볼 수 있다.

근대소설의 현장적 의미

1. 역사의식과 삶의 지표

역사의식에 의해 삶의 지표를 제시하려는 경향은 이광수의 「무정」에서 염상섭의 「삼대」, 이기영의 「고향」, 채만식의 「태평천하」로 이어진다. 거기에는 식민 치하의 상황이면서 각기 다른 배경에서 현재를 자각하고 내일에의 지향성(指向性)을 지니고 살아가는 한국적 인간상을 부각시키고 있다. 또한 무엇보다 강력한 역사의식의 자각이 나타나 있으며, 주어진 상황을 극복하려는 투철한 생활의식이 자각되어 있다. 그것은 「무정」의 민족의식일 수도 있고 「삼대」나 「태평천하」에서 보인 시대를 달리하는 사회의식일 수도 있다. 이러한 의식은 「무정」의 이형식이나 「삼대」의 조덕기와 같은 개인의식의 자각이 사회의식으로 확대되어, 그 의식이 당시 사회에 미만된 의식으로 추출되어 통합된 성격을 띠면서 전형성을 가지게 된다.

이러한 역사의식에 의한 투영이나 사회의 해부, 또는 그러한 의식의 고취는 방출원(放出源)의 하나인 작가의 문학적 자세에서도 엿볼 수 있다.

염상섭은 「개인과 예술」에서 문학 이외의 아무 것도 예속되지 않은 문학의 독자성을 강조하고 있지만, 이광수는 「여(余)의 작가적 태도」에서,

> 내가 소설을 쓰는 근본 동기는 민족의식, 민족애의 고조, 민족운동의 기록, 검열관이 허(許)하는 한도의 민족운동의 찬미, 만일 할 수만 있다면 선동, 이것은 과거에만 나의 주의가 되었을 뿐 아니라 아마도 나의 일생을 원할 것이라고 믿는다.[2]

라고 말하면서 자신은 민족을 위해서 소설을 쓴다고 말하고 있다.

이광수의 민족주의에 바탕을 둔 역사의식은 「무정」, 「흙」에서 나타난다. 또한 채만식은 「레디메이드 인생」이나 「김(金)의

___

2) 이광수, 「여(余)의 작가적 태도」(〈東光〉, 1931년 4월호).

정열」, 「태평천하」 등에서 일제의 식민 상황에서 한민족에 주어진 생활의 현장을 예리한 역사의식으로 투시하고 있다.

염상섭은 「삼대」에서 봉건주의 세대와 개화기 세대, 그리고 식민 치하 세대의 삼대에 걸친 인간상을 추출하여 각 세대의 생활의 모랄과 의미를 보여주고 있다. 그 중에서도 「삼대」의 조의관과 「태평천하」의 윤직원은 구세대인 봉건주의 사회에서 자본주의 사회로 이행하는 과정에서의 문벌과 돈과 명예를 존중하는 신분사회의 인간상을 잘 형상화하고 있다.

「삼대」의 신세대인 조덕기에 의해 개인의식의 자각과 사회의식의 긍정으로 식민시대를 살아가는 새로운 인간상을 보여준다. 그러나 「만세전」의 시민의 생활을 관찰하고 비분하는 데 그치는 '나'와 같은 나약한 인텔리의 비행동성(非行動性)이 후세대의 생활의식의 주축을 이루게 되는 것은 역사의식이 투철하지 못한 탓이기도 하다. 이러한 역사의식에 의해 삶의 지표를 제시하려는 경향은 이무영의 「농민」3)을 거쳐 전후의 서기원의 「전야제」, 최인훈의 「광장」 등으로 계승되어 한국소설의 한 주류를 형성하고 있다.

3) 「農民」(1954)은 6·25 후에 30년대 전후의 農民文學의 계보를 이어 농민문학의 가능성을 보여준 작품이다. 농민문학은 그 개념규정이 미완한 대로 70년 전후에 상당히 논의되고 있다. 농민문학은 조명희의 「낙동강」, 이기영의 「민촌」(1925) 이후에 이광수의 「흙」(1932), 이기영의 「고향」(1933), 박준의 「　」(1934), 심훈의 「　」(1936), 이무영의 「제1과 제1장」(1934)의 소설 등으로 이어진다. 농민문학에 대한 관심은 방인근의 「농민문학과 종교문학」(《靑年》, 1927년 7월호)와 이무영의 「농민문화와 농민문학」(《서울신문》, 1956) 등으로 관심이 집중되어 약 60여 편이 발표되고 있다.

2. 기법의 미화와 예술

소설적 기법의 미화로 인간성을 해명하고 예술에 도피하려는 경향은 김동인에 의한 이광수 소설의 비판에서 시작되어, 카프 문학을 비판하면서 순수문학을 지향한 30년대의 이효석, 김유정, 정비석 등에 의해 또 다른 주류를 형성한다. 먼저 김동인은 「문단 30년사」에서 문학 이외의 것에 예속되지 않은 문학의 독자성을 주장한다.4) 그는 「약한 자의 슬픔」, 「배따라기」 같은 작품에서 소설기법의 자각을 보여준다. 「감자」에서 저변인생(底邊人生)의 적나라한 생활을 폭로하는 자연주의적 작품을 쓴 그는 「광화사(狂畵師)」나 「광염쏘나타」 같은 탐미주의적인 작품으로 기법의 미화에 의한 예술성을 추구한다. 김동리는 「자연주의의 구경(究竟)」에서 김동인의 자연주의 소설이 인생을 버리고 예술적 기법과 미의 추구에 빠져 있다고 통박하고 있다.5) 사실 「붉은 산」이나 「태형(笞形)」에서 민족의식을 강력하게 내세우는 등, 문학의 다변성을 보여준 김동인은 스스로 핍박을 받고 있는 식민 상황을 외면할 수 없었던지 민족의식을 강하게 형상화하기도 했다. 그러나 의식을 앞세우는 경향이 있는 반면, 다양한 소설기법에 의한 예술적 형상화를 실현하는 순수함을 지향하는 문학성도 있다고 할 것이다.

---

4) 김동인은 "우리는 우리의 전인(前人) 춘원(이광수)의 밟은 문학 발자국을 옳게 보지 않았다. 춘원의 문학을 일종의 사회개혁의 무기로 썼다. 이상건설의 선전기관으로 썼다. 그 태도 내지 주의를 옳다고 보지 않은 것이다." 하고 말하고 있다. 김동인, 「문단 30년사」, 동인전집(8).

5) 김동리, 『문학과 인간』(靑春社, 1952), pp.6~25.

　이러한 경향은 30년대에 와서 기법의 자각에 의한 미적 추구와 그 속에서 원초적 인간성을 탐구하려는 경향으로 나타난다. 즉 카프파의 목적문학에 대한 반발과 식민 치하에서 탈이데올로기의 성향을 띠게 되는 상황으로, 예술에의 도피와 자연으로서의 인간을 해명하려는 경향을 띠게 된다.

　우선 이효석은 초기의 동반작가적(同伴作家的) 상황에서 탈피하여 「메밀꽃 필 무렵」, 「산」, 「들」, 「분녀」 등의 단편소설과 장편소설 「화분(花粉)」으로 애정과 원시성에서 인간성을 탐구해 보려고 하였다. 또한 김유정은 「동백꽃」, 「봄봄」, 「소나기」, 「정조(貞操)」 등을 통해 윤리의식을 자각하지 못하는 생활 속에서 인간의 원시성을 추구하였으며, 정비석은 「성황당」, 「졸곡제(卒哭祭)」 등으로 영과 육의 사이에서 방황하는 인간상을 보여주고 있다.

　이러한 생활의식을 자각하지 못하고 자연이나 가정 속에서 그저 살아가는 인간상을 통해 시대의식을 외면하고 소설기법과 미의식에 경주하게 되는 것이 30년대의 소설의 특징이기도 하다. 그것은 이효석의 「산」이나 「들」에서 볼 수 있는 자연과 동질성 속에서 인간의 원형을 탐구하기도 하고, 김유정의 「소나기」나 「정조」, 「동백꽃」과 같이 관습화된 생활 속에서 살아가는 인간성을 탐구하기도 한다.

　사회의식을 지나치게 강조하는 계열의 작품이 생활의 지표를 얻는 대신에 예술성을 경시하기 쉽고, 기법과 미의식을 추구하는 경향은 예술성을 심화시키는 반면에 생활의 모랄을 상실하기가 쉽다. 그것은 김동인이 「광염쏘나타」 등으로 탐미주의에 흐르거나 이효석이 자연 속에서의 성(性)의 유희에 도취하고, 김유정이 모랄 이전의 토속적인 생활에서 식물적으로 살아가는 인간상을 즐거이 부각시키고 있는 사실로 나타난다. 그러나 여기서 간과해서 안 될 것은 이러한 경향의 작가들에 의해 문학어가 탁마되어 문학적 기법이 심화·확대된 사실이다. 김동인이나 이효석이 이룬 다양한 근대소설의 기법에 의한 단편문학의 전형의 형성이라든가, 김동인에 의한 언문일치운동, 나도향의 「물레방아」나 「벙어리 삼룡이」에서 볼 수 있는 소설의 미의식의 심화, 이효석의 「화분」에 구사된 의한 수사의 확대, 김유정의 속어의 문학어화 등은 주목할 만한 소설의 기법적 승화라 할 것이다.

이 경향은 황순원(黃順元)이나 오영수(吳永壽), 강신재(康信哉)에 이어져 한국소설의 예술성을 더해주고 있다.

3. 새로운 기법과 현대의식

이와 같은 경향이 더욱 근대화되면서 기존의 기법을 피하려 했던 작가가 이상(李箱)이다. 이상은 근대소설의 기법을 부정하고, 현대소설적인 다양한 기법으로 단절되고 소외된 자의식을 해체해 보인 것이다. 이 기법은 「날개」나 「지주회사」 또는 「실화(失花)」, 「종생기」와 같은 작품에 여실히 나타나 있다.

이상은 「오감도」에서 쉬르레알리즘을 시도하고 「실화」와 같은 소설로 심리주의 소설을 시작하면서 우리 소설이 현대소설로의 거보(巨步)를 내딛게 한 것이다. 이런 기법의 변화는 최명

익(崔明翊)의 「장삼이사(張三李四)」, 허준(許俊)의 「잔등(殘燈)」에서
도 볼 수 있다. 전후의 장용학(張龍鶴)이나 손창섭(孫昌涉), 오상원
(吳尙源) 등에 의해 전후의식을 현대소설적인 기법에 수용할 수
있게 된 것도 30년대 근대소설의 자각현상을 계승한 결과라 할
수 있다.

　이와 같은 사회인식으로 생활의 지표를 제시하려는 경향과,
기법을 미화시켜 예술성을 강조하려는 경향이 한국근대소설의
주된 두 주류를 형성하면서 현대소설로 계승되었다. 따라서 이
는 근대소설의 확립이라는 동시적 의미와 전후 소설에 수용되
어 현대소설의 두 주류를 이루는 계승적 의미를 지니게 된다.
또한 새로운 기법의 도입과 현대의식의 자각은 1950년대 소설
의 주된 경향이 되어 한국소설의 전위적인 성격을 띠며 소설의
새로운 층위(層位)로의 발전을 가져오게 한다.

제3부
한국의 종교와 예술

문화예술과 종교의 위기
한국의 문화예술과 종교
문화예술과 종교의 가능성

문화예술과 종교의 위기

　문화예술과 종교의 문제는 근친성(近親性)을 지니면서 줄곧 논의의 대상이 되어왔다. 그것은 문화예술과 종교의 궁극적인 지향성은 동일궤에 있으면서도 이질성을 지닌 본질의 다름에서부터 비롯되며, 각기 성숙된 완성과 그것을 위한 존재적 현실의 차이에서 오는 상호침투와 견인작용에서 오는 마찰의 결과다. 고대의 문화예술과 종교의 합일체, 중세의 종교에 의한 문화예술의 예속화, 르네상스의 어둠의 종교의 토양 위에 꽃핀 문화예술의 자율성과 근대 문화예술의 종교로부터의 일탈에 의한 등치적(等値的) 상황, 그리고 현대의 문화예술과 종교와의 결별적 상황이 모두 문화예술과 종교의 근친성과 소원성(疏遠性)을 웅변적으로 입증하고 있는 것이다. 그러면서도 우리는 문화예술과 종교가 혼연융합된 현상에서 미의 황홀과 신앙의 경건성과 구원의 지평선이 열리고 있는 데 놀라게 된다. 로마의 성 베드로 성당과 거기에 소장된 예술작품에서 예술과 종교가 융합된 찬란한 문화의 향연을 볼 수 있고, 슈베르트의 〈아베마리아〉나 도스토예프스키의 「죄와 벌」, 지드의 「좁은 문」, 미켈란젤로의 조각에서 영혼의 절규와 구제를 위한 인간의 고뇌를 엿볼 수 있는 데서 깊은 감명을 받게 된다.

하지만 현대는 문화예술과 종교의 밀월에 균열이 가고 파탄에 직면하고 있다. 급변하는 현대사회에서 문화예술과 종교는 각기 다른 메아리로 인간의 구제를 외치고 있을 뿐, 서로 대안(對岸)의 싸움터를 넘겨다보는 관계로 이질시되어 있다. 문화예술이 상업성과 대중성에 예속되어 등산이나 스포츠와 같은 레저용으로 전락되고 있는 현상이다. 종교가 신성과 구원을 면죄부로 허식과 과장 속에서 현실도피와 이기적인 안식에의 안주를 가장해 주는 종교산업으로 타락하고 있는 사실들이 그 실증이 되는 상황이다.

또한 제2차 대전 후 비트 제너레이션(beat-generation)이니, 전위예술이니 하여 기존예술의 가치를 거부하면서 '파괴 속에서 창조'라는 반예술운동이 크게 일어난 사실이나, 과학을 선두로 물질문명이 크게 발흥하여 신을 부정하고 인간에 의한 종교의 대치를 추구하는 반종교운동이 크게 확산되고 있는 현실이 문화예술과 종교의 위기를 초래하는 중요한 요인으로 되어 있는 것을 부정할 수는 없다.

따라서 문화예술은 모방적인 것(poiesis)를 기저로 하여 다양한 조형(poiesis : the productive)에 의한 미를 추구하여 영원한 세계를 창조하는 이상을 유실하거나 포기하는 위기에 처하게 되고, 종교는 실천적인 것(praxis)을 기저로 하여 실천(praxis : the practical)을 체계화하여 완결된 성(聖)의 추구를 위장하거나 포기하는 절망에 부딪히게 된다. 이 위기를 초극하지 못하는 경우에는 문화예술은 그 자율성을 잃고, 물질주의 산업 사회의 상품으로 전락하고, 종교는 허울좋은 내세의 면죄부를 환치하는 중개업으로 실추되고 말 것이다. 인간의 영원성의 획득과 그 세대를 위한 문화예술과 종교가 오히려 인간을 산업사회의 메커니즘에 예속시켜 파트이즘(partism)에 빠져들게 하였고, 테크노피아(technopia)의 환상 속에서 환상소비에 젖어 스포츠(sports), 섹스(sex), 스피드(speed)의 3S의 노예가 되는 길을 조장하고 있는 셈이다. 거기에는 영속적인 미의 황홀도 결여되고 성스러운 영적 세계에의 귀의도 없이 오직 현재의 지속만을 유혹할 뿐이다. 여기에 문화예술의 지향성의 정립과 그 성숙한 변이가 요청되고, 종교의 의연하고도 견실한 치유와 영원한 그날의 성취를 위해 자세를 가다듬어야 할 필요성이 절실하게 된다. 또한 청교도적인 자세로 메커니즘과 향락으로 이끄는 사탄의 유혹을 견제하면서 그 활동을 확산하고 상호 견인작용에 의해 인간구원을 위한 지평을 열어야 할 과제가 대두하게 된다.

사실 인간은 언제나 영원한 안식처를 찾는다. 현실에서의 격돌과 좌절과 파탄을 극복하여 영원한 삶을 누릴 수 있는 어머니의 품과 같은 휴식처를 희구한다. 동서고금을 막론하고 인류역사의 처절한 발자취는 작게는 개인으로부터, 크게는 국가나 민족, 더 나아가 인류의 그날의 실현을 위한 도정의 양상이라

할 수 있다. '신은 죽었다'고 외친 니체나 예술의 비인간화를 예언한 오르네가 가세트(O. Gasset), 서양문명의 몰락을 절규한 슈펭클러(Spengler), 극단적인 물질문명으로 기운 미국 문화를 통렬하게 비판하면서 삶이냐(being), 소유냐(having)를 외친 프롬(E. Fromm) 등의 절규도 결국은 보다 성숙되고 완결된 안식처를 실현해야 한다는 당위적인 논리의 제시라고 할 수 있다. 그러기에 아무리 현대를 불확실성의 시대니, 위기의 시대니 하고 규정하여도, 테크노피아의 실현을 눈앞에 바라본다고 하면서도, 인간은 안식처를 희구하는 열의를 식히지 않고 있다.

하지만 현실은 너무나 처참하다. 전쟁의 비극은 그치지 않고, 기아와 굶주림의 양상은 그 처절함을 더하여, 갈 길 잃고 방랑과 섹스에 탐닉하는 인간의 허우적거리는 모습들은 인류의 종말이 다가오리라는 불안감에 사로잡히게 한다. 제1·2차 세계대전이나 한국전쟁은 말할 나위도 없고, 지구상에서 분쟁과 포화가 멎지 않는 사실과 아프리카에서의 기아와 전제국가에서의 잔혹한 인간유린, 그리고 에이즈병으로 귀결되는 광란과 섹스에 빠져드는 산업선진국들의 현실을 응시하면, 내일의 수평선은 검은 색으로 먹칠해진 듯이 보인다. 문화예술이나 종교는 각기 영원한 안식과 구원의 그날을 추구하고 있지만, 그 성취는 아득하게만 보인다. 치열한 창작욕에 불타 영원한 미의 안식을 추구하는 예술가나 그날의 실현을 위해 오늘의 고초를 신앙으로 극복하며 구원의 문을 두드리는 종교인들의 집요한 추구는 한갓 대답 없는 메아리로 그칠 위험성을 지녀 현대의 위기는 더하고 있는 듯이 보인다.

　그러므로 문화예술과 종교는 일탈과 견인작용, 균열과 파탄으로 선형적(線型的)인 대립을 할 것이 아니라 상보(相補)의 입장에서 현대의 위기를 극복할 수 있는 삶의 지표를 마련해야 하는 책무를 지니게 된다. 그것은 테크노피아를 지향하는 컴퓨터와 온라인, 자동화에 의해 파트이즘의 한 부품으로 전락한 인간을 구제하는 길이요, 과학의 경이를 초극하는 상상력에 의한 새로운 낙원의 추구이기도 하다. 성서상의 실낙원의 회복만이 아닌 테크노피아의 환상적 대치에 대응할 수 있는 새로운 유토피아의 추구에 의한 창조적 욕구의 새로운 성취이기도 하다. 이것은 예술문화의 시간의 초월성을 성취하는 일이요, 종교에서 말하는 죽음의 공포에서 해방될 수 있는 것이다.

　정진홍(鄭鎭泓)의 저서 『종교학서설』에서 이야기(종교적인 것이나 문학적인 것)를 듣고 말하고 쓰고 읽는 태도를 재미와 실용성, 그리고 삶의 적체성으로 구분하면서,

> 그런데 이런 재미, 실용성, 그리고 삶의 적체성을 체득하기 위한 동기는 모두가 그 근원적인 하나의 사실로 설명이 가능하다. 다시 말하면 이 같은 동기는 어떻게 언표(言表)되든 간에 퇴색한 삶의 빛깔은 의미 있는 어떤 것으로 짙게 채색하려는 동기라고 설명할 수 있는 것이다. 좀더 비약적인 표현을 살펴본다면, 이야기를 듣는다든가 글을 읽는다든가 또 신는다든가 해서 그 이야기가 지어내는 증언의 진실성, 정황(情況)의 절박성(切迫性), 시그널의 규범성에 몰입되는 것은 의식적이든 무의식적이든 우리 실존의 바람에서 꿈틀거리는 시간의 공포로부터 벗어나려는 몸부림이라고 할 수 있다.

고 말하고 있는 것도 결국은 죽음의 공포를 초극하려는 인간의 영원한 욕구를 서사적인 측면에서 말하고 있는 것이다.

인간은 시간의 공포를 초월하여 영원한 문화예술의 유토피아에 안주할 수 있을까? 죽음의 공포를 초월하여 종교적 낙원에서 영생할 수 있을까? 또한 문화예술의 유희적 타락을 견제하고 종교의 환상적인 면죄(免罪)에서 근원적인 것을 되찾아 사라지고 있는 부분품으로서의 인간을 구제할 수 있을까?

문화예술과 종교의 근친성과 그 괴리에 의한 소원성은 이러한 과제에 대한 지평을 암시해 줄 수 있을 것이다.

종교, 그리고 유토피아

1. 인간과 유토피아

인간은 누구나 잘살고 싶어한다. 이루고 싶은 꿈을 성취하여 그날의 행복을 누리기 위하여 갖은 노력을 다한다. 그러기에 우리 선인들은 오복(五福 : 壽, 富, 康寧, 攸好德, 考終命)을 누리며 남부럽지 않게 살아가는 것을 가장 행복한 삶으로 여겨왔다. 「부활」에 그의 사상을 집약한 톨스토이도 그의 「인생론」에서 "인생은 행복의 추구자다."라고 말하고 있다. 작게는 조그마한 소망으로부터 크게는 민족이나 국가를 구한다든지 인류를 위한다든지 또는 대사상을 펼치는 일에 이르기까지 행복을 추구하는 것이 삶의 가장 고귀한 양상이다.

그런데 행복은 쉽게 손에 들어오지 않는다. 사서삼경(四書三經)

은 물론이요, 시서백가(詩書百家)를 다 통달해도 과거에 급제하지 못하여 남산골 샌님으로 전락하고, 주경야독하며 전력을 다하여 나날을 보내도 부귀와 영화가 따르지 않는다. 설사 그것을 향유했다기로서니, 이슬 같은 인생이니 잠시 동안 머물러 있다가 물거품같이 사라진다. 거기에 시간의 공포가 그림자같이 달라붙는다. 생로병사의 천리를 거역할 수 없는 유한성의 자각은 그것을 초극하려는 집요한 욕구를 펼치게 한다. 불로초나 천도복숭아를 손에 넣을 수 없는 인간이기에 진시황도 불귀의 객이 되고 말았으며, 이집트와 서아시아를 지배하고 나서 달을 바라보며 내가 왜 저 달을 정복하지 못할까 하고 한탄했다는 알렉산더 대왕도 인간의 숙명적인 유한성을 초극하지 못했다.

여기에 유한성을 초극하여 영원성 속에 안주하려는 인간의 욕구가 집요하게 펼쳐진다. 그 지향(orientation)이 성숙되어 나타난 것이 유토피아 추구의 문화이다. 인류문화는 그것이 경험적·인지적 문화(empirical-cognitive culture)나 심미적·감상적 문화(aesthetic-appreciative culture)든, 규범적·평가적 문화(normative-evaluative culture)든 간에 그것을 유한성에 의한 시간의 공포를 지각한 인간이 영원성을 획득하려는 삶의 유형이요 생활양식(ways of living)이다. 이 생활양식 속에서 인간은 미의 영원성을 추구하고 성(聖)에 의한 유토피아를 추구한다.

중세의 천주교사상을 서사시화한 단테의 「신곡」, 근대정신을 레제드라마화한 괴테의 「파우스트」, 성서 다음으로 많이 읽힌다는 「햄릿」, 인간의 운명을 선율에 담은 베토벤의 〈운명〉, 사유의 인간을 창조한 로댕의 〈생각하는 사람〉, 당송 8대가의 시문

그리고 유·불·선 사상이 담긴 김만중의 「구운몽」 등 다 언급할 수 없는 예술작품들에는 미의 영원성에 의한 인간의 유한성의 공포를 초극하고 있는 예술가들의 예술적 의지가 구체화되어 있다. 비텐베르게(wittenberge)의 95개 조의 개혁의 슬로건을 들고 종교개혁의 횃불을 든 마틴 루터(M Luther)를 비롯한 많은 성인이나 불교의 고승들도 다 죽음의 공포를 초월하여 종교적 낙원의 유토피아를 성취하고 있다. 그러면서도 유토피아는 정체와 가변을 함수적으로 전개하여 환상적 구원의 파란을 일으킨다.

그런데 세월은 잠시도 쉬지 않고 흘러간다. 그 세월은 홍수와 같이 도도하게 흐르기도 하고 맑은 여울물같이 산수경을 아름답게 비추면서 흘러간다. 이 흐르는 세월의 유전 속에서 인간은 덧없으면서도 유한한 삶을 이루고, 그 유전은 여러 가지 흔적을 남긴다. 그 흔적은 흐르는 세월 속에서 역사의 소용돌이를 헤쳐 나온 인간의 피어린 발자취이다. 인간은 흐르는 세월 속을 헤치면서 역사의 수레바퀴를 가늠하며 살아간다. 바로 존재적 자각에서 당위적 현실의 추구이다. 그 당위적 현실은 타성을 띠고 나타나면서도 유토피아로 귀결된다. 문화예술적인 것이나 종교적인 것이나 모두가 인간의 유한성의 초극, 영원성의 획득이라는 공통성을 지니게 된다. 모든 종교는 이 유토피아에의 완결된 안식의 정착을 추구하면서 현실의 질서를 순응하고 계명을 준수한다. 유교의 삼강오륜이나 기독교의 십계명과 같이 모든 종교는 교조화(敎條化)된 윤리강목을 실천의 규범으로 삼는다. 문화예술도 성숙된 낙원을 유토피아로 내걸고 인간의 유한성을 초극하여 성취할 수 있는 이상향으로써 제시한다.

그런데 유토피아는 좀처럼 실현되지 않는다. 그것은 때로는 영원한 이상향의 지향성같이 보이기도 하고, 신기루처럼 그 실체를 잡을 수 없는 환상적인 결정 같기도 하다. 머지않아 그날이 실현되기를 기대하면서 그것을 촉진시키기 위해 전력을 다한다. 그 결과 '直指人心 見性成佛'이라는 불도의 경지와 '천국은 너의 마음속에 있다'는 기독교의 암시를 받으며 민간신앙의 응보(應報)의 교조성을 받게 된다.

이데아를 추구하던 플라톤의 「아틀란티스」나 호머(Hommeros)가 그린 「정도(淨島) 데로스」를 비롯하여, 중세의 영국을 부정하고 구체적 이상국을 세운 토머스 모어(T. More)의 「유토피아」, 괴테가 「파우스트」에서 그린 왕국은 어디에 있으며 언제 실현되는가? 복숭아꽃이 만발한 도연명의 '무릉도원'이나 허균의 「홍길동전」에서 부귀를 버리고 찾은 '율도국', 박지원의 「허생전」에서 집단이주를 시켜 이루는 '무인공도', 이청준의 「이어도」에서 추구하던 여인과 술이 있는 '이어도', 민간에 전해오는 '청학동'이나 '청석골'의 전설에 나오는 유토피아 등 수많은 작품에서 유토피아의 한 전형들을 보여주고 있다.

산수가 수려하고 복숭아꽃이 만발하고 평화롭게 개가 짖으며 신선들이 신선주를 마시며 산다는 '무릉도원'과 42개의 전원도시를 중심으로 구체적인 사회조직과 노동에 의한 균등한 생활과 문화의 항유에 이르기까지 인간이 영원히 안주할 수 있는 낙원의 실상을 보여준 '유토피아'는 동서양의 쌍벽을 이루는 낙원이요, 완결되고 성숙한 안식처이다.

이어도여 이어도여
요 내 노(櫓)야 부러진들
요 내 손목이야 부러진들
한라산 곧은 나무가
다 부러진들 이어도야

　제주도의 이어도 전설의 구절은 수평선 밖에 있을 유토피아
적인 낙원을 찾아 집요하게 그 피안을 추구하고 있음을 보여준
다.

　그러나 문화예술에서의 유토피아는 상상과 상징에 의해 형성
된 허상인 데 비하여, 사회개조에 의한 유토피아를 실현하려는
정치적·사회적인 운동과 신앙으로 지양케 하여 영생할 수 있
는 그날을 실현하려는 종교에서는 규범적·윤리적 실천에 의해
그것을 성취하려고 한다. 더구나 종교에서는 유토피아에의 구체
적인 실상을 계시적으로 제시하여 중간자로서 인간의 유한성을
초극하여 영원성에 동화하려고 한다. 불교의 극락세계나 기독교
의 천당은 그 유토피아의 실상을 인지케 하여 신앙의 지상목표
로 삼는다. 헤세(H. Hesse)의 소설 「싯다르타」는 유토피아를 추
구하는 고행의 여정을 그린 것이다. 이런 의미에서 역사는 다름
아닌 인간의 집요하고 피어린 투쟁사라고 할 수 있다. 그러나
집요하게 추구해온 유토피아가 쉽게 실현되지는 않는다. 세월의
흐름에 역반응으로 내일을 지향하던 의욕이 시들해지고 물질문
명의 비인간화에 견디다 못해 데스토피아(destopia)에 기울어 원
시의 향수에 젖게 된다.

문화예술과 종교

　문화예술과 종교는 유토피아를 추구하는 면에서는 그 양상은 다르다고 해도 근친성을 지니고 있으면서도 상호색인하고 일탈하여 궤를 달리하는 것으로 이질성을 지닌다. 더구나 위기에 직면하고 있는 현대에 있어서는 각기 균열과 파탄 속에서 인간몰락의 본질적인 기능마저 위협을 받게 된 것이다. 일찍이 오르네가 가세트가 비인간화의 현대문명을 갈파하고 토인비가 경고하고 있듯, 이 메커니즘은 물질문명의 극대화와 조직의 확대로 인간을 왜소하고 보잘것없는 것으로 전락시키고 만 것이다. 만물의 영장으로서 비참한 모습이다. 컴퓨터와 온라인에 예속되어 인간의 다양한 기능과 영적인 소여(所與)를 박탈당하고 만다.

　여기에 더 인간을 짓누르는 것은 배금사상이다. 생활의 편리와 신속을 위해서 만들어진 화폐가 오히려 인간을 지배하게 되어 이제는 화폐가 인간을 조작하고 유린하게 된 것이다. 산업의 성장은 더욱 가속화되어 패전한 독일이나 일본이 오히려 세계경제를 지배하게 되어 자유수호를 위한 제2차 대전이 무색케 되었으며, 근자에 야기되고 있는 무역전쟁이 바로 이 매머니즘(mammonism)이 빚어낸 현대의 비극이다. 모든 전통적인 가치관은 이 화폐 앞에 여지없이 무너지고 금전만능의 세상이 되어 주객이 전도된 가운데 현대인은 그 노예가 되어 있다. 화폐 앞에서는 고양이 앞의 쥐같이 떨며, 화폐를 위한 것이라면 모든 것을 다 바치는 비극적 현실이 되고 말았다. 사회의 모든 부조리도 다 이 매머니즘의 노예가 된 인간의 맹목적 굴종에서 비롯된다.

문화예술과 종교는 이러한 현대의 비극을 구제하여 유토피아를 지향해야 할 소명을 지니고 있다. 문화예술이 화폐 앞에 굴복하여 타락하고 종교가 영적 보상의 면죄부를 화폐와 환치하여 종교산업을 일으키고 있는 처지에 그것을 기대하기에는 녹목구어(綠木求魚)의 일인지도 모른다. 하지만 아무리 도도한 탁류라도 산곡의 수많은 여울목에 의해 정화될 수 있으니, 문화예술이나 종교도 스스로 자세를 가다듬어 현대의 위기를 극복하고 인간성을 회복하여 영원한 유토피아로 선도할 책무와 가능성을 지니는 것이다. 근래에 국악이나 탈춤의 민속극, 판소리 등 전통예술의 재연과 그 대중적 병존의 진흥책이 마련되고, 종교계의 자성과 사회에의 기여운동이 전개되고 있는 것 등, 그 가능성의 지평선을 열고 있기는 하다.

그러나 메커니즘과 매머니즘의 거센 파도 속에 문화예술이 본원(本源)에 돌아가 인간구제의 기치를 드높이 할 수 있을는지는 낙관할 수만은 없다. 칼 블레이트가 불확실성의 시대를 경고하고 있듯이 문화예술과 종교의 지향성도 확산되고 일탈하여 불확실한 것이다. 어떻게 메커니즘과 매머니즘에 예속된 문화예술과 종교가 본원의 그것으로 종화될 수는 없을까. 문화예술이 상상이나 상징의 유희에 탐닉한다거나 비인간화의 굴레로부터 벗어날 수는 없을까. 종교가 현대의 비극을 포용하여 안식의 날개를 펼칠 수는 없을까. 야스퍼스(K. Jaspers)가 「철학적 신앙」에서 역설한 말은 무엇인가 암시하는 바가 있다.

언제나 성서에 대한 태도는 결코 객관적으로 궁극적으로 현
존하며, 또 언제나 변함없는 진리를 그것에 벗어나 있는 상태로
부터 회복하는 일이 당면의 과제가 되는 것이다. 참된 변화는
근원적인 것에로 되돌아가는 일이다. 낡아빠진 옷은 현재에 알
맞는 것으로 만들어야 한다. 그러나 성서와 관계할 때는 다만
낡은 옷을 벗어던져야 할 뿐만 아니라 고정과 전도의 상황 속
에서 근원적인 것을 되찾아내는 일과—곧 양극적인 긴장을 되
찾는 것이다—영원한 진리의 해명과 고양하는 일을 항상 단순
한 방법으로 시도해야 한다.

■ **여러 가지 고정으로부터 되찾아내는 일**   종교의 진리는 그 종
교 자체에서 이루어지는 고정들과 대립하건와 그 고정들은
아마도 한때 역사적으로 타당한 것이었을 테지만 현재의 철
학적 인식에 대해서는 그렇지 않다. 기독교에서는 신은 예언
자라는 인간을 통해서 말을 한다. 예수는 최후의 예언자다.
어떠한 인간도 신일 수도 없다. 성령은 그 위의 초월자를 향
한 길로서 자신의 고통에 대한 개방성이다. 십자가를 짊어진
자는 누구나 좌절에서 본래적인 것에 대한 확신을 경험할
수 있는 자다.

■ **양극적인 여러 긴장을 되찾는 일**   성서 속에 나타나는 이율배
반들이 현재하는 것으로 의식된다는 것은 성서 가운데서 현
상하기에 이르는 진리를 획득하는 일이 된다. 성서의 특징은
이율배반적인 것, 양극적으로 긴장된 것과 이율배반적으로
충만하다는 것이다. 성서문서들 속에 있는 서양의 오늘에 이

르도록 움직여온 근본 긴장들, 즉 신과 세계, 교회와 국가, 종교와 철학, 율법 종교와 예언자적 종교, 예배와 풍속 등의 근본 긴장이 재인식되어야 한다.

■ **영원한 진리의 해명과 고양**　긴장들과 변증법과 결단을 내리도록 강박하는 모순들의 경험에 의해 언론으로는 다만 추상적으로 표현될 수밖에 없는 것과 성서에서 대강 요약되는 진리가 적극적으로 파악되어야 한다. 유일신의 사상, 유한한 인간에 있어서 선과 악 사이의 결단의 무조건성에 대한 의식, 영원한 것의 근본현실로서의 사랑, 인간의 확인으로서의 행위, 즉 내·외적인 행동, 세계질서의 이념들, 창조와 세계의 미완성과 그 자신으로부터 오는 불확실성, 한계에 있어서의 모든 질서의 부인과 극단적인 것의 경험, 유일한 피난처로 신이 곁에 있다는 것.

근원적으로 되돌아가는 일이 참된 일이며, 여러 밀폐된 고정으로부터 되찾아내고 양극적인 긴장을 되찾으며, 영원한 진리의 설명과 고양을 되찾는 일이 가장 소중하고 또 결행해야 할 자세임은 비단 종교만이 아니고 문화예술에도 적용된다. 그렇다고 차단된 밀실에 칩거하라는 것이나 미의 탐닉속에서 긴장이완을 가져보라는 것은 아니다. 일탈되고 타락한 문화예술이나 종교가 근원적으로 되돌아와 문화예술은 창조에 의해 미의 영원성을 획득한 유토피아를 지향하고, 종교는 영적 승화와 그 실천에 의해 구원과 영생의 유토피아를 성취하는 근원적 자세의 정립이 요청된다는 것이다.

한국의 문화예술과 종교

한국의 종교사상

한국에는 국교(國敎)가 없다. 전통적인 무속신앙 위에 여러 외래종교가 전래되어 토착화되고 문화예술의 꽃을 피웠을 뿐, 일관되고 통일된 종교에 의해 사회의 규범과 문화예술이 창조되어진 것은 아니다. 삼강오륜을 기축으로 하고 생활윤리가 가치의 척도가 되어 있는 듯이 보이나 기실은 조선 오백 년의 생활의 규범이 되어 있던 성리학에 의한 가치기준이 그대로 지속되어 급속한 사회발전과 구미와 일본문화의 도래로 그 기축이 동요되고 있으면서도 생활윤리의 통과제의(通過祭儀) 기능을 하고 있을 뿐이다. 그것은 관혼이나 기제사 등 생활의 관습이 대체로 유교의 그것을 넘지 못하면서도 수많은 사람이 여러 종교의 의례를 따르고 있는 것으로만 봐도 수긍할 수 있다. 어떻게 보면 종교의 전시장과 같이 보이기도 한다.

그러나 삼국시대에 도래한 불교는 통일신라와 고려에 이르는 동안 국교의 경지에서 모든 사람의 신앙의 기축이 되고 불교문화의 찬란한 꽃을 피우고 있다. 찬란한 사찰문화를 비롯하여 신라의 향가, 고려의 가요가 불교사상을 바탕으로 해서 형성된 문학의 정수를 이루고 있어 문화예술이 종교의 토양 위에서 발흥하고 있음을 본다. 이에 반하여 조선 오백 년의 통치이념이며, 생활의 규범을 이루어 삼강오륜의 생활윤리에 밀폐시켰던 유교는 서원과 번역, 그리고 문집을 주로 한 유교문화를 형성하고 있으나 이퇴계(李退溪)와 같은 위대한 사상가들이 배출되었을 뿐 문화예술은 크게 발흥하지 못한다. 아악을 주로하는 궁중음악이 서민들의 속악과 양립할 수 있을 뿐이다. 조선 후기에 기독교가 도래하여 평등의식 등 정신적 개혁을 전파하여 교회문화가 형성되어 생활관습의 변혁을 지향하면서 오늘에 이르고 있으나, 문화예술의 주축을 이루고 있지는 못하다. 이러한 문화예술의 토양이 되는 한국종교는 다음과 같이 몇 가지로 나누어져 문화예술의 사상적 기저를 이루고 있다.

- 민간신앙이면서도 「처용가」 등 원시시대부터 계승되어 탈춤이나 생활의 근간을 이루고 있는 무격사상
- 신라 이후에 「제망매가」 등 향가와 고려의 가요, 그리고 사찰문화의 찬란한 꽃을 피운 불교사상
- 조선의 통치이념으로 악장과 가사, 조선소설 등의 문학과 서원문화와 생활문화의 기축이 된 유교사상

■ 신선의 낙원을 추구하려는 욕구가 「구운몽」이나 「허생전」과
  같이 유토피아를 찾아 현실을 도피하는 도교사상
■ 조선의 말엽에 도래하여 평등사상에 의한 인간성의 존엄과
  질서를 자각케 하여 「무정」을 비롯하여 문학정신의 기축이
  되고 교회문화를 형성한 기독교 사상

이 다섯 가지의 종교사상 외에 천도교를 비롯하여 여러 자생
종교가 없지 않지만 문화예술의 발흥에는 크게 기여하지 못하
고 있는 실정이다. 이러한 한국의 종교에서 생활의 기축을 이루
면서 문화예술을 꽃피우게 한 것은 무교와 불교라고 할 만하다.
기독교는 조선의 선비정신을 주로 한 유교의 생활윤리에 칩거
되어 있는 개인이나 사회의 의식의 변혁에도 크게 기여했으나,
문화예술의 창조에는 연계시키지 못하고 있다. 기독교문화가 서
양문화의 중추를 이루고 있는 데 비해 너무 왜소함을 느끼게
된다.

하기야 무속신앙에 젖어 있는 대중과 불교에 심취하고 불교
문화에 긍지를 가진 일반인, 유교의 경세사상(經世思想)과 생활윤
리에 관습화된 한국의 토양에서 기독교문화를 발흥시키기에는
너무 문화적 배경의 벽이 두터웠었는지도 모른다. 그것도 기독
교가 통과제의인 종교적인 성업과 전파에 주력하고 생활화로
확장시키지 못한 것을 말하며, 유일신 외에는 경배하지 않는 절
대신관의 문을 열지 못했기 때문이기도 하다. 불교가 무속을 수
용하여 신앙의 생활화를 기한 것과는 너무 대조적이다. 또한 척
불숭유(斥佛崇儒)의 통치이념 속에서는 궁중굿과 세인들의 사찰

출입을 허용하는 상대신관이 조선의 표면적인 유교문화와 이면적인 무교와 불교문화가 공존하는 이중문화가 형성되어 있는 것과는 달리, 기독교는 이를 압도하거나 병존할 문화를 형성하지 못하고 있는 실정이다.

여기에서 이들 종교와 한국의 문화예술의 상호연계성의 실상이 우리의 관심을 끈다.

종교와 문화예술

한국의 문화예술은 종교를 기축으로 하여 발흥되고 계승되어 왔다. 말하자면 한국의 종교는 토양이요, 문화예술은 그 토양 위에 핀 꽃들이다. 그러면서 단일종교가 아닌 다양한 종교가 제각기 한국인의 성정과 융합하여 찬란한 문화예술을 꽃피우고 있다. 물론 문화예술의 형성과 발흥은 산수나 기후와 같은 자연환경과, 계승되어 오는 전통인 문화환경, 그리고 창조의 주체인, 한국인의 기질과 성향의 함수적인 조화에 의해 이루어지게 된다. 이러한 문화예술은 삼국시대, 통일신라시대, 고려시대, 조선시대, 근대와 현대와 같은 단층적인 공시성을 지니면서 계시적인 통시성으로 계승되어 오늘에 이르고 있다 .이렇게 종교를 기축으로 형성된 한국의 문화예술은 다음과 같은 몇 가지 특징을 지닌 문화예술을 형성하고 있다.

첫째, 한국의 문화예술은 단층적 문화예술이 아니라 복합적 문화예술이다. 구미의 문화예술이 기독교 문화예술이고 아랍권이 회교의 그것이며, 태국이 불교 문화예술인 것과 달리, 한국은 여러 가지 복합되고 각기 질서 있게 형성되어 있는 예술이다. 로마의 성 베드로 성당과 바티칸 교황청이나 파리의 루브르 박물관, 노틀담 사원이나 런던의 웨스트민스터 사원은 말할 나위도 없고, 미국의 어디를 가도 기독교문화의 흔적이 없는 데가 없다. 건축뿐만 아니라 음악·미술·문학 등 문화예술의 어느 분야에서도 기독교문화로부터 일탈하고 있는 것이 있을까 하고 의심할 정도이다. 단테의 「신곡」, 괴테의 「파우스트」, 톨스토이의 「부활」, 지드의 「좁은 문」 등 문학의 거작들도 모두 기독교 정신을 기저로 해서 꽃핀 작품들이다. 또한 구미의 생활윤리가 교회와 십계명이 기축을 이루고 있음을 보아도 알 수 있다. 또한 태국을 비롯한 불교 나라의 문화예술은 방콕의 대궁전을 비롯하여 수많은 사찰에 꽃피우고 그 교리에 의한 관습 속에 살고 있는 단층문화예술이다.

이러한 문화권에 비해 한국은 보다 복잡한 복합적 예술문화를 형성하고 있으면서도 그것이 서로 무리 없이 질서 있게 자리를 잡아 조화된 문화예술을 형성하고 있다. 한국을 처음 보는 외국인이 잘 이해가 안 되는 것이 바로 복합적 예술문화의 조화된 형태이리라. 로마나 파리, 런던은 말할 나위도 없고 서구의 어디를 가더라도 기독교문화의 단일색으로 보이고 태국은 불교, 아랍은 회교의 동일색으로 보이는 데 비하여, 한국은 여러 종교의 문화예술이 알맞게 배열되어 있는 데 놀라지 않을 수 없으리라. 도시는 성당과 교회가 같이 들어서 있고 푸른 산 우거진 산록에는 사찰이 산수와 조화를 이루어 서 있으며, 산곡의 마을 옆에는 무덤이 있어 산 자와 죽은 자가 함께 살고 있

다. 세시명절에 따라 갖가지 민속놀이마당이 펼쳐지고 '양주별
산대놀이' 등 민속극이 광장에 펼쳐지며 함께 즐기고 노닌다.
한국의 문화예술이 복합적인 그것이면서도 질서와 조화를 이루
며 발흥하고 있는 것은 주목할 일이다.

둘째, 한국 문화예술은 선형적 문화예술이 아니고 적층적 문
화예술이다. 구미의 그것은 기독교의 단층적 문화예술이 2천 년
이상 계승되어 통시적 선형을 이루고, 이집트의 그것이 4천 년
이상을 단층문화예술로 계승되어 온 선형적 문화예술인 데 비
하여, 한국의 그것은 문화예술의 근원적 뿌리인 기층문화와 그
뿌리를 영양삼아 발육한 중층문화, 그리고 생활의 표면에 나타
나는 표층문화의 세 계층이 유기적으로 결합되어 이루어진 적
층문화예술이다. 여기에 기층문화의 무속, 곧 샤머니즘이 그 기
축이 되어 있고, 중층문화는 불교가 바탕이 되어 있으며, 표층
문화는 유교가 근간을 이루고 있는 데 주목할 필요가 있다. 무
교의 민간신앙을 기층으로 축대를 쌓고 불교의 인과응보의 생
활윤리가 기둥이 되고, 유교의 경세와 치국의 윤리가 대들보가
된 건물이 바로 한국의 적층적 예술문화이다. 또한 이들 층대는
상호 거멀못으로 연결되어 그 통일적 합일체를 견고히 하고 있
다. 불교는 토착신앙인 샤머니즘을 수용하여 접목하고, 유교는
조선의 지배층과 부녀와 서민층의 이중문화를 이루면서 무교와
불교를 수용하여 유교문화의 기반을 잡고 있는 것을 볼 수 이
싿. 바로 이 점이 적층적 문화이면서도 통일이며 합일된 한국의
문화예술을 형성하고 있는 원동력이 되어 왔다.

무교는 민간신앙을 한민족과 같이 자생한 신앙으로서 한국

문화예술의 근원적인 뿌리가 되어 있다. 수천 년을 두고 한민족의 신앙의 근원이 되고 문화예술의 전통을 형성하는 한국 문화예술이 기층문화를 이루게 한 신앙이다. 이 무교는 원시신앙으로서 원시문화예술을 형성하여 문화공간을 초월하여 불교와 유교를 수용하는 모태의 지속성으로 한국인과 한국 문화예술의 기층을 이루고 전통문화예술의 핵심적 역동성을 지니고 있다. 우주만물을 숭상한 범신론의 입장에서 조선이나 동이(東夷)의 신화를 창조하고 도상문화(圖像文化 ; Icon)를 이루며 무당굿과 탈춤, 민화 등 다양하게 확산하여 고대신화, 시가 그리고 「무녀도」와 같은 소설에 이르기까지 한국인의 가슴에 자리잡은 기층문화를 형성하여 오늘에 이르고 있다. 동구 밖의 천하대장군을 위시하여 성황당, 고수레하기 등 일상생활이 화해적 모티프를 이루고 있어 단순히 미신으로 떨쳐버릴 수 없는 한국 문화예술의 근원적 뿌리이며 가장 토대가 넓은 기층문화를 이루고 있다.

불교는 통일신라에서 고려에 이르기까지 호국불교의 전통이 서 있을 뿐 아니라 불교사상과 그 생활윤리에 기저한 불교문화를 형성하여 한국의 문화예술을 중추적 전통을 형성하고 있다. 한국문화에서 문화유산으로 내세울 수 있는 문화재가 거의 불교문화의 소산인 것만 보아도 불교가 한국 문화예술의 형성에 있어서 기층적 기능을 다한 것을 알 수 있다. 파고다탑이나 팔만대장경·다보탑·석가탑·석굴암은 말할 나위도 없고, 법주사·송광사·해인사 등 수많은 사찰과 그 사찰에 실존되어 있는 문화이며, 그리고 「가시리」, 「청산별곡」 등의 고려가요, 청자와 같은 문화유산이 거의 불교예술임을 알 수 있다. 한국인은 이러한 불교문화와 호흡을 같이하며 살아왔고, 지금도 그 영향을 크게 벗어나고 있지 않다. 이와 같이 불교문화가 한국문화의 중추적 문화예술의 역할을 이루고 있으며, 무교의 기층 문화예술의 토대 위에 정립하고 있어 한국의 적층문화의 중축을 이루고 있다. 그리하여 한국문화예술은 무교는 기대(基臺), 불교는 탑신(塔身), 유교는 탑개(塔蓋)로 이루어진 하나의 탑으로 비유할 수 있다.

유교는 삼강오륜을 생활윤리로 삼아 통치의 경세사상으로 조선문화예술의 역동적 구실을 하면서 표층적 문화예술을 이루고 있다. 유교는 그날의 성취보다는 현세의 질서와 경륜을 존중하기 때문에 경세에 주력하여 문화예술이 크게 발흥하지 못한다. 경복궁·덕수궁·남대문과 같은 건축물과 백자·칠기와 같은 공예품, 그리고 연군지사(戀君之詞)나 「춘향전」·「심청전」 등 문예작품의 발전을 보았을 뿐, 불교의 그것과 견줄 수 없는 조촐한 유산을 남기고 있다. 물론 아악을 주로 한 국악의 웅려(雄麗)함이 있고, 판소리나 가면극의 해학이 없는 바는 아니나, 이것은 오히려 기층문화와의 연관성을 갖는다. 물론 이런 문화재보다 관혼상제의 사례(四禮)를 주로 한 생활관습이 유교의 그것이라는 데서 유교의 표층문화예술의 의미를 찾아볼 수 있고, 유교가 척불숭유의 치적 이념인 데도 불구하고 불교문화와 연계를 가진 데에서 한국문화의 이중성을 찾아볼 수 있다.

이러한 종교를 기축으로 한 문화예술의 성격에 비해, 기독교는 유교와 같이 표층문화권에 속하면서도 한국문화의 공동체를 형성하지 못하고 유교의 위상(位相)을 희구해왔다. 전파한 지 일천(日淺)한 탓도 있으나, 서원 대신에 교회와 네온 십자가의 숲을 이루어 놓았고, 조상숭배사상을 부정하고 유일신에 의한 구원을 전파하고 있다. 여기에 다른 종교와 달리 배타적 특징이 표면화하여 한국 문화예

술의 기층에 접목하지 못하는 이유가 있다. 무교를 수용하지 않고는 한국에서 종교나 문화예술의 정착은 어렵다는 말을 귀감으로, 모든 것을 수용하여 한국의 종교와 문화예술에 접맥하여 중흥을 일으킬 수 있는 자세가 요청된다.

문화예술과 종교의 가능성

　인간은 유한성을 초극하여 영원한 유토피아에 안주하기를 희구한다. 죽음의 공포를 벗어나 안식처에 영생하고 싶은 것이다. 종교는 완결되고 영생에 의한 유토피아를 선양하고 문화예술은 성취되면서도 가변적으로 상승해 가는 유토피아를 그린다. 그러나 메커니즘과 매머니즘에 의해 인간은 왜소해지고 종교는 유토피아를 향하는 면죄부의 중개자가 되고 문화예술은 레저용으로 타락해버린 결과, 종교와 문화예술은 근원으로 돌아가 인간을 구제해야 할 소명이 주어지게 된다. 이런 견지에서 논의될 사항을 다음과 같이 줄여볼 수 있다.

　① 불확실성의 시대인 현대의 문화예술과 종교는 점점 타락하여 인간구제의 소명을 상실해가고 있다.
　② 인간은 언제나 죽음의 공포를 초극하여 영원히 안식할 수

있는 유토피아를 희구한다. 종교에서는 완결되고 정착된 유
토피아의 성취를 위해 현실에서의 신앙에 의한 통과제의를
인도하고 문화예술은 종교사상을 기축으로 상상과 상징에
의해 성숙되고 상승적인 유토피아를 그린다.
③ 문화예술과 종교는 유토피아를 추구하여 인간구제라는 근친
성을 지니면서 일탈과 견인작용에 의한 본래의 기능을 상실
해 버려 근원으로 되돌아가는 것이 절실하다.
④ 한국은 현재 국교가 없는, 종교가 자유로운 상황인데도 토
속신앙인 무교, 외래종교인 불교, 유교, 도교, 기독교가 각기
종교적 공간을 형성하여 질서와 조화를 이루고 있다.
⑤ 한국의 종교에서 문화예술의 토양이 되고 있는 것은 무교와
불교, 그리고 유교이다.
⑥ 한국의 문화예술은 단층문화예술이 아니라 복합적 문화예술
이며, 선형적 문화예술이 아니고 적층적 문화예술이다.
⑦ 한국의 문화예술은 무교를 기축으로 한 기층문화와 불교를
중심으로 한 중층문화, 유교의 생활윤리를 근간으로 하는 표
층문화가 상호 수용하여 이룩한 통일적 동일체이다.
⑧ 기독교는 표층문화권에 속하면서도 배타적으로 유일신의 경
배 외에 일체를 부정하여 한국의 표층문화로 접맥되지 못하
고 있다.
⑨ 한국의 종교와 문화예술은 근원으로 돌아가 현대의 위기에
서 인간구제의 십자가를 져야 한다.

이러한 귀결에도 불구하고 문화예술과 종교의 문제는 여전히
문제로 남아 있다.

근대작가의 삶과 문학의 향취

1판 1쇄 인쇄 2002년 10월 1일
1판 1쇄 발행 2002년 10월 10일

지은이●구 인 환
펴낸이●한 봉 숙
펴낸곳●푸른사상사

등록 제2-2876호
서울시 중구 을지로3가 296-10 장양B/D 202호
전화 02) 2268-8706-8707 팩스 02) 2268-8708
메일 prun21c@yahoo.co.kr / prun21c@hanmail.net
편집·김현정/박영원/박현임
기획, 영업·김두천/곽세라

ⓒ 2002, 구인환
ISBN : 895640-047-4-03810

값 15,000원

*잘못된 책은 바꾸어 드립니다.